ELLA DANZ
Geschmacksverwirrung

BISSEN ZUM ABSCHIED Kommissar Georg Angermüllers Stimmung passt zum tristen und grauen Novemberwetter in Lübeck. Erst vor kurzem zu Hause ausgezogen, fühlt er sich in den neuen vier Wänden noch ziemlich fremd. Und dann wird ausgerechnet in der Nachbarwohnung der Journalist Victor Hagebusch tot aufgefunden. Der Mann ist an Gänseleberpastete erstickt, die ihm brutal mit einem Stopfrohr eingeführt wurde. Er sitzt, nur mit einer Unterhose bekleidet, blutig rot beschmiert und weiß gefedert an seinem Schreibtisch. Diese seltsame Inszenierung am Tatort lenkt den Verdacht der Ermittler auf militante Tierschützer. Hatte der Journalist etwas mit der Szene zu tun? Angermüller folgt vielen Spuren, bis er auf eine überraschende Verbindung stößt ...

Geboren und aufgewachsen im oberfränkischen Coburg, wo traditionell gut gekocht und gegessen wird, lebt und arbeitet Ella Danz seit ihrem Publizistikstudium in Berlin. Nachdem sie lange Jahre an der Leitung eines ökologisch orientierten Unternehmens beteiligt war, ist sie mittlerweile als freie Autorin tätig. Beim Schreiben gilt ihr spezielles Interesse der genauen Beobachtung von Verhaltensweisen und Beziehungen ihrer Mitmenschen, und außerdem wird in ihren Büchern stets ausgiebig gekocht und gegessen, und das Zusammenleben ihrer Protagonisten mit Genuss und Ironie durchleuchtet. »Geschmacksverwirrung« ist ihr siebter Kriminalroman im Gmeiner-Verlag.

Bisherige Veröffentlichungen im Gmeiner-Verlag:
Ballaststoff (2011)
Schatz, schmeckt's dir nicht? (2010)
Rosenwahn (2010)
Kochwut (2009)
Nebelschleier (2008)
Steilufer (2007)
Osterfeuer (2006)

ELLA DANZ

Geschmacksverwirrung

Angermüllers siebter Fall

GMEINER *Original*

Personen und Handlung sind frei erfunden.
Ähnlichkeiten mit lebenden oder toten Personen
sind rein zufällig und nicht beabsichtigt.

Besuchen Sie uns im Internet:
www.gmeiner-verlag.de

© 2012 – Gmeiner-Verlag GmbH
Im Ehnried 5, 88605 Meßkirch
Telefon 07575/2095-0
info@gmeiner-verlag.de
Alle Rechte vorbehalten
2. Auflage 2012

Lektorat: Claudia Senghaas, Kirchardt
Herstellung: Christoph Neubert
Umschlaggestaltung: U.O.R.G. Lutz Eberle, Stuttgart
unter Verwendung eines Fotos von: © Bernd Jürgens – Fotolia.com
Druck: GGP Media GmbH, Pößneck
Printed in Germany
ISBN 978-3-8392-1248-6

Für alle, die wissen wollen, was sie essen

… und natürlich Dank an W. für die unverzichtbare Unterstützung!

PROLOG

Guten Tag,

mein Name tut hier nichts zur Sache, abgesehen davon, dass ich gar keinen habe. Ich erblickte das Licht der Welt vor ungefähr einem halben Jahr. Doch es war nicht die Sonne, in die ich blinzelte, es war das Kunstlicht in einer Brüterei. Ich war ein niedliches, plüschiges Küken, genau wie alle meine Geschwister. Manche von denen aber waren zu langsam und kamen nicht auf ihre Beinchen. Die landeten gleich zusammen mit Eierschalen, toten und kranken Tieren im Häcksler. Ich hatte Glück und blieb auf dem Fließband ins weitere Leben. Obwohl ich mich inzwischen frage, ob es tatsächlich ein Glück gewesen ist ...

Vom Fließband führte unser Weg mich und die anderen in diese Halle. Hier drinnen wird es nie richtig hell, und es ist auch ein wenig eng, das muss ich sagen. Gleich zu Beginn hatte ich eigentlich keine Lust, mir einen Quadratmeter mit zwei Kollegen zu teilen, war manchmal ziemlich gereizt und hackte mal nach rechts und links, die anderen machten das ja auch. Obwohl sie uns die Schnäbel gleich nach dem Schlüpfen mit einem Laser gekürzt haben – natürlich ohne Betäubung –, kann man damit die anderen noch ganz schön verletzen.

Doch es kam ja noch schlimmer. Wir waren alle gute Fresser, was sollten wir hier auch anderes tun? Leider waren die Kraftfutterpellets, die man uns täglich servierte, innerhalb einer Viertelstunde verputzt, und so langweilten wir uns dann nur noch den lieben langen Tag. Es soll Artgenossen geben, hab ich gehört, die ganz so leben dürfen, wie es unserer Natur entspricht. Auf kleinen Bauernhöfen spazieren sie draußen herum, erkunden die Umgebung, picken mal hier und mal dort ein bisschen, auf der Suche nach Futter, bis sie müde sind und sich zum Schlafen auf einen Baum zurückziehen. Ich habe in meinem ganzen Leben noch keinen Baum gesehen. Eine Wiese übrigens auch nicht.

Aber ich komme ins Träumen! Ich wollte doch erzählen, wie wir in rasender Geschwindigkeit an Gewicht zulegten. Stellen Sie sich vor: In nur fünf Monaten habe ich mein Körpergewicht von 50 Gramm auf stolze 20 Kilo gesteigert! Das Vierhundertfache! Machen Sie uns das mal nach! Die wachsende Enge machte uns nicht gerade friedlicher. Manche kriegten einen richtigen Lagerkoller, hackten so lange auf die Freunde neben ihnen ein, bis die schwer verletzt am Boden liegen blieben. Haben Sie schon einmal tagelang in mit scharfen, stinkenden Exkrementen beschmutztem Stroh gelegen? Nicht nur die kranken Kameraden, auch wir anderen nutzten den Boden zum Schlafen. Es gab ja nirgendwo ein Bett, sprich eine Sitzstange für uns.

Es ist mir ein wenig peinlich, das zu erwähnen, aber auch die Hygiene wurde mit der Zeit immer schwieriger. Ein Sandbad war in der Enge gar nicht mehr möglich, und wegen meiner künstlich hochgezüchteten Brust, deren Last mir das Gleichgewicht raubte, konnte auch ich irgendwann nur noch im Sitzen mein Gefieder putzen. Aber versuchen Sie das mal, wenn um Sie herum nur übel riechendes, kotiges Stroh ist!

Ab und zu betritt einmal ein Mensch unseren Stall, kontrolliert Wasser- und Futterversorgung, packt die Schwachen und die Toten in einen Sack und verschwindet wieder, das war's. Aber ich wollte Ihnen noch von etwas anderem berichten, von unseren Krankheiten. Ich weiß gar nicht, wo ich anfangen soll. Manche hatten Verformungen an den Fersengelenken, andere litten unter Fußballengeschwüren. Bei keinem waren die Knochen in Ordnung – oder glauben Sie, Ihr Knochengerüst könnte so viel Übergewicht ohne Brüche oder Verformungen tragen? Natürlich blieben viele von uns auf der Strecke. Und weil die nun mal so zwischen uns lagen, von Fliegen umschwirrt, pickten wir aus Langeweile auch an denen herum. Immer nur Kraftfutterpellets fressen ist auf die Dauer ja auch öde. Manche Kollegen hatten es auch mit den Atemwegen, oder sie hatten Herz-Kreislauf-Probleme. Von den wunden Stellen und den Geschwüren am Bauch, vom langen Liegen, will ich gar nicht erst anfangen. Manchmal haben uns die Menschen auch Medizin gegeben, um uns wieder gesund zu machen, Antibiotika. Leider helfen die oft nicht mehr, weil man sie bei unsereins schon viel zu oft eingesetzt hat und die Krankheitserreger mittlerweile resistent dagegen sind.

Sie können sich vielleicht vorstellen, dass ich meinem Ende – so grausam es auch sein mag, langsames Ersticken durch Kohlendioxid oder kopfüber hängend durch ein Elektrobad – relativ gelassen entgegensehe. Und eines tröstet mich: Wenigstens hat mein Tod einen Sinn, denn ich werde Ihnen, liebe Verbraucherin, lieber Verbraucher, auf Ihrem Teller Genuss bereiten, als Putenschnitzel, Putenstreifen, geräucherte Putenbrust, Putenleber, Putenrollbraten, Putenkeule, Putenbrustfilet, als gesunde Geflügelwurst und in vielen anderen leckeren Dingen mehr.

Mir bleibt nur noch, Ihnen einen recht guten Appetit zu wünschen! Ansonsten nichts für ungut – ich bin nur irgendeine

dumme Pute.

KAPITEL I

Blutrot wallte es auf im Topf. Dunkles rotes Blut. Gab es da nicht irgendeinen Grund für den Unterschied in der Farbe, so ein helleres und ein dunkleres Rot? Woran lag das noch mal? Das eine war wohl venöses und das andere arterielles Blut. Aber was bewirkte die unterschiedliche Farbgebung? Es hing irgendwie mit dem Sauerstoffgehalt zusammen, erinnerte sich Lina vage. Eine genauere Erklärung fiel ihr nicht ein. Egal, dies hier war das dunkle Rot, und sie fand die Farbe wunderschön. Sie schöpfte zwei Kellen davon auf einen Teller, streute ein paar geröstete Cashewkerne darüber, setzte einen Klecks Schlagsahne darauf und dekorierte mit ein paar Korianderblättchen. Ein perfektes Farbspiel! Und wie das wärmte! Die Schärfe des Ingwers in der süßsäuerlichen Rote-Bete-Suppe tat gut, und die Kombination schmeckte herrlich.

Zufrieden stellte Lina den leer gegessenen Teller in die Spülmaschine. Die Suppe würden die Leute mögen. Jetzt sollte sie aber erst einmal Feierabend machen. Es war nach zwei Uhr, und um neun öffnete sie normalerweise das Café. Allerdings war Anfang November, und nur ganz selten verlief sich jemand am Morgen auf die Promenade und noch weniger in das Strandcafé ›Torten, Suppen, Meer‹. Touristen waren rar um diese Jahreszeit. Ab und zu eine junge

Familie mit kleinen Kindern, ein paar Frauen aus dem Kurheim, hin und wieder tauchten welche von den Rentnern und Pensionären auf, die hier eine Zweitwohnung besaßen. An den Wochenenden kamen manchmal auch ein paar Tagesgäste.

Lina löschte das Licht und pfiff leise durch die Zähne. Die beiden Hunde, die in einer Ecke des Cafés gedöst hatten, kamen auf die Beine, gähnten und streckten sich und trotteten zur Tür. Sie schloss das Café ab und schwang sich auf ihr Fahrrad. Teufel sprang vorweg und Madame kam in gemessenem Tempo hinterher. Es war windstill und nicht sehr kalt, aber die Feuchtigkeit drang einem unter die Klamotten und hängte sich in winzigen Tröpfchen in Linas dunkle Locken. In behäbigem Rhythmus hörte sie die Ostsee an den Strand rollen. Der Nebel war noch dichter geworden. Dabei hatte sie schon vorhin, als sie mit Kai zurückgefahren war, die weißen Schwaden und die schlechte Sicht auf der Autobahn beängstigend gefunden. Dazu noch ihre aufgewühlte Stimmung nach dem, was sie in Lübeck gesehen und vor allem erfahren hatte. Selbst Kais freundliches, vernünftiges Wesen hatte heute seine beruhigende Wirkung auf Lina nicht entfaltet.

Sie hatte gewusst, sie würde nicht schlafen können. Nicht nach diesen Bildern, die ihr nicht aus dem Kopf gehen wollten. Doch viel schwerwiegender war etwas anderes: Dass sie wieder einmal zu gutgläubig gewesen war. Diesem Menschen vertraut zu haben, war ein Riesenfehler, das war Lina inzwischen klar. Sie hätte es besser wissen müssen. Jetzt war es zu spät. Oder ob es Sinn hatte, ein weiteres Mal dorthin zu gehen? Vielleicht konnte sie doch noch irgendwas retten. Ja, gleich morgen früh musste sie versuchen, die Sache wieder geradezubiegen.

Nein, an Schlaf war nicht zu denken gewesen, so voll wie sie den Kopf bei ihrer Rückkehr gehabt hatte. Zwischendurch nervte Olaf auch noch, der ihr ständig SMS schickte, nachdem sie seine Anrufe nie angenommen hatte. Irgendwann hatte sie das Handy einfach ausgeschaltet.

So war sie noch ins Café geradelt, um die Suppe für morgen vorzubereiten, denn ein paar einheimische Stammgäste fanden sicher den Weg zu ihr. Vor allem aber brachte sie das Kochen auf andere Gedanken, es entspannte und versöhnte sie mit der Welt. Aber was für eine Welt war das? Voller Grausamkeiten. In der solche Dinge geschehen durften, scheinbar geschehen mussten. Wut und Entsetzen erfüllten sie wieder. Fressen und gefressen werden. Würde das denn nie aufhören?

Er rappelte sich im dunklen Treppenflur hoch. Der Zusammenprall war so überraschend gekommen und so heftig gewesen, dass er aus dem Gleichgewicht geraten und gestrauchelt war. Hätte die Wand ihn nicht aufgefangen, wäre er unweigerlich in der Ecke auf dem Boden gelandet. Er zog die Haustür auf.

Nichts zu sehen draußen als die nebligen Lichthöfe der Straßenlaternen. Irgendwo in der Nähe schlug eine Autotür, und aus der Ferne hörte er den dumpfen Ton des Nebelhorns. Wieder im Flur, tastete er nach dem Lichtschalter. Dann bückte er sich nach seinem Wohnungsschlüssel, der ihm in dem Versuch, sich irgendwo festzuhalten, aus der Hand gefallen war. So ein ungehobelter Mensch aber auch, der ihn einfach umrannte und sich überhaupt nicht darum kümmerte. Kein Wort der Entschuldigung und einfach weg! Schließlich hätte er sich dabei auch ernsthaft verletzen können.

»Aua.«

Seine Schulter schmerzte immerhin. Er wischte zwei weiße, flaumige Federn von seinem Ärmel. Ob das ein Nachbar gewesen war? Dann jedenfalls kein sehr angenehmer. Oder derjenige hatte bei jemandem im Haus auch eine dieser komischen Halloweenpartys gefeiert. Draußen waren ihm heute Abend einige wild verkleidete Menschen begegnet, auch Erwachsene, und seine beiden Töchter hatten ebenfalls begeistert von einer Einladung zum Kostümfest erzählt. Doch auch eine Halloweenparty entschuldigte nicht so ein rücksichtsloses Verhalten.

Mit seinem Namen standen insgesamt fünf auf dem Klingelschild. Bis auf Frau Kornelius, die Hausbesitzerin, die über ihm im ersten Stock wohnte, hatte Angermüller noch keinen der anderen Mitbewohner kennengelernt. Die Lage der kleinen Wohnstraße in der Nähe vom Brink hätte besser nicht sein können. Im Stadtteil St. Jürgen gelegen, ziemlich genau in der Mitte zwischen seiner Arbeitsstelle und seinem alten Domizil, umgeben von den Wassern der Kanaltrave und der Wakenitz, gab es viel Grün in der Gegend, und die Innenstadt war bequem fußläufig erreichbar. Das Haus war von einem Garten umgeben, stammte aus der Gründerzeit und hatte hübsche Erker und Balkons. Gemeinhin bezeichnete man so eine Wohnung als echten Glücksgriff. Das Wort Glück allerdings wollte Angermüller im Zusammenhang mit seinem Umzug überhaupt nicht einfallen. Mit einem Seufzer, der ihm selbst gar nicht bewusst war, schloss er die Wohnungstür auf.

Immer noch roch es nach Farbe, nach Holz, irgendwie neu und unbewohnt. Auch als er es sich mit einem Rotwein – einer fränkischen Domina von herb-fruchtiger Tiefe – in seinem alten Ohrensessel gemütlich gemacht hatte und seiner Lieblings-CD von Paolo Conte lauschte, wartete er vergeblich auf das vertraute Empfinden, endlich zu Hause zu sein. Schon vor Wochen eingezogen, war er hier noch lange nicht angekommen. Vieles fehlte noch in seiner neuen Behausung, es gab jede Menge Kleinigkeiten auszupacken, anzuschrauben, aufzustellen oder zu besorgen. Aber tief im Innern ahnte er, dass manches von dem, was er vermisste, hier vermutlich nie vorhanden sein würde. Natürlich war der Umzug die richtige Entscheidung gewesen, das sagte ihm sein

Verstand immer wieder. Doch offensichtlich musste er sich an das Alleinleben erst wieder gewöhnen.

Er hatte die Weinflasche bereits halb geleert, ohne dass sein Hungergefühl nachgelassen hätte. Meist kam er nach den Abenden mit Anita hungrig nach Hause. Eine Weile versuchte Angermüller noch, sich gegen seinen fordernden Magen zu wehren, doch schließlich gab er den Kampf auf. Beim Öffnen der Kühlschranktür überkam ihn glückliche Vorfreude. Er schnitt sich eine dicke Scheibe Katenschinken ab, ein Stück von einem milden Ziegenkäse und eines vom kräftigen Lauenburger, arrangierte alles liebevoll auf einem Holzbrett und legte noch zwei Scheiben kerniges Schwarzbrot daneben.

Langsam und mit Genuss verzehrte er seinen nächtlichen Imbiss, hörte Musik und trank den restlichen Rotwein. Niemand tadelte ihn ob des unvernünftigen Essens zu dieser späten Stunde oder wegen maßlosen Alkoholgenusses. Die nebelschwere Unwirtlichkeit draußen und die Leere, die er vor Kurzem noch in seinem neuen Wohnzimmer empfunden hatte, lösten sich in einem satten Wohlgefühl auf.

Wenig später fiel er mit schweren Gliedern ins Bett. Beim Umdrehen spürte er kurz einen Schmerz in seiner Schulter, doch war er zu müde, um sich über dessen Verursacher Gedanken zu machen, geschweige denn, sich noch weiter über diese dreiste Rüpelhaftigkeit zu ärgern.

Ein wattiges Grau lag in vielerlei Abstufungen über der Altstadtinsel und ließ ihre Kirchtürme wie hinter Milchglas stehen. Im Büro im siebten Stock des Behördenhochhauses konnte an diesem späten Vormittag von Helligkeit keine Rede sein. Kriminalhauptkommissar Georg Angermüller, der das kalte Deckenlicht verabscheute, saß im Schein einer Schreibtischlampe, die er sich irgendwann einmal von zu Hause mitgebracht hatte, und versuchte, sich auf den Text auf seinem Computerbildschirm zu konzentrieren. Es ging um einen zwölf Jahre zurückliegenden Raubmord, der immer noch der Aufklärung harrte. Zwar hatte es damals einen Kreis von Verdächtigen gegeben, doch keinem daraus hatte man eine Beteiligung an dem brutalen Überfall auf die Villa eines Schmuck- und Antiquitätenhändlers nachweisen können. Jetzt war ein Teil der Beute gefunden worden – durch einen Zufall im Zusammenhang mit einem Verkehrsunfall. Natürlich durch einen Zufall! Trotz unserer ganzen modernen Fahndungstechnik wären wir manchmal ohne diesen Kollegen ganz schön aufgeschmissen, dachte Angermüller verdrießlich. Auf den jetzt wieder aufgetauchten geraubten Gegenständen und deren Verpackungsmaterial hatte man mit ständig sich weiterentwickelnder Technik DNA-Spuren ausmachen können, und nun konnten diese mit entsprechenden Proben der Verdächtigen abgeglichen werden – so die sich nicht längst über alle Berge davongemacht hatten.

»Kaffee?«, rief Jansen aus dem kleinen Zwischenraum, der ihre Büros voneinander trennte, und in dem eine alte Kaffeemaschine schwindsüchtig vor sich hin röchelte. Von Anbeginn hatte sich der Kollege für das Kaffeekochen in ihrer Zweiergemeinschaft zuständig gefühlt, obwohl er keineswegs eine besondere Begabung dafür hatte, geschweige denn, Wert auf geschmackliche Qualität legte. Kaffee war für ihn eine Flüssigkeit, die er schwarz und literweise in sich hineinkippte, im Glauben, davon wacher zu bleiben und besser arbeiten zu können. Als Angermüller einmal die Anschaffung einer richtig guten, italienischen Maschine anregen wollte, hatte Jansen nur gegen seine Stirn getippt.

»So 'n neumodischen Kram«, hatte er dazu gebrummt. Wahrscheinlich war er ohnehin nicht zum Barrista geboren.

»Ja, gern. Mit viel Milch.«

Wenigstens eine ausreichende Menge Milch in den Kaffee des Kommissars zu füllen, hatte der Kollege inzwischen gelernt. Irgendwie konnte Angermüller sich heute schlecht konzentrieren. Nach seinem kräftigen Nachtmahl hatte er sehr unruhig geschlafen. Er litt ohnehin unter Schlafstörungen in der immer noch ungewohnten Umgebung.

»Bitteschön.«

Wie immer stellte Jansen den bis zum Rand gefüllten Kaffeepott direkt neben die Tastatur, und Angermüller schob ihn vorsichtig ein paar Zentimeter davon weg.

»Du siehst heute aber auch nich so richtig fit aus«, meinte Claus Jansen mit kritischem Blick ins Gesicht des Kommissars, in dem, wie üblich, ein Dreitagebart seine Schatten warf. »Gestern in deiner Bude 'ne Halloweenparty gefeiert, oder wat?«

Der Gefragte zog nur eine gequälte Grimasse.

»Mann, Georg, du hast das doch gut! Wohnst wieder allein, keiner quatscht dir rein, kannst Partys feiern, machen, wat du willst. Bist jetzt ein freier Mensch!«

Was sollte Angermüller darauf antworten? Gerade war ihm der gestrige Abend durch den Kopf gegangen, der wie alle anderen Abende mit Anita wieder nach demselben Muster abgelaufen war. Sie trafen sich irgendwo, um etwas zu trinken, und wenig später landeten sie in Anitas Schlafzimmer. Anschließend redeten sie noch ein bisschen, vielleicht tranken sie noch etwas, und dann machte sich Angermüller auf den Weg nach Hause. Noch nie waren sie zusammen in einem Restaurant gewesen. Er war auch noch nie bis zum nächsten Morgen bei ihr geblieben. Ohne je darüber gesprochen zu haben, schien Letzteres für Anita eine unumstößliche Regel zu sein. Sah so die große Freiheit aus, die Jansen meinte? Aber Angermüller brauchte nicht weiter über eine Antwort nachzudenken.

»Moin! Ach, schon wieder am Kaffeetrinken, die Herren? Hier, damit ihr nicht aus der Übung kommt.«

Ein Kollege vom Kriminaldauerdienst reichte Jansen einen Zettel herein.
»Bin schon wieder weg. Und tschüß!«
Jansen las, schüttelte den Kopf, sah zu Angermüller und reichte ihm dann das Papier.
»Sach ma, biste jetzt auf Heimarbeit?«

Als sie am Einsatzort anlangten, trafen sie im Hausflur auf Ameise und seinen Kollegen Mehmet Grempel, beide in weiße Schutzanzüge gehüllt. Grempel, der erst seit vergangenem Sommer zum Team der Kriminaltechnik gehörte, winkte Angermüller und Jansen freundlich zu und verschwand dann in der Wohnung rechts im Erdgeschoss.
»Anziehen! Ohne Ganzkörperkondome kommt ihr mir hier nicht rein!«, befahl Ameise ohne ein Wort des Grußes in seinem gewohnt ruppigen Tonfall. Er warf ihnen zwei Overalls zu.
»Hallo, Andreas! Dank dir für die nette Begrüßung. Charmant wie immer.«
Auch wenn ihm die knurrige Art des Kollegen seit Langem bekannt war, manchmal konnte Angermüller sie einfach nicht unkommentiert lassen. Ameise zog den Mundschutz hoch und grummelte etwas Unverständliches, bevor er Mehmet Grempel in die Wohnung folgte. Jansen schnitt eine eindeutige Grimasse hinter seinem Rücken. Dann streiften sie sich die Schutzkleidung über.

An allen Wänden, wo sie sich hatten aufstellen lassen, befanden sich Regale, vollgestopft mit Büchern, Zeitschriften und Zeitungen. Auf dem Boden, auf Stühlen, überall Stapel von mehr oder weniger geordnetem Papier, dazwischen auch einige Behältnisse mit CDs. Das mit schweren Möbeln eingerichtete Arbeitszimmer hatte etwas von einer Höhle. In der Ecke vor dem einzigen Fenster, das ein dunkelroter Samtvorhang verhüllte, stand ein breiter Schreibtisch, und daneben saß, in einem wuchtigen Bürosessel, ein merkwürdiges Wesen. Es war weiß und trug eine Brille. Ein metallenes Rohr, am Ende wie eine Art Trichter geformt, ragte aus seinem Kopf. Auch drum herum war alles weiß, als ob Schnee gefallen wäre. Die Luft im Raum war erfüllt von einem würzigen Geruch. Ab und zu tauchte der Blitz, den Mehmet Grempel zum Fotografieren benutzte, die Szene in ein grelles Licht, welches die weißen Flocken zum Gleißen brachte. Es waren Federn. Die vermeintlichen Schneeflocken bestanden aus weichen, weißen Gänsedaunen.

Vorsichtig näherte sich Angermüller dem Sessel, und dann schreckte er erst einmal zurück. Blut! Unter den Federn war der Mann, denn um so einen handelte es sich wohl, rot von Blut! Sein ziemlich kahler Kopf, sein nackter Oberkörper, die Unterhose, die er als einziges Kleidungsstück trug, alles rot befleckt unter dem weißen Flaum. Auch seine Brille, auf der eine Schicht weißer Federn klebte, war bespritzt mit der roten Flüssigkeit. Der Kommissar, der den Anblick ziemlich unangenehm fand, atmete aus und kniff die Augen zusammen. Das Opfer war am Stuhl festgebunden, und seine Hände hatte man auf dem Rücken gefesselt.

Doch was Angermüller einen echten Schauder über den Rücken jagte, war der riesige Trichter. Mit seinem mehrere Zentimeter dicken Rohr steckte er tief im Rachen des Opfers. Als der Kriminaltechniker ihm grünes Licht gab, trat der Kommissar noch einen Schritt vor und warf einen Blick in die Öffnung des metallenen Ungetüms. Irgendeine weiche Masse steckte darin. Sie schien die Quelle des kräftigen, nicht einmal unangenehmen Geruchs zu sein, der überall im Raum wahrnehmbar war.

»Das is vielleicht 'n Schietkram hier«, beschwerte sich Ameise, der nach bewährter Manier auf dem Boden herumrutschte, auf der Suche nach verwertbaren Spuren. Sein richtiger Name war Andreas Meise, doch alle kannten ihn unter diesem Spitznamen, den er dem Namensschild an seiner Bürotür – A. Meise –, seiner geringen Körpergröße und nicht zuletzt seinem Interesse für den Boden eines Tatorts verdankte. Jetzt nahm er mit der Pinzette etwas auf, das direkt neben dem Opfer gelegen hatte, betrachtete es eingehend und zog den Mundschutz herunter. Interessiert beroch er den graubraunen Brocken, dann wandte er sich mit einem bösen Grinsen an Angermüller.

»Bitteschön Kollege, mal kosten? Kleiner Gruß aus der Küche.«

»Spinnst du?«

»Bist du nu so 'n Kenner oder nich? Das ist bester Stoff hier! Feines Pastetchen.«

Ameise stieß ein meckerndes Lachen aus. Seine zuweilen fiesen Späßchen mit den anderen zu treiben, war für ihn eines der wenigen Mittel, seine notorisch schlechte Laune zumindest kurzfristig aufzuhellen.

»Na, dann eben nich«, feixte er, »scheint ja auch nicht besonders bekömmlich zu sein, wenn man sich den Typen hier so ansieht.«

Er ließ den Brocken in eine spurensicher verschließbare Plastiktüte fallen und nummerierte sie. Anschließend ruhte sein Blick forschend auf dem Toten im Sessel. Plötzlich schien Ameise etwas einzufallen.

»Wollen doch mal sehen«, murmelte er, sprang auf und kam sogleich mit einer Dose Luminol zurück. Angermüller wunderte sich, weil es bei diesen Vorgaben eigentlich nicht notwendig war, Blutspuren extra sichtbar zu machen. Doch sagte er nichts und beobachtete, wie der Kriminaltechniker einen der Flecke auf dem Boden einsprühte und die Xenonleuchte einschaltete.

»Das hab ich mir doch gleich gedacht«, stellte Ameise zufrieden fest. »Siehst du was? Nee? Ich auch nicht. Das ist kein Blut, das ist Farbe.«

»Ach echt?«, mischte sich Jansen ein, der die anderen beiden Räume durchsucht hatte und sich nun daran machte, die Materialien auf dem Schreibtisch zu sichten.

»Du kennst den Mann übrigens, Georg«, behauptete er.

»Wie kommst du denn darauf? Abgesehen davon, dass in seinem Zustand nicht viel von ihm zu erkennen ist. Aber wirklich: Ich bin dem noch nie begegnet.«

»Der Mann heißt Hagebusch.«

»Ich weiß, das steht ja an der Tür draußen.«

»Victor Hagebusch, 68 Jahre alt, Journalist. Na, klingelt's?«

Angermüller blickte auf die Gestalt im Sessel, schließlich stutzte er, und dann fiel es ihm ein.

»Victor Hagebusch. Dieser große Glatzköpfige, der manchmal bei den Pressekonferenzen bei uns in der Bezirkskriminalinspektion war?«

Jansen nickte wortlos.

»Und der hat hier gleich neben mir gewohnt! Unglaublich.«

Angermüller schüttelte den Kopf.

»Wie, du wohnst hier? Ich dachte, ihr habt so ein Häuschen irgendwo weiter oben in St. Jürgen, in der Nähe vom Wakenitzufer?«, mischte sich Ameise neugierig ein.

»Ja, auch«, sagte Angermüller nur knapp, der nicht die geringste Lust hatte, ausgerechnet Ameise Rechenschaft über seine private Situation abzulegen.

»Aha«, machte der und sah den Kommissar argwöhnisch an, offensichtlich nicht mit der Auskunft zufrieden. Doch er wusste, mehr würde er nicht erfahren, und widmete sich wieder seiner Spurensuche, indem er vorsichtig tastend neben dem Sessel herum krabbelte.

»Na, was haben wir denn hier?«, tönte er im nächsten Moment und hielt einen kleinen Glasbehälter hoch.

»Das hier isses doch! Rote Tinte! Der Ton sieht so echt aus, dass ich beinah drauf reingefallen wäre.«

Ameise besah sich die Tintenflasche und schnupperte daran.

»Das Zeug trocknet natürlich ziemlich schnell, da kann man nicht so viel dran festmachen«, überlegte er laut, »aber die Wurst oder dieses Pastetenzeug riecht noch ziemlich frisch und ist nur ganz leicht angetrocknet. Also ich denke mal, die Sauerei hier ist vor nicht mehr als 24 Stunden passiert.«

Bei dieser Feststellung fiel Angermüller wieder ein, was ihm schon beim Anblick der Federn durch den Kopf geschossen war. Doch er konnte den Gedanken nicht weiter verfolgen, denn jemand klopfte laut an die geöffnete Wohnungstür und rief in energischem Ton nach Herrn Angermüller. Eine alte Dame von beachtlicher Größe, dabei mehr als schlank, stand im Hausflur, in ihrer linken Hand ein dickes Schlüsselbund.

»Frau Kornelius, guten Tag! Was gibt es?«, fragte der Kriminalhauptkommissar freundlich.

»Das fragen Sie mich? Sie müssen das doch besser wissen!«

»Wir sind erst vor Kurzem eingetroffen und gerade dabei, uns ein Bild von der Lage zu machen«, erklärte Angermüller höflich.

»Ist auch egal«, schnitt ihm Frau Kornelius das Wort ab. »In meiner Wohnung sitzt die Putzhilfe von Herrn Hagebusch, diesem armen Menschen. Sie hat ihn gefunden, wissen Sie. Ich saß in der Küche und hab Zeitung gelesen, auf einmal schrie da jemand wie am Spieß. Na ja, ich hab denn die Polizei gerufen und die gute Frau erst mal zu mir mit hochgenommen. Sie war ja völlig aufgelöst, ist sie immer noch. Ihre Kollegen haben gesagt, sie müsste auf die Kripo warten, um ihre Aussage zu machen. Und vom Fenster aus hab ich gesehen, dass Sie ja Gott sei Dank nun endlich gekommen sind. Vielleicht können Sie sich erst einmal um die Frau kümmern, damit sie nach Hause gehen kann.«

»Gut, machen wir.«

Aus unerfindlichen Gründen war Angermüller die ganze Situation seiner Vermieterin gegenüber ziemlich unangenehm, und er fühlte sich zu einer Erklärung verpflichtet.

»Es tut mir leid, Frau Kornelius, wegen der ganzen Unannehmlichkeiten und …«

»Papperlapapp! So was ist nicht schön, aber es

kommt vor«, sie wedelte mit ihrem Schlüsselbund, »es sei denn, Sie haben mit der Sache irgendwie ...«
Sie vollendete den Satz nicht und blickte mit strenger Miene unter ihrer schneeweißen Dauerwelle auf den Kommissar. Als sie Angermüllers irritierten Blick bemerkte, verzog sich ihr gebräuntes Gesicht in eine einzige Faltenlandschaft, und sie ließ ein tiefes Lachen hören.
»Dann kommen Sie man.«
Mit breiten Schritten begann sie die Treppe hochzusteigen, und Angermüller blieb nichts, als ihrer Aufforderung nachzukommen. Jansen folgte den beiden.

Vor einer Tasse Tee saß eine vielleicht 50-jährige, etwas füllige Frau am Küchentisch und knetete einen kleinen, weißen Ball, der einmal ein Papiertaschentuch gewesen war. In nervöser Erwartung sah sie den Beamten entgegen. Das Haar leuchtete rotblond, sie trug große goldene Ohrringe und einen Pulli mit Wildkatzenmuster. Auf dem Tisch lag neben einer Packung Taschentücher ein Personalausweis, den sie sofort unaufgefordert präsentierte. Ihr Name war Lydia Sobolew.
»Ah, Sie kommen aus Russland«, stellte Angermüller nach einem Blick in den Ausweis fest.
»Ich bin dort geboren. Aber ich bin Deutsche«, entgegnete sie mit Nachdruck und unverkennbar schwerem Akzent, »Sie sehen ja an meine Ausweis.«

»Dann erzählen Sie doch bitte mal, Frau Sobolew, wie das heute Morgen abgelaufen ist.«

»Also, ich habe einen Schlüssel für Wohnung, weil Herr Hagebusch immer weggeht, bevor ich zum Putzen komme. Stört Konzentration, sagt er. Also, ich schließe auf, ziehe Mantel aus im Flur und riecht so komisch in ganze Wohnung. Ich denke, ob er hat wieder gekocht. Macht er nicht oft, aber dann sieht nämlich Küche immer aus wie originaler Saustall!«

Für einen Moment hatte sie ihren Schock über das Gesehene vergessen.

»Ich packe Tasche in Küche und gucke, aber hat nix gekocht. Ich denke, erst einmal in Schlafzimmer lüften, und da muss ich durch Arbeitszimmer. Und da lag Morgenmantel auf dem Boden ...«

Frau Sobolew schob sich die Papierkugel in den Ärmel ihres Pullovers und fingerte ein frisches Taschentuch aus der Packung, was auch nötig war, da ihr mit einem Mal Tränen in die Augen schossen und ihre Nase zu laufen begann.

»Und dann hab ich gesehen der arme Herr Hagebusch sitzen«, jammerte sie, während ihre Stimme sich immer weiter in die Höhe schraubte und schließlich in einer Art Sirene endete. Jansen verzog gequält das Gesicht.

»Haben Sie denn schon lange für Herrn Hagebusch gearbeitet?«, fragte er schnell. Frau Sobolew schnaufte kurz auf.

»Mehr als ein halbes Jahr schon. Ich habe Job von meiner Schwiegermutter übernommen, die hat vorher drei Jahre gemacht.«

»Wie oft sind Sie zum Putzen hergekommen?«

»Einmal jede Woche.«

»Und die Wohnungstür, war die abgeschlossen, als Sie heute gekommen sind?«

»Nein, war nur zugezogen. Aber das war meistens so, nichts Besonderes.«

»Und ist Ihnen in der Wohnung sonst etwas aufgefallen? War irgendwas anders als gewöhnlich?«

Ihrem angestrengten Blick war anzusehen, wie sie sich bemühte, sich zu erinnern.

»Im Flur war Schirmständer umgefallen und dann die schlechte Luft. Und liegen auch paar weiße Flocken im Flur, aber sonst alles gleich wie immer, bis auf Herrn Hagebusch in Arbeitszimmer.«

Nun breitete sich wieder das Entsetzen auf dem Gesicht der Frau aus.

»Ich denke, das war's, Frau Sobolew. Vielen Dank. Wir haben ja Ihre Nummer, falls wir noch Fragen haben. Sie können jetzt nach Hause gehen«, sagte Angermüller schnell, bevor sie erneut losheulen konnte. Etwas erstaunt über das schnelle Ende schaute sie die Beamten an und stand von ihrem Stuhl auf.

»Armer Herr Hagebusch«, nickte sie bekümmert. »Auf Wiedersehen. Putzstelle jetzt wohl weg.«

»Frau Kornelius«, sprach Angermüller nach Frau Sobolews Abgang die Hausbesitzerin an, »wie lange hat der Herr Hagebusch denn hier im Haus gewohnt?«

»Das müssen wohl bald sechs Jahre sein«, antwortete sie nachdenklich. »Die Zeit vergeht! Das magst gar nicht glauben.«

»Und was war er so für ein Mieter?«

»Er war sehr zurückgezogen, ein sehr ruhiger Mann. Erstaunlich, wenn man so seine Zeitungsartikel gelesen hat. Da hat er ja man ganz schön freche Sachen geschrieben, manchmal. Seine Miete hat er immer pünktlich gezahlt. Das gab nie Probleme.«

»Und er lebte allein in der Wohnung?«

»Das nehme ich wohl an. Den Vertrag hat er jedenfalls allein unterschrieben. Er hatte selten auch mal jemanden zu Besuch, das ja. Aber ich hätte das wohl bemerkt, wenn da ständig noch jemand ein- und ausgegangen wäre.«

Angermüller glaubte der wachen alten Hausbesitzerin aufs Wort.

»Wissen Sie, ob er Familie hatte?«

»Tut mir leid«, bedauerte Frau Kornelius, »da kann ich Ihnen gar nicht helfen. Wie gesagt, er war immer sehr für sich, der Herr Hagebusch.«

»Haben Sie irgendwas bemerkt gestern oder heute Nacht? Unbekannte Leute hier im Haus oder ungewöhnlichen Lärm, Geräusche?«

»Nicht, dass ich wüsste«, verneinte die alte Dame,

»aber ich höre auch nicht mehr ganz so gut wie früher.«

»Ich glaube, ich muss eine Zeugenaussage machen«, verkündete Angermüller seinem Kollegen plötzlich auf der Treppe ins Parterre.
»Wat? Bist du's gewesen?«
Erstaunt drehte Jansen sich nach ihm um.
»Immer raus mit der Sprache. Dat erspart uns viel Arbeit.«
»Als ich gestern Nacht nach Hause gekommen bin, hat mich im Flur jemand bös angerempelt.«
»Und das sagst du erst jetzt? Wie hat er ausgesehen? Wie groß, wie alt? Hat er was gesagt?«
»Der hat sich nicht entschuldigt und nichts. Zur Haustür raus und weg war er.«
»Aber du wirst doch wenigstens sagen können, wie der Kerl ausgesehen hat. Wie war er denn gekleidet?«
Mittlerweile waren sie wieder vor Hagebuschs Wohnung angelangt. Angermüller versuchte, sich die Begegnung der letzten Nacht noch einmal ins Gedächtnis zu rufen. Er schloss die Augen, um sich besser konzentrieren zu können. Schließlich schüttelte er missmutig seinen Kopf.
»Mensch Claus, das ist unglaublich. Nix! Also, ich versteh jetzt die Schwierigkeiten, die manchmal unsere Zeugen haben, wenn sie sich erinnern sollen.«

»Wie? Hast du so 'n berühmten Blackout oder wat? Also, Herr Kriminalhauptkommissar, das ist mehr als mager, will ich ma sagen.«

Der Angesprochene zuckte mit den Schultern.

»Was soll ich machen? Erstens war es stockdunkel und zweitens ging es so unglaublich schnell! Ich hab mich fast hingesetzt und bin gegen die Wand geflogen. Da – meine Schulter tut jetzt noch weh«, beschwerte er sich, die besagte Stelle reibend, »und wenn du mir mit Beugehaft drohen würdest: Ich kann dir nicht mal sagen, ob das ein Mann oder eine Frau gewesen ist.«

»Tss«, machte Jansen kopfschüttelnd, »Profi, nennt sich das. Weißt du wenigstens, wie spät es war?«

»Kurz nach halb elf, würde ich denken.«

»Geht das nicht ein bisschen genauer, Herr Kollege?«

»Ich fürchte, nein.«

»Übrigens, Kollegen«, meldete sich Mehmet Grempel, als sie in die Diele traten, »hier im Eingangsbereich der Wohnung muss es ein Gerangel gegeben haben. Seht ihr die Kratzer an der Wand und die angerissene Tapete? Und da liegt sogar Putz auf dem Boden.«

»Das passt. Der Schirmständer war auch umgefallen, hat die Putzfrau erzählt«, nickte Jansen. »War es mehr als einer?«

»Der Tote ist ein großer, kräftiger Mann, das braucht schon e bissle Power, den zu bändigen. Kann gut sein, dass es nicht nur einer war. Mal sehn, was wir noch finden.«

Immer wenn Angermüller den jungen Kriminaltechniker in seinem weichen Dialekt sprechen hörte, musste er an die alte Heimat denken. Bei einer Geburtstagsfeier in der Bezirkskriminalinspektion war er mit Mehmet Grempel ins Gespräch gekommen, und dabei hatten sie erfreut festgestellt, dass sie aus derselben Gegend stammten. Mehmet war in Coburg aufgewachsen, der Kommissar kam aus einem kleinen Dorf im Landkreis, nicht weit vom romantischen Schlösschen Rosenau. Und genau wie Angermüller war auch Mehmet der Liebe wegen nach Lübeck gezogen. Mein Gott, 16 Jahre war das bei ihm jetzt her, dachte der Kommissar, und auf der Stelle wanderten seine Gedanken zu Astrid und den Zwillingen. Wie hatte sein Leben sich doch verändert in den letzten Monaten.

»Hallo, Jansen, grüß dich, Schorsch!«, riss ihn der mittlerweile eingetroffene Rechtsmediziner aus seinen Grübeleien, als sie in das Arbeitszimmer kamen. Er hockte in seiner weißen Schutzkleidung neben dem Opfer und ging seiner Untersuchungsroutine nach.

»Sag mal, du wohnst tatsächlich hier gegenüber?«, fragte Steffen von Schmidt-Elm. »Ich hab das Namensschild gesehen. Mir kam die Adresse gleich so bekannt vor. Aber weil du ja bis heute nicht zur Housewarming-Party geladen hast, war ich mir nicht ganz sicher.«

»Tja erwischt. Ich wohn da drüben. Die Party demnächst, Steffen, versprochen! Auf jeden Fall noch vor Weihnachten«, entgegnete Angermüller. Eine enge Freundschaft bestand zwischen ihm und dem Rechtsmediziner. Gleich zu Beginn von Angermüllers Lübecker Zeit hatten sie sich kennengelernt und nicht zuletzt war es ihrer beider ausgeprägte Leidenschaft für kulinarische Genüsse, die sie verband.

»Wie sieht's aus? Kannst du uns schon einen Hinweis zum Todeszeitpunkt geben?«

»Ach, Schorsch.«

Der gut aussehende Steffen lächelte gewinnend über seine Lesebrille hinweg.

»Immer diese Ungeduld! Aber ich will mal nicht so sein. Nach Totenstarre und Körpertemperatur zu urteilen, nehme ich an, der Tod ist vor mindestens zehn bis zwölf Stunden eingetreten.«

»Mmh«, machte der Kommissar nachdenklich, »dann könnte mein Zusammenstoß gestern Nacht ja tatsächlich was mit der Sache zu tun haben.«

»Ach wirklich? Du hast jemanden gesehen?«

»So kann man das leider nicht sagen. Mich hat beim Nachhausekommen jemand fast umgerannt. Aber es war dunkel im Flur und geschah im Bruchteil von Sekunden. Ich kann beim besten Willen überhaupt keine Angaben zu der Person machen, das ist natürlich sehr ärgerlich.«

»Allerdings«, kommentierte Jansen brummig aus dem Hintergrund.

»Und Todesursache?«, wechselte Angermüller das Thema und wandte sich wieder an den Rechtsmediziner.

Steffen seufzte. Angermüller kannte die Empfindlichkeit seines Freundes gut. Zum einen zierte der sich immer ein wenig, wenn man ihn bereits am Tatort so direkt nach seinen Erkenntnissen fragte, zum anderen war er eben sehr gewissenhaft und gründlich und sicherte sich lieber nach allen Regeln seiner Kunst ab, statt eine voreilige Einschätzung zu präsentieren.

»Ich gebe die Auskunft äußerst ungern und in diesem Stadium der Untersuchung nur mit größtem Vorbehalt. Aber weil du es bist: Vermutlich Tod durch Ersticken an einem Brocken Pastete. Genaueres gern morgen nach der Obduktion.«

Angermüller wirkte auf einmal tief in Gedanken. Er schaute auf den Toten in seinem Bürosessel.

»Und warum füttert jemand diesen Mann hier mit Pastete? Mit einem Trichter?«, sprach er mehr zu sich selbst. Steffen von Schmidt-Elm hüstelte dezent.

»Wenn ich dir weiterhelfen darf: Das ist kein einfacher Trichter. Ich denke, es handelt sich um ein Stopfrohr. Foie gras, das sagt dir etwas, nehme ich an?«, fragte er den Kommissar. Der nickte.

»So ein Rohr wird für die Gänsemast benutzt«, fuhr Steffen fort, »eben um Foie gras zu produzieren. Gänsestopfleber. Bei uns ist diese Methode seit ein paar Jahren verboten, da sie zu Recht als Tierquälerei betrachtet wird. In Frankreich dagegen hat man die Foie gras zum Teil des nationalen und gastronomischen Kulturerbes erklärt. Ich erinnere mich noch dunkel der Zeiten, da ihr Genuss bei uns noch nicht so verpönt war beziehungsweise man sich über die Herstellung dieser Spezialität überhaupt keine Gedanken machte. Die feine Konsistenz und der aromatische Geschmack – das war schon etwas Einzigartiges.«

Ein leises Bedauern im letzten Satz war nicht zu überhören.

»So weit ich weiß, darf die Gänsestopfleber aber nach wie vor importiert werden.«

»Das ist richtig, und wahrscheinlich gibt es genügend Menschen, die sich über Herkunft und Entstehung überhaupt keine Gedanken machen. Foie gras ist ja auch sehr kostspielig. Dass für die Herstellung einer als so edel und exklusiv gepriesenen Delikatesse Tiere leiden müssen, weil man ihnen im Wortsinne das Futter in den Hals stopft, damit ihre Leber unnatürlich fett wird, darüber denken diese Gourmets überhaupt nicht nach.«

»Wat denn? Mit so 'nem Rohr da kriegen die Flattermänner das Futter reingestopft? Krass«, stellte Jansen angewidert fest, der sich sonst eher nicht für die Herkunft seiner Burger und Currywürste interessierte.

»Den Stopfer haben wir auch schon gefunden. Hier«, rief Mehmet Grempel aus dem Flur und hielt eine durchsichtige Plastiktüte hoch, in der ein rundes Metallteil steckte.

»Genau, damit wird das Futter hineingedrückt«, bestätigte Schmidt-Elm und griff dann mit seiner Pinzette nach einem kleinen Metallring, der sich auf dem Oberkörper des toten Mannes befand.

»Ich nehme in diesem Fall allerdings an, dass es sich nicht um reine Foie gras handelt. Was dem armen Mann hier im Halse stecken blieb, ist nicht von besonders erlesener Qualität. Schon einmal dieser penetrante Geruch, irgendwie nach Maggi finde ich, das spricht nicht für teure Foie gras. Auf jeden Fall handelt es sich um Dosenware, so wird das meist verkauft«, stellte der Rechtsmediziner fest, während er seinen Fund mit der Pinzette ins Licht hielt.

»Ach, is dat so 'n Dosennippel?«, fragte Jansen interessiert und öffnete sogleich einen kleinen Klarsichtbeutel zum Eintüten.

»Aufreißlasche nennt man das«, verbesserte Schmidt-Elm und ließ den Metallring hineinfallen.

»In den seltenen Fällen, in denen ich Produkte verwende, die in entsprechenden Behältnissen angeboten werden, bricht dieses Teil beim Öffnen ab, und man muss zu abenteuerlichen Methoden greifen, damit man doch noch an den Inhalt kommt. Nicht zu vergessen die akute Verletzungsgefahr dabei!«

Angermüller ging auf Steffens launigen Kommentar nicht ein. Ihm fehlte heute seine sonst vorhandene Ruhe.

»Hast du schon im Hausmüll geschaut, Claus, ob da leere Dosen abgelegt wurden?«

»Da is nix.«

»Schade. Dann müssen wir irgendwie anders herausfinden, was für eine Pastete das ist, wo man sie kaufen kann und so weiter.«

Angespannt fuhr sich Angermüller immer wieder mit der Hand durch das gelockte dunkle Haar. Er wollte weg aus diesem düsteren Arbeitszimmer, in dem sich nur Papier in den Regalen bis zur Decke stapelte, es keine privaten Fotos, keine Pflanzen, keine Dekoration gab, die auf die persönlichen Vorlieben des Bewohners schließen ließen. Er wollte weg von diesem Ort und von diesem gespenstisch hergerichteten Toten. Der Gedanke allerdings, dass er spätestens am Feierabend in seine eigene Wohnung zurückkehren würde, die gleich nebenan lag, rief ein diffuses Unwohlsein bei ihm hervor.

»Einbruchsspuren gibt es keine, Hagebusch hat seinem Mörder wahrscheinlich selbst die Tür geöffnet«, resümierte er weiter. »So nach systematischem Durchwühlen sieht's hier auch nicht aus. Also wohl eher kein Raubmord. Möglicherweise ein Racheakt? Als Journalist hat sich der Mann bestimmt nicht nur Freunde gemacht.«

»Vielleicht wollte jemand irgendwelche Informationen aus ihm rauskriegen?«, überlegte Jansen.

»Und hat ihn mit diesem Stopfrohr gefoltert, um seinen Fragen Nachdruck zu verleihen?«

»Na ja, so mit Mafiamethoden eben«, meinte Jansen achselzuckend. »Warum nicht?«

»Also ich finde, die ganze Inszenierung könnte eher auf so eine Art Bestrafungsaktion hindeuten«, sagte Angermüller langsam. »Rache für die gequälten Tiere, so was in die Richtung.«

»Stimmt, Tierfreunde, das könnte passen«, mischte sich der Rechtsmediziner in ihre Überlegungen. »Grundsätzlich finde ich das auch völlig richtig, wenn man gegen üble Missstände in der Tierhaltung protestiert. Aber manche von diesen edlen Rächern der geknechteten Kreatur schießen übers Ziel hinaus. Gewalt gegen Menschen im Namen der Tiere, das kann's ja auch nicht sein.«

»Genau an solche Leute habe ich gedacht. Vielleicht hat der Hagebusch die in seinen Artikeln auf dem Kieker gehabt.«

»Tscha, keine Ahnung. Müssen wir recherchieren«, meinte Jansen.

»Wahrscheinlich wäre es nicht schlecht, wir fragen bei der Lübecker Zeitung nach, welche Themen Hagebusch in letzter Zeit so bearbeitet hat. Hast du irgendwas gefunden zu Familie, Freunden, privaten Kontakten?«

»Nix. Aber ich hab schon mit der Staatsanwaltschaft telefoniert. Wir nehmen seinen Laptop, die CDs und den ganzen Kram mit. Da sollen die aus der ZD ran und die Daten durchforsten.«

»Ich bin vorhin kurz in der Küche gewesen. Das

musst du dir ansehen, Schorsch!«, forderte der Rechtsmediziner den Kommissar auf. Steffen war der Einzige, der ihn hier im Norden bei seinem fränkischen Kurznamen nannte, doch klang es bei ihm eher nach einem französischen Georges.

»Sehr interessant, welche Vorräte dort gehortet sind. Ein paar ganz feine Sachen darunter. Euer Kollege Meise sagt, der Mann habe hier allein gelebt. Er muss einen ziemlich großen Appetit gehabt haben.«

»Ah ja, schau ich mir gleich an«, entgegnete Angermüller zerstreut. Nichts lag ihm momentan ferner, als über die Feinkostvorräte des Herrn Hagebusch nachzudenken.

»Mehmet! Komm mal mit der Kamera und bring die Folie mit«, meldete sich Ameise, der in einer Ecke hinter dem Schreibtischsessel herumkroch.

»Vorsicht!«, stoppte Ameise den herbeieilenden jungen Mann, der ihm die Gelatinefolie reichte.

»Sach ich doch immer: Wer suchet, der findet!«

Die Freude über seine Entdeckung war Ameise deutlich anzuhören. Man konnte von ihm persönlich halten, was man wollte, dachte Angermüller, als Kriminaltechniker war er wirklich ein Ass und so engagiert wie sonst kaum einer seiner Kollegen.

»Hier muss vor Längerem irgendwas umgekippt sein. Wein, Saft, Bier – keine Ahnung. Jedenfalls hat die Putzfrau hier nicht sehr gründlich gearbeitet, und in dieser klebrigen Schicht ist zumindest der Teilabdruck einer Schuhsohle zu sehen.«

Nachdem Mehmet Grempel seine Fotos gemacht hatte, ging Ameise behutsam daran, den Abdruck mit der Folie abzunehmen.

»Stöckelschuhe sind das jedenfalls nich«, murmelte er, »aber ziemlich klein. Auf keinen Fall stammt der Abdruck von unserem Toten, der hat nich grad lütte Fööt.«

»Welche Größe isses denn ungefähr?«, fragte Jansen interessiert.

»Ungefähr 41, würd ich sagen. Kleiner Fuß für einen Mann, eher groß für eine Frau. Mal sehen, ob wir was in der Schuhspurensammlung haben. Ich tippe auf eine Art Wanderschuh, vielleicht auch ein Gummistiefel. Ach ja, zum Thema Opfer-Inszenierung. Mehmet, zeig doch mal!«, forderte Ameise den jungen Kriminaltechniker auf.

Mehmet Grempel holte aus einem Kunststoffsack einen schlaffen Kissenbezug hervor.

»Der lag da neben dem Sessel. Jemand hat ihn aufgeschnitten. Die Federn, die über den Mann geschüttet wurden, stammen daraus. Die Frage ist halt, ob die Täter den mitgebracht haben und das alles von vornherein so geplant war, oder ob das eine spontane Aktion hier vor Ort gewesen ist. Genauso bei der roten Tinte.«

Angermüller nickte. Dann ging er sich die Küche anschauen. Sie war nicht größer als die in seiner Wohnung. Die Einrichtung schien ziemlich neu zu sein. Die Arbeitsplatten waren aus einem teuren, leicht sauber zu haltenden Material, wie Angermüller erkannte, der sich gerade erst für seinen Umzug mit dem Thema auseinandergesetzt hatte. Überhaupt war die Küche recht gut ausgestattet. Es gab einen Kühlschrank mit unterschiedlichen Frischezonen, darunter einen ziemlich großen Tiefkühler. Der Herd hatte sechs Gasflammen, auf Armhöhe waren ein Dampfgarer, ein Backofen und ein extra Grill angebracht. In einer Ecke glänzten eine noble Kaffee – und eine riesige Küchenmaschine aus Edelstahl mit allen Schikanen.

Eine ganze Reihe von Kartons und Holzkisten stand auf den Arbeitsplatten, zwei, drei stapelten sich auf dem Fußboden neben den Schränken, sodass man in dem nicht sehr großen Raum Schwierigkeiten gehabt hätte, ein aufwendigeres Essen zuzubereiten. Trotz ihrer guten Einrichtung schien die Küche kaum genutzt zu werden, wirkte irgendwie steril. In zwei der Holzkisten fand sich eine Sammlung von Rotweinen bester Provenienz, aus allen möglichen Anbaugebieten, wie Angermüller registrierte, auch eine Auswahl Rotspon war darunter. Ein Karton enthielt Marzipan in allerlei Formen, mit und ohne Schokolade, ein anderer Tüten mit Kaffee einer in Lübeck ansässigen Rösterei, in wieder einem anderen gab es Pralinés und Konfitüren.

Ratlos sah Angermüller auf die angehäuften Delikatessen. Das Bild des Journalisten, das er in Erinnerung hatte – massige Figur, nachlässig gekleidet, ausgelatschte Schuhe, verschmierte Brille – passte viel eher zu einem gefräßigen Imbissbudengänger denn zu einem Freund gepflegter Esskultur. Und Steffen hatte recht, selbst für eine Person mit gesundem Appetit überstiegen diese Reserven hier ein normales Maß. Beim Blick auf eine Packung feinster Schokolade stellte Angermüller ein bereits überschrittenes Mindesthaltbarkeitsdatum fest. Er schaute sich manche der Sachen noch einmal an und sah, dass einiges davon schon länger hier lagern musste.

Auf einem Teller im Kühlschrank waren zwei Sorten Käse und ein Stück Schinken angeordnet, daneben stand eine halb gefüllte Butterdose. Diese Sachen schienen in Gebrauch zu sein. Ansonsten wurde in dem Schrank eine große Auswahl an Wein, Sekt und Champagner gekühlt. Wurst- und Räucherfischspezialitäten, unter anderen auch ein dicker Aal, lagen in ungeöffneten Vakuumverpackungen in den anderen Fächern, auch einige Käse. Manche der Lebensmittel waren schon etwas unansehnlich, mit einem schmierigen Belag unter der Folie. Mit leichtem Widerwillen streifte Angermüllers Blick eine riesige geräucherte Putenbrust, die, ebenfalls noch originalverpackt, in einer Ecke ruhte.

»Hunger, Kollege?«, kam es von Jansen, als der ihn vor dem geöffneten Kühlschrank stehen sah.

»Verstehst du das?«, fragte der Kriminalhauptkommissar zurück, wies in den Kühlschrank und auf die Kartons mit den Delikatessen um sie herum.

»Wenn du dat schon nich verstehst, du Feinschmecker, ich versteh's sowieso nicht.«

KAPITEL II

»Soso, der Kollege Hagebusch ist Opfer eines Tötungsdelikts geworden, sagen Sie.«

Der zierliche Mann um die 40, mit der strubbeligen Frisur und der modernen, eckigen Brille, lehnte entspannt in seinem ergonomisch geformten Bürostuhl und spielte mit einem Kugelschreiber. Sein Blick war dabei wach und aufmerksam. Höchst interessiert betrachtete er die beiden Kommissare, die ihm an seinem Schreibtisch gegenüber saßen. Der bestach, wie auch die Sideboards und Tischchen drum herum, durch seine penible Ordnung. Das Büro von Daniel Overbeck war nur durch Glaswände von den Arbeitsplätzen der übrigen Mitarbeiter getrennt, und ab und zu traf ein neugieriger Blick den Chef der Lokalredaktion und seine Besucher.

»Und jetzt wollen Sie wohl wissen, wo ich zum Tatzeitpunkt gewesen bin?«, versuchte der Lokalchef zu scherzen. Jansen sah zu Boden und Angermüller sagte: »Wir würden Ihnen gern einige Fragen zu Victor Hagebusch im Zusammenhang mit seiner Tätigkeit für Ihre Zeitung stellen. Zum Beispiel, an welchen Themen er in letzter Zeit so gearbeitet hat.«

»Tja, in letzter Zeit«, nickte der Journalist und überlegte.

»Eigentlich hat Hagebusch in letzter Zeit recht

wenig für uns gemacht. Ich erinnere mich jetzt nur eines Artikels über die mutmaßliche Bürgermeisterkandidatin der Grünen, einen über die Neueröffnung eines Feinkostladens und irgendwas über die Schließung eines traditionellen Ausflugslokals. Aber natürlich hab ich das nicht alles im Kopf.«

»Hatte Hagebusch einen bestimmten Themenbereich, über den er schrieb?«

»Er war bei unserer Zeitung ja nicht fest angestellt und hat meist von sich aus Artikel angeboten. Manchmal hat er auch gemacht, was gerade so anfiel. In den letzten Monaten haben wir seine Dienste eher selten in Anspruch genommen.«

»Woran liegt das?«

»Och«, meinte Overbeck in leichtem Plauderton und rückte an seiner Brille, »wir haben einen recht großen Pool an freien Mitarbeitern und Mitarbeiterinnen, wissen Sie. Viele begabte, junge Leute. Denen gibt man ja gern mal eine Chance.«

Aufmerksam beobachtete Angermüller den Journalisten.

»Sie haben gesagt: Erst in letzter Zeit hat Hagebusch weniger für die Lübecker Zeitung geschrieben. Gibt es dafür einen bestimmten Grund?«

Daniel Overbeck nahm eine gerade Haltung auf seinem Stuhl ein.

»Na ja. Es hat Veränderungen in der Redaktion gegeben. Ich sitze erst seit gut drei Monaten auf diesem Platz. Der alte Chef ist in Rente gegangen, nach fast 30 Jahren. Er und Hagebusch kannten sich schon ewig. Zwei alte Schlachtrösser der schreibenden Zunft. Auch wenn sie inzwischen mit PC und Internet arbeiteten – sie gehörten einfach zu einer anderen Generation.«

»Was heißt das konkret, bezogen auf Victor Hagebusch?«

»Jeder hat halt einen anderen Stil«, antwortete Overbeck leichthin, was Angermüller, wie alle bisherigen Auskünfte des Mannes, wenig hilfreich fand. Jansens linkes Bein begann nervös zu wippen.

»Wat war denn nu der Grund, dat der Hagebusch hier nich mehr arbeiten sollte?«, fragte er den Lokalchef etwas brüsk in dem für ihn typischen, dialektgefärbten Umgangston. Die Miene seines Gegenübers verriet ein gewisses Unbehagen, aber der Mann gab sich einen Ruck.

»Ich fand die Arbeitsweise von Hagebusch einfach nicht seriös. Seine Recherchemethoden, sein Umgang mit Informanten – er hat seine Vergangenheit am Boulevard eben nie abgelegt. Und jedes Thema, egal wie belanglos, versuchte er zum Skandal zu stilisieren. Dabei arbeitete er in seinen Beiträgen oft mit finsteren Andeutungen und Zweideutigkeiten, immer an der Grenze dessen, was juristisch gerade noch vertretbar war. Viel Feind, viel Ehr, das schien sein Motto zu sein. Keine Ahnung, was mein Vorgänger für einen Narren an ihm gefressen hatte. Aber wer weiß, welche Leichen die beiden alten Herren zusammen im Keller hatten ...«, er unterbrach sich und grinste albern. Wieder rückte er an seiner Brille.

»Vergessen Sie's. Das Letzte haben Sie jetzt nicht gehört.«

Die Beamten gingen auf Overbecks spontanen Seitenhieb auf den alten Lokalchef gar nicht ein.

»Wäre es wohl möglich, Hagebuschs Beiträge für die Lübecker Zeitung, sagen wir mal, aus den vergangenen zwölf Monaten zu bekommen?«, erkundigte sich Angermüller.

»Das können wir gern machen. Ich gebe im Archiv Bescheid, dann stellt man Ihnen das dort zusammen. Möchten Sie eine CD oder sollen wir es per E-Mail schicken?«

»Als Mail bitte. Wissen Sie sonst etwas über Victor Hagebusch, das für uns von Interesse sein könnte?«

Overbeck zuckte mit den Schultern.

»Ich habe mit dem Mann nicht viel zu tun gehabt oder besser, die drei- bis viermal haben mir gereicht. Ich hab die Zusammenarbeit mit ihm vermieden. Für mich war er einer, dessen große Zeit längst vorbei war, einer, der einfach nicht aufhören konnte und glaubte, die Welt brauchte ausgerechnet einen wie ihn und seine Sicht der Dinge.«

»Gibt es denn jemanden in der Redaktion, mit dem er befreundet war oder privaten Kontakt hatte?«

»Hagebusch und Freunde unter den Kollegen?«,

der Lokalchef schüttelte den Kopf. »Da weiß ich leider gar nicht Bescheid. Tja, mein Vorgänger, der hätte Ihnen bestimmt was über Hagebusch erzählen können. Aber der gute Mann ist eine Woche nach Beginn seines Ruhestandes umgefallen und war tot. Ganz schön viel Pech, was?«

Die drei Männer hielten einen Augenblick nachdenklich inne.

»Grundsätzlich hat es mich sowieso erstaunt, dass der Hagebusch sich das überhaupt noch angetan hat, als freier Mitarbeiter solche, wie soll ich sagen, Wald- und Wiesenaufträge für den Lokalteil zu erledigen«, sagte Overbeck dann.

»Und warum finden Sie das so erstaunlich?«, wollte Angermüller wissen.

»Weil Hagebusch einem sofort vermittelte, was für ein wichtiger Mann er war, welche Kontakte er hatte und für welche großen Zeitungen er geschrieben hat – natürlich war das alles Vergangenheit. Aber bei ihm hörte sich das so an, als bewege er sich noch immer unter den Mächtigen und Wichtigen unserer Republik – wenn er das überhaupt je getan hat. Und jetzt ab und zu mal einen Artikel über Lübecker Lokalgrößen oder den besten Wochenmarkt der Stadt ...«

Overbeck unterbrach sich und schüttelte seinen Kopf.

»Na ja, seine Sache. Es hieß außerdem, finanziell hätte der das auch nicht nötig. Näheres darüber weiß ich nicht. Aber, wie schon gesagt, der Journalismus, oder besser, das, was er dafür hielt, war wohl sein ganzer Lebensinhalt.«

Als Angermüller und Jansen sich kurz darauf von ihm verabschiedeten, fiel dem Lokalchef etwas ein: »Ich hab doch noch einen Tipp für Sie: Sie sollten mit Frau Tischbein sprechen. Die war mehr als 30 Jahre hier im Haus und macht manchmal noch Vertretung im Sekretariat. Gerade diese Woche ist sie für jemanden eingesprungen. Wenn die Tischbein nichts über den Hagebusch weiß, dann keiner.«

Die Beamten waren schon aus der Tür, da kam Overbeck ihnen nach.

»Wie sieht es eigentlich aus, haben Sie ein paar Informationen für uns zum Fall Hagebusch? Schließlich ist es nur recht und billig, wenn wir als Erste was darüber bringen, wo er doch einer unserer geschätzten Mitarbeiter war.«

Die Stimme der Frau war einer schnarrenden Computerstimme nicht unähnlich, dabei gebieterisch, mit einem vorwurfsvollen Unterton, sodass Angermüller alles, was er sagte, irgendwie falsch vorkam. Der spröde Ton passte zu dem spitzen, scharf geschnittenen Gesicht. Ansonsten wirkte Frau Tischbein unauffällig. Aschblond und glatt das halblange, von einem exakten Mittelscheitel geteilte Haar, die Brille randlos, das Kostüm eher ordentlich als schick, so saß sie kerzengerade hinter ihrem Schreibtisch. Einzig ein blaues Halstuch, das akkurat um den Ausschnitt des Jacketts drapiert war, brachte etwas Farbe in ihre Erscheinung.

Kaum dass Angermüller und Jansen ihren Namen und Dienstgrad ausgesprochen hatten und noch ehe sie ihren routinemäßigen Griff in die Jackentasche vollziehen konnten, verlangte die Sekretärin, die Dienstausweise der beiden zu sehen.

»Und weswegen sind Sie hier? Ich habe nicht viel Zeit. Von meiner erkrankten Kollegin ist einiges aufzuarbeiten.«

Mit einer energischen Bewegung schob sie nach einem kurzen Kontrollblick die Karten zurück über die Schreibtischplatte.

»Wir würden gern über Victor Hagebusch mit Ihnen sprechen. Wir haben gehört, Sie könnten uns vielleicht weiterhelfen.«

»Dazu müsste ich zuerst wissen, weshalb Sie Auskünfte über Herrn Hagebusch von mir haben wollen. Ich rede nicht über andere Leute, ohne zu wissen, wozu es gut ist«, stellte sie mit steinerner Miene klar.

»Wenn es überhaupt irgendwozu gut ist.«

»Der Herr Hagebusch wurde heute Morgen von der Putzfrau tot in seiner Wohnung aufgefunden. Da er keines natürlichen Todes gestorben ist, haben wir die Aufgabe herauszufinden, was geschehen ist. Wenn Ihnen das als Begründung reicht, würden wir Ihnen jetzt gern ein paar Fragen stellen, Frau Tischbein.«

An seiner leisen Stimme und an dessen sauberstem Hochdeutsch merkte Angermüller sofort, dass die Mittsechzigerin seinem Kollegen Jansen gehörig auf die Nerven ging.

»Oh Gott! Nein! Ich meine, ja. Selbstverständlich beantworte ich gern Ihre Fragen. Der Herr Hagebusch! Oh mein Gott!«, wiederholte sich Frau Tischbein und zwinkerte nervös hinter ihren starken Brillengläsern. Jansen hatte sein Ziel erreicht. Doch es war nur diese eine Schrecksekunde, in der die Frau ihre Fassung verlor.

»Fragen Sie«, befahl sie den Beamten sogleich, während sie wieder eine kerzengerade Haltung einnahm und die Arme vor der Brust kreuzte.

»Wie lange kennen Sie Victor Hagebusch schon?«, begann Angermüller.

»Vor ungefähr fünf Jahren fing er an, für die Lübecker Zeitung zu schreiben, von Anfang an für den Lübecker Lokalteil. Ich war die Leiterin des Redaktionssekretariats. Da hatten wir des Öfteren miteinander zu tun. Aber das ist jetzt schon länger her, dass ich ihn zuletzt gesehen habe. Na ja, hier hat sich inzwischen so einiges verändert«, stellte sie mit Verbitterung fest, »und ich mache ja nur noch ab und zu einmal Vertretung.«

»Und wie sind Sie mit Herrn Hagebusch klargekommen?«

»Sehr gut. Da kann ich gar nichts anderes sagen.«

Die Antworten der Sekretärin kamen schnell, in sachlichem Ton und präzise artikuliert.

»Wie war sein Verhältnis zu den anderen Kollegen und Kolleginnen hier im Haus?«

»Er war einer unserer Freien, weshalb er mit den fest angestellten Redakteuren nicht allzu viel zu tun hatte. Und seit der Chef – also unser alter Chef – gegangen ist, ist ja kaum noch was von Victor Hagebusch in der Lübecker erschienen. Die beiden kannten sich schon sehr lange, wissen Sie. Die hatten zusammen ihr Volontariat in München gemacht. Das waren zwei Journalisten!«

Große Bewunderung sprach aus ihrem letzten Satz.

»Ja?«

Angermüller schaute sie fragend an.

»Nun ja, nicht solche Leisetreter, die vor lauter politischer Korrektheit keine eigene Meinung mehr haben.«

Ganz kurz bekam die Stimme etwas Geiferndes, doch sie kehrte sofort wieder zu ihrer emotionslosen Leier zurück.

»Der Chef, der musste natürlich Rücksicht nehmen. Die Geschäftsleitung hat sich in den letzten Jahren immer öfter eingemischt. Deshalb ist der auch krank geworden, da bin ich mir sicher. Und dass er sieben Tage nach seinem Abschied vom Berufsleben gestorben ist... Da kann man sich ja auch so seinen Teil denken. Und jetzt auch noch der Herr Hagebusch.«

Sie traf diese letzten Feststellungen zwar wieder ohne merkbare Gemütsregung, aber zwischen dem Ableben der beiden Männer schien für sie ein logischer Zusammenhang zu existieren.

»Gab es jemanden hier im Haus, zu dem Victor Hagebusch eine enge kollegiale oder private Beziehung hatte?«

»Nicht, dass ich wüsste. Herr Hagebusch hatte eine treue Anhängerschaft unter unseren Lesern, das glaub ich wohl. Seine kritischen Artikel über manches, was hier in der Stadt so schiefläuft, trafen ja oft den Nerv der Leute. Bei den Kollegen hat er sich damit nicht gerade beliebt gemacht.«

Frau Tischbeins ohnehin stark verkleinerte Augen hinter den dicken Gläsern verengten sich, doch an ihrem spröden, ausdruckslosen Tonfall änderte sich nichts mehr.

»Da gibt es natürlich auch viel Neid, wissen Sie. Deshalb war er ganz froh, glaube ich, dass er sich auf mich immer verlassen konnte.«

»Hatten Sie über die Redaktion hinaus Kontakt zu Victor Hagebusch?«

»Wir sind ab und zu zusammen ausgegangen.«

Nur eine winzige Anhebung ihrer Tonlage und ein leichtes Zucken ihrer rechten Schulter verrieten, wie stolz Frau Tischbein auf diese Tatsache war.

»Nicht sehr oft. Ich durfte ihn ein paar Mal bei Recherchen in Restaurants begleiten. Herr Hagebusch ist – oder war – ja ein vielbeschäftigter Mann.«

»Was hatte er denn so viel zu tun?«
»Das kann ich Ihnen nicht genau sagen. Er schrieb wohl nicht nur für die Lübecker Zeitung. Jedenfalls war er meist in Eile und führte immer eine volle Aktentasche mit sich. Hin und wieder habe ich ihm einen Gefallen getan, im Rahmen meiner beruflichen Kompetenz natürlich. Das ist ja auch selbstverständlich. Er hat sich stets mit Marzipan oder Kaffee oder so etwas revanchiert, immer von allerbester Qualität, manchmal eben auch mit einem Restaurantbesuch.«
Frau Tischbein unterbrach sich. Sie schaute prüfend zu Angermüller und Jansen, schien zu überlegen, ob sie erzählen sollte, was ihr durch den Kopf ging.
»Einmal waren wir in der Ulmenschenke, damals das beste Lokal in der Stadt, ziemlich kostspielig. Er schien dort gut bekannt zu sein. Jedenfalls hat er auch lange mit dem Wirt geredet. Das Essen war hervorragend, und wir wurden äußerst zuvorkommend bedient. Es war ein ganz besonderer Abend, den ich nie vergessen werde.«
Schnarr, schnarr – auch bei dieser letzten Feststellung keine Modulation, keine Emotion. Das Unbehagen, das Angermüller beim Klang ihres Organs empfand, wurde immer stärker.
»Wie war er denn so als Mensch?«
»Beeindruckend.«
Das kam sofort, ohne Überlegung. Seltsame Beschreibung, dachte Angermüller.

»Und worüber haben Sie sich mit Herrn Hagebusch unterhalten?«

»Meistens hat er aus seinem Berufsleben erzählt. Das war sehr interessant, sehr eindrucksvoll. Er ist ja viel rumgekommen, hat viele berühmte Persönlichkeiten getroffen. Ich konnte ihm stundenlang zuhören.«

»Und können Sie uns etwas über Hagebuschs Familienverhältnisse sagen? Ob er irgendwelche Verwandten hat?«

»Er lebte allein«, sie überlegte kurz. »Ich weiß nur, dass er die Gegend oben bei Kellenhusen und Dahme öfter erwähnte. Er schien dort öfter mal zu sein oder gewesen zu sein.« Angermüller wandte sich mit fragendem Blick zu Jansen. Der zuckte nur mit den Schultern.

»Dann danken wir für Ihre Zeit, Frau Tischbein. Einen schönen Tag noch«, wünschte der Kriminalhauptkommissar und bemühte sich um ein besonders freundliches Gesicht.

»Bitteschön, ebenso«, antwortete die Sekretärin knapp, ohne ihren Gesichtszügen auch nur den Anflug eines Lächelns zu erlauben, und sogleich vertiefte sie sich wieder in das Papier auf ihrem Schreibtisch.

»Wer hat Sie eigentlich zu mir geschickt, wenn ich fragen darf?«, hielt die kratzig trockene Stimme die Kommissare noch einmal zurück, als diese schon an der Tür waren.

»Das war der Herr Overbeck.«
»Ach, der Overbeck. Na, das hätte ich mir ja denken können.«

Draußen flog die farblose Nebellandschaft vorbei, während Jansen den Passat in Richtung Norden trieb. Im Wagen war es warm, und nach einem ziemlich verspäteten Mittagessen beim Chinesen fühlte Angermüller sich ein wenig schläfrig. Der kleine Imbiss in der Schmiedestraße war eine der raren Adressen, auf die er sich mit Jansen beim Thema Essen einigen konnte. Der erste gemeinsame Besuch dort hatte ihn einiges an Überzeugungsarbeit bei seinem Kollegen gekostet, dessen persönliche Speisekarte wohl nicht einmal zehn Gerichte umfasste. Inzwischen wollte Jansen allerdings von seiner ursprünglichen Ablehnung der asiatischen Küche nichts mehr wissen.

Muss ein merkwürdiger Mensch gewesen sein, dieser Hagebusch, ging es Angermüller durch den Kopf, bin gespannt auf die Familie. Scheinbar hatte er ja keine privaten Kontakte zu Kollegen, auch sonst keine Freunde. Nur diese Frau. Und so richtig persönlich gingen die ja auch nicht miteinander um. Aber selten so eine unsympathische Person getroffen! Am unangenehmsten war es, wenn sie sprach. Das klang wie das Zerbröseln eines Knäckebrots.

»Eine eigenartige Stimme hatte diese Frau Tischbein«, sagte er halb zu sich selbst und fragte dann lauter seinen Nebenmann: »Sag mal, haben wir es wirklich so eilig, Claus?«

»Wenn dat man nur die Stimme wär.«

Auf die leise Kritik des Kriminalhauptkommissars an seinem Fahrstil ging Jansen, der bis vor Kurzem in seiner Freizeit Rallyes gefahren war, gar nicht ein. Ein paar Jahre schon bildeten Angermüller und Kriminalkommissar Claus Jansen ein Team und im Umgang miteinander folgten sie manchmal, ohne es zu bemerken, einfach einem ungeschriebenen, aber immer gleichen Drehbuch.

»So richtig persönlich war ihre Beziehung zu Hagebusch ja auch nicht. Aber irgendwas scheint der an der Frau doch gefunden zu haben. Es sei denn, der hat den Kontakt nur gepflegt, weil er sich irgendwelche Vorteile davon erhoffte«, überlegte Angermüller. »Oder weil er die grenzenlose Bewunderung der Tischbein brauchte, wo er anderswo wohl ziemlich abgemeldet schien.«

»Jedenfalls is der Tipp von der Tante gar nich so falsch gewesen«, schloss Jansen für sich das Thema ab.

Gleich nach ihrem Besuch in der Lübecker Zeitung hatte Jansen den Kollegen Thomas Niemann gebeten, nach dem Namen Hagebusch in der Gegend von Dahme und Kellenhusen zu forschen. Niemann war im Büro des K1 stationiert. Er stand für solche Rechercheanfragen zur Verfügung und war als Aktenführer der Mann, bei dem alle Informationen eines Falles gesammelt wurden, der sie sichtete, hinterfragte und in einen logischen Zusammenhang zu bringen versuchte. Durch sein exzellentes Gedächtnis war er für diese Aufgabe prädestiniert und erfüllte sie mit großem, persönlichem Einsatz. Auch heute hatte es nicht lange gedauert und er hatte Angermüller und Jansen eine Adresse genannt.

Sie verließen die Autobahn bei Lensahn und nahmen die Landstraße in Richtung Ostsee. Irgendwo hinter dem grauweißen Himmel musste die Sonne stehen, denn der Horizont war etwas heller geworden, bemerkte Angermüller im Rückspiegel. Schwarze Rabenvögel, aufgescheucht von dem Lübecker Dienstwagen als einem der seltenen Fahrzeuge auf der Strecke, erhoben sich mit trägen Flügelschlägen vom Straßenrand und flohen weit hinaus auf die kahlen Felder.

»Wieso biegst du hier ab? Das Navi möchte weiter auf der Hauptstraße fahren.«

»Vertrau mir, Kollege. Ich kenn die Gegend ganz gut. Is ne Abkürzung. Kannte hier mal jemanden.«

Was das bei Jansen bedeutete, wusste Angermüller. Der Kommissar, Anfang 30, fast zehn Jahre jünger als er selbst, hatte bis vor Kurzem ein recht abwechslungsreiches Beziehungsleben gehabt, wodurch ihm so einige Orte rund um die Lübecker Bucht wohl vertraut waren. Über einen unbefestigten Schotterweg gelangten sie schließlich in eine kleine Straße, die parallel am Wasser entlang führte, wo einzelne Häuser in erster Reihe direkt am Ostseestrand standen.

»Hier sind wir richtig.«

Zwischen den bebauten Grundstücken gaben winterlich kahle Büsche den Blick auf das Wasser frei, wo sich weit draußen ein paar Sonnenstrahlen durch die Wolkenschicht gekämpft hatten. Jansen hielt vor einem der Häuser, und die beiden Kommissare gingen durch den Vorgarten auf die Eingangstür zu. Angermüller betätigte den Klingelknopf. Die Wartenden hörten einen Gong durch den schmucklosen Flachbau tönen, und gleich darauf näherte sich hinter einer Glastür die Silhouette eines Menschen.

»Ja bitte?«

Eine leise Stimme. Ansonsten alles grau und unauffällig. Die Haare, die Strickjacke, selbst die Augen in ihrem blassen Gesicht waren grau. Das Gesicht einer alten Frau. Sie hatte die Tür nur ein Stück weit geöffnet und hielt sie mit beiden Händen fest.

»Frau Hagebusch? Dagmar Hagebusch?«

Sie nickte. Angermüller stellte sich und Jansen vor und fügte den üblichen Satz von der traurigen Nachricht an. Ängstlich sah ihn die Frau an.

»Wir müssen Ihnen leider mitteilen, dass Ihr Mann, Victor Hagebusch, heute Morgen tot in seiner Wohnung aufgefunden wurde.«

»Oh Gott!«

Weiter sagte sie nichts. Ihre Hände schienen an der geöffneten Tür nach Halt zu suchen. Sie blieb regungslos auf der Schwelle stehen und starrte die Polizisten an. Als Angermüller, der fürchtete, sie könne vielleicht ohnmächtig werden, höflich fragte, ob sie kurz hereinkommen dürften, gab sie ohne ein Wort die Tür frei und wies dann geradeaus in den lichten Raum, der sich direkt an den Flur anschloss. Es war wohl das Wohnzimmer, wenig phantasievoll, aber gemütlich eingerichtet, mit handgewebten Teppichen und einer Möbelmischung aus Alt und Neu. Zwei Sofas standen sich vor dem großen Fenster gegenüber, das einen weiten Blick auf Garten, Strand und Meer freigab. Von dem einen Sofa sprang ein junger Mann hoch, sobald sie ins Zimmer kamen.

»Mama, was ist los? Geht's dir nicht gut?«

Besorgt sah er sie an und legte der Frau eine Hand auf den Arm.

»Das ist die Polizei. Victor ist tot.«

»Oh Mama!«

Er schloss sie in seine Arme. Beruhigend strich er ihr über den Rücken und führte sie zu einem Stuhl.

»Komm, setz dich doch.«

Sie nahm Platz und starrte auf den Boden, tief atmend, offensichtlich bemüht, sich wieder zu fassen.

»Frau Hagebusch, wir haben nur ein paar kurze Fragen an Sie«, begann Angermüller, nachdem Jansen ihre Personalien notiert hatte, wobei der Kommissar mit Erstaunen zur Kenntnis nahm, dass die Frau zehn Jahre jünger als Victor Hagebusch war.

»Meinen Sie, das wäre vielleicht möglich?«

Sie nickte. Ihre Hände, die sie unablässig knetete, zitterten merklich.

»Ihr Mann lebte ständig in seiner Wohnung in Lübeck?«

Ganz leise bejahte Dagmar Hagebusch und sah nicht auf dabei.

»Wann haben Sie ihn das letzte Mal gesehen?«

Ein ratloses Kopfschütteln.

»Es reicht, wenn Sie uns sagen, wie lange das ungefähr her ist?«

Als sie einfach nur schwieg, schwante Angermüller, dass sie hier wohl nicht viel würden ausrichten können.

»Können Sie vielleicht Angaben zu seinem Privatleben, seinem Bekanntenkreis machen? Ob es Menschen gab, zu denen er regelmäßig Kontakt hatte, über seine Journalistentätigkeit hinaus?«

Ganz leise begann sie zu schluchzen.

»Möchtest du dich gern hinlegen, Mama? Was meinst du?«

Der junge Mann war neben sie getreten und streichelte ihre Schulter. Ohne zu antworten erhob sich Dagmar Hagebusch. Liebevoll nahm er ihren Arm, kümmerte sich um sie, ohne von den beiden Beamten Notiz zu nehmen, die etwas verloren daneben standen. Schließlich brachte er seine Mutter in einen

Raum nach nebenan. Nach zwei, drei Minuten kam er zurück.

»Ich kann Ihnen leider nicht sagen, wann sie mit Ihnen sprechen kann. Mama geht es nicht gut.«

»Vielleicht können Sie uns ja ein paar Fragen beantworten«, meinte Angermüller, »aber erst einmal unser Beileid, Herr Hagebusch.«

»Mein Name ist Calese, Lorenzo Calese. Victor Hagebusch war mein Stiefvater.«

Von der Sicherheit, mit der er sich um seine Mutter gekümmert und sie umsorgt hatte, war nichts mehr zu spüren. Er war ein eher schmächtiger Typ mit einem wirren Haarschopf und einem dicken, schwarzen Brillengestell in seinem kindlichen Gesicht.

»Was ist denn eigentlich mit ihm passiert, dass die Polizei extra hier aufkreuzt?«

»Victor Hagebusch wurde heute Morgen tot aufgefunden. Da keine natürliche Todesursache vorliegt …«

»Ach, wirklich?«

Angermüller glaubte hinter dem überraschten Gesicht des Jungen ein kaum erkennbares leichtes Grinsen bemerkt zu haben.

»Was hat man denn mit ihm gemacht?«

»Tut mir leid, dazu kann ich Ihnen zu diesem Zeitpunkt leider nichts sagen. Aber vielleicht können Sie uns ein paar Fragen zu Victor Hagebusch beantworten? Können wir uns dort drüben setzen?«

Angermüller ließ sich mit dem Rücken zum Fenster nieder, Jansen setzte sich neben ihn. Lorenzo Calese, der automatisch den Platz auf dem Sofa gegenüber einnahm, blinzelte in die letzten Lichtstrahlen, die draußen plötzlich aufleuchteten und ihm direkt ins Gesicht fielen. Dadurch wirkte er noch unsicherer.

»Sie wohnen sehr schön hier«, bemühte sich Angermüller um einen lockeren Ton.

»Ja, stimmt, das Haus liegt toll. Aber ich bin schon lange ausgezogen. Bin nur gerade zu Besuch hier.«

»Ah ja«, nickte Angermüller. »Für länger?«

»Ich bin letzte Woche gekommen und will am Wochenende wieder los.«

»Ihr Name klingt sehr italienisch, Herr Calese.«

»Korrekt. Mein Vater war Italiener. Er ist früh gestorben.«

»Und später hat Ihre Mutter Victor Hagebusch geheiratet?«

Lorenzo Calese verschränkte die Arme vor der Brust und nickte stumm.

»Wie lange ist das her?«

»Ich war damals vier, jetzt bin ich 31.«

Dann ist er ja fast so alt wie Jansen, dachte Angermüller, der ihn wenigstens um fünf Jahre jünger geschätzt hatte. Und im Vergleich zu dem Zeugen erschien ihm sein Kollege plötzlich richtig reif und erwachsen.

»Ihr Stiefvater hatte ja eine Wohnung in Lübeck. War er denn auch oft hier?«

»Meine Mutter und er lebten schon lange voneinander getrennt. Auch wenn sie das bis heute nicht so recht wahrhaben will. Sie haben sie ja eben erlebt.«

Er machte eine hilflose Geste. Die Trennung lag schon ungefähr 15 Jahre zurück, wenn auch die Ehe nie geschieden worden war. Finanziell war seine Mutter glücklicherweise unabhängig als Erbin einer Reihe von Ferienwohnungen und einer Strandkorbvermietung. Hagebusch hatte wohl schon immer einen zweiten Wohnsitz an dem Ort gehabt, wo er für eine Zeitung tätig gewesen war. Nur zum Wochenende war er aus Bonn, München, Berlin oder Hamburg hier angereist.

»Und wenn seine Ankunft bevorstand, musste alles nach seinen Wünschen gerichtet und vorbereitet sein.«

Ein ironisches Lächeln erschien auf Lorenzos Gesicht. Er schüttelte sein dunkles Haar nach hinten.

»Mama hatte geputzt und vor allem eingekauft. Es musste immer reichlich Essen und Trinken im Haus sein, wenn der Herr hier aufkreuzte, und nur vom Feinsten. Ab und zu hat er auch noch irgendwelche Spezialitäten mitgebracht. Mal hatte er einen Hasen im Kofferraum, mal ein halbes Wildschwein oder ein paar Aale, die sich noch schlängelten.«

Der Blick des jungen Mannes ging an Angermüller und Jansen vorbei, zurück in seine Kindheit.

»Ihnen scheint das nicht so gefallen zu haben, wenn ich das richtig sehe«, bemerkte Angermüller aufmerksam. Lorenzo Calese nickte.

»Als Kind waren diese Wochenenden mit ihm mein Albtraum. Ich dürfe zuschauen, wenn er dem Hasen das Fell abzieht oder das Wildschwein zerlegt, hieß es dann. Natürlich wollte ich ein starker Junge und keine Heulsuse sein, also blieb ich dabei. Aber ich gruselte mich fürchterlich und nachts träumte ich von blutigen Fleischfetzen, die überall in meinem Zimmer und meinem Bett waren.«

Er lächelte, als ob er sich entschuldigen wolle für seine Ängste.

»Das sind ja keine schönen Kindheitserinnerungen«, kommentierte der Kriminalhauptkommissar mitfühlend.

»Allerdings. Am schlimmsten waren die Mahlzeiten, vor allem die sonntäglichen Mittagessen. Oft hat er dazu irgendwelche Leute eingeladen, die er für wichtig hielt. Da hat er immer selbst gekocht, wollte Eindruck schinden mit seiner üppigen Tafel. Fettige Suppe, schwere Braten, riesige Fleischberge. Ich hab sowieso nie viel gegessen als Kind, und auch nicht gern. Fleisch oder Fisch mochte ich schon gar nicht. Er hat's mir aufgezwungen. Er ließ nicht eher locker, bis ich meinen Teller leer gegessen hatte. Unter seiner Aufsicht musste ich die Brocken hinunterwürgen. Es scheint ihm richtig Spaß gemacht zu haben, je mehr ich jammerte und heulte.«

Sein Erzählfluss stockte für einen Moment.

»Hinterher bin ich ins Badezimmer gerannt und hab alles wieder ausgekotzt. Das wusste er natürlich, aber das war ihm egal. Wenn seine Show vorüber war, dann war ich ihm sowieso egal und interessierte ihn nicht mehr.«

»Und Ihre Mutter? Hat die das alles so einfach geschehen lassen?«

»Meine Mutter hat mich als Kind eigentlich sehr verwöhnt, und natürlich hat sie mich dann immer getröstet, aber nie hat sie meinen sogenannten Stiefvater an seinen Spielchen gehindert. Das ist das Einzige, was ich meiner Mama noch heute vorwerfen muss: Dass sie nie gewagt hat, gegen seinen menschenverachtenden Umgang mit mir, einem wehrlosen, kleinen Jungen, zu protestieren.«

»Aber warum hat sie …«, setzte Angermüller an.

»Ich weiß es nicht. Manchmal glaub ich, das Leben an sich ist einfach zu viel für Mama. Sie ist eine sehr liebe, aber auch sehr schwache Person. Sie hat null Selbstbewusstsein, überhaupt keine Durchsetzungskraft, hat immer nur nach jemandem gesucht, dem sie sich anschließen kann, der die Führung übernimmt. Aber warum sie ausgerechnet diesen Typ geheiratet hat?«

Er schüttelte ratlos den Kopf.

»Oh Mann, wie oft ich darüber schon nachgedacht habe! Ich hab keine Ahnung. Ich weiß nicht, was sie an Hagebusch gefunden hat. Ich werde es wohl nie herausfinden. Sie mag darüber nicht reden. Vielleicht weiß sie es ja selbst nicht. Sie hat schon immer verdrängt, was sie nicht wahrhaben wollte, und Sie haben ja gesehen, sein Tod scheint ihr unglaublich nahe zu gehen. Ich find das einfach irre«, Calese sah aufgewühlt zu den Beamten. »Vielleicht ist es das ja sogar. Für manches reicht dein Verstand halt nicht aus, um es zu erklären.«

Für einen Augenblick wurde es still im Raum, draußen senkte sich die Dämmerung über die See. Die Tür vom Nebenzimmer wurde leise geöffnet.

»Mama, geht's dir schon besser?«

Sofort war der Junge neben ihr. Dagmar Hagebusch nickte. Mit einem schüchternen Lächeln setzte sie sich mit ihrem Sohn auf das Sofa. Schmal und zerbrechlich, fast durchsichtig wirkte sie. Es war nicht auszumachen, ob sie von Lorenzos Schilderungen aus seiner Kindheit etwas mitbekommen hatte.

»Victor muss ja bestattet werden«, sagte sie plötzlich und schaute ihren Sohn an. »Er wollte doch immer hier auf dem Friedhof liegen.«

Lorenzo Caleses Gesichtsausdruck schwankte zwischen Verblüffung und Resignation.

»Frau Hagebusch, erlauben Sie mir bitte eine Frage«, versuchte es Angermüller noch einmal freundlich. »Hatten Sie denn in letzter Zeit Kontakt zu Ihrem Mann?«

»Victor ist schon lange nicht mehr hier gewesen«,

erklärte sie. »Mein Mann war ja immer sehr beschäftigt. Er arbeitete doch als Journalist.«

Der Sohn ließ einen Moment die Schultern hängen und bedachte die Beamten mit einem deprimierten Blick. Dann straffte er sich wieder.

»Ich muss wohl doch noch ein bisschen bei dir bleiben, was Mama?«, fragte er sanft die Frau neben sich.

»Ach ja, bleib doch noch! Das wäre schön«, freute sie sich und lehnte sich an ihn. »Ist ja so weit nach Italien.«

»Sie leben in Italien?«, fragte Angermüller den jungen Mann.

»Ja, in der Nähe von Cecina. Mein Vater stammte von dort.«

»Und was machen Sie beruflich, wenn ich fragen darf?«

»So alles Mögliche. Im Moment versuche ich, mich als Webdesigner selbstständig zu machen.«

»Lorenzo ist ein begabter Junge!«, erklärte die Mutter stolz. »Kunst und Design lagen ihm schon immer.«

Angermüller nickte.

»Wann haben Sie denn Ihren Stiefvater das letzte Mal gesehen?«

Etwas verwundert blickte Lorenzo Calese zum Kommissar.

»Also, das ist ewig her, daran kann ich mich jetzt wirklich nicht mehr erinnern.«

»Sagen Sie uns beide bitte noch, wie Sie den gestrigen Abend verbracht haben?«

Irritiert hob Dagmar Hagebusch den Kopf.

»Warum wollen Sie das wissen?«

»Nur Ermittlungsroutine«, antwortete Angermüller leichthin.

Die Mutter griff nach Lorenzos Hand und suchte wieder seinen Blick. Er lächelte.

»Mein Sohn und ich waren natürlich zu Hause«, sagte sie, was dieser mit einem Nicken bestätigte.

»Nein, halt!«

Sie schüttelte den Kopf.

»Das stimmt ja gar nicht, Lorenzo!«

Befremden im Gesicht des jungen Mannes.

»Wir waren doch essen! Bei deinem Lieblingsitaliener in Kellenhusen!«

Erleichtertes Auflachen.

»Na klar, Mama! Wie konnt ich das vergessen! Tonis wunderbare Kürbis-Gnocchi an tomatisierten Steinpilzen!«

Zufrieden schaute Dagmar Hagebusch zu den Beamten.

»So gegen acht waren wir schon wieder zu Hause. Es war ja so ein unangenehm nebliger Abend gestern.«

»Also, ich nehm noch eine von den Buchteln. Mit janz viel Vanillesauce, bitte!«

Mit vor Wonne bebender Stimme stand die propere Rothaarige vor der Kuchenvitrine und deutete auf die braungolden glänzenden Gebäckstücke. Draußen blies inzwischen ein unangenehm kalter Wind, und weiße Kämme schimmerten im Zwielicht auf den graubraunen Wellen. In der Wärme des Cafés duftete es aromatisch nach Espresso, auf den Tischen verbreiteten Kerzen Gemütlichkeit, und im Hintergrund sang leise Nat King Cole.

»Hach, Frau Stucki, wat machen Sie bloß damit? Die machen ja süchtig, die Dinger!«

Wie süschtisch hörte es sich im rheinischen Singsang der jungen Frau an.

Lina lachte.

»Gar nix! Einfach nur gute Zutaten und natürlich viel Liebe.«

»Ach ja, die Liebe!«, seufzte die Kundin und setzte sich zurück zu den anderen Frauen, die sich um den großen, runden Tisch vor dem Fenster versammelt hatten.

»Davon können wir alle ne Riesenportion brauchen, oder?«

»Sandra! Du wieder!«, lachten ihre Tischgenossinnen, die vor Kaffee und Kuchen saßen. Seit zwei Wochen traf sich die Truppe fast jeden Nachmittag im Café ›Torten, Suppen, Meer‹ – sehr zu Linas Freude. Die Frauen waren zur Kur mit ihren Kindern hier, oft brachten sie die auch mit. Heute aber waren sie allein, und ihre Gespräche drehten sich meist um Männer, um deren Fehler und Eigenarten, dass die Typen manchmal ganz schön nerven konnten, aber doch irgendwie fehlten, sobald sie nicht mehr da waren.

»Die Männer sind alle Verbrecher ...«, sang eine der Kurmütter plötzlich voller Pathos.

»Aber lieb, aber lieb sind sie doch!«, schmetterte Sandra sogleich lauthals dazwischen. Ein fröhliches Lachen brandete durch das kleine Café. Die beiden Hunde, die wie gewohnt in ihrer Ecke neben dem Tresen lagen, hoben erstaunt die Köpfe. Doch sie beobachteten die Frauen nur und blieben ansonsten still. Lina hatte die Tiere, die sie stets begleiteten, gut erzogen.

Sandra war jetzt richtig in Stimmung.

»Ach, wollen wir heute nicht mal einen Prosecco trinken, Mädels? Was kostet ein Glas Prosecco, Frau Stucki?«

Wohl wissend, dass es die meisten der Frauen nicht so dicke hatten, nannte Lina einen sehr moderaten Preis.

Sie freute sich über die regelmäßigen Besucherinnen, deren Kur in der nächsten Woche zu Ende ging. Es war nicht garantiert, dass die nächste Kurfrauenschicht ebenfalls ihr Café zum Stammlokal wählen und einen stabilen Einnahmeposten im umsatzschwachen November garantieren würde. Mir fehlt kein Typ, dachte Lina trotzig, die mit halbem Ohr den Gesprächen gefolgt war, während sie die Gläser mit Prosecco füllte. Nie werde ich mich von einem

Typen abhängig machen – oder nie wieder. Weder in Sachen Liebe, noch Geld, noch Kinder. Schwierig genug war es gewesen, den Herrn Stucki loszuwerden. Nach langer Zeit musste sie wieder einmal an ihre Mutter denken. Und wieder spürte sie die Wut im Bauch, eines der wenigen Gefühle, das sie für diese Frau übrig hatte. Und wieder hoffte sie, niemals so zu werden wie sie. Zum Glück habe ich auch mit Olaf jetzt klare Verhältnisse geschaffen, beglückwünschte sich Lina im Stillen, sonst wäre ich womöglich in diese verdammte Beziehungsfalle getappt.

»Prost, die Damen!«

»Prost, Frau Stucki! Kommen Sie, ich lad Sie ein, trinken Sie doch einen mit!«, forderte Sandra sie auf.

»Danke, das ist lieb! Aber ich muss nachher noch Autofahren.«

Lina trank sowieso kaum Alkohol. Der unerwartete Ansturm im Café – außer den jungen Müttern hatten sich noch drei Touristenpaare und ein Stammgast aus der Nachbarschaft mit einem Freund eingefunden – hatte sie eine ganze Weile von ihren eigenen Problemen abgelenkt. Doch nun, da es dunkel wurde und der Feierabend näher rückte, fiel ihr ein, dass sie noch keine richtige Lösung gefunden hatte. Alle ihre Anrufe waren erfolglos geblieben. Sie würde wohl in den sauren Apfel beißen und noch einmal nach Lübeck fahren müssen. Lina griff sich das Telefon und rief Kai an, um ihm zu sagen, dass sie an dem Termin am Abend auf keinen Fall teilnehmen könnte. Natürlich war Kai nicht begeistert, denn sie war fest eingeplant gewesen. Doch sie schob als Ausrede eine beginnende Grippe vor, was er schließlich als Entschuldigung akzeptierte.

Mechanisch ordnete sie das Geschirr in die neue Profispülmaschine. Wenn sie bloß nicht so naiv gewesen wäre! Wie hatte sie dem Mann nur glauben können? Sie hatte doch nie wirklich viel von ihm gehalten, weil er immer nur sich, seine Interessen, seinen Vorteil im Auge hatte. Auch bei dieser Sache hatte sie von Anfang an so ein ungutes Gefühl gehabt. Und dann der gestrige Abend, an dem sie erfahren musste, dass er jahrelang genau für diese Leute tätig gewesen war. Das hatte er ihr die ganze Zeit verschwiegen! Logisch, denn dann hätte sie ihm sofort die Tür vor der Nase zugeschlagen. Niemand durfte erfahren, dass sie sich mit ihm eingelassen hatte. Niemand. Sie musste unbedingt heute noch nach Lübeck und sich zurückholen, was sie leichtsinnigerweise aus der Hand gegeben hatte. Nur so konnte sie die Sache wieder geradebiegen.

KAPITEL III

»Unsere Befragung der Nachbarn im Haus hat auch kein Ergebnis gebracht. Keiner hat was Ungewöhnliches gehört oder gesehen«, stellte Angermüller fest. »Also gut.«

»Gar nicht gut«, nörgelte Jansen. »Und du als Zeuge warst die größte Enttäuschung.«

Ohne darauf zu reagieren, blätterte der Kriminalhauptkommissar in seinen Notizen.

»Das Alibi von dem Calese ist, zumindest soweit es den Besuch in dem italienischen Restaurant betrifft, in Ordnung. Das haben wir schon geprüft.«

Sie saßen mit Thomas Niemann, Ameise und Mehmet Grempel in einem der Besprechungsräume vom Kommissariat 1. Harald Appels, der leitende Kriminaldirektor, hatte sich schon in den Feierabend verabschiedet und das mit einem wichtigen offiziellen Anlass begründet. Der Chef war wohl zu einem Essen gemeinsam mit irgendwelchen Größen der Stadt eingeladen. Diese Termine waren ihm heilig, und insgeheim liebte er sie, auch wenn er sich bei seinen Mitarbeitern gern über die wachsende Zahl derartiger Verpflichtungen beklagte.

»Wie sieht's aus, Thomas? Hast du denn was über den jungen Mann gefunden?«

Niemann schüttelte den Kopf.

»Fehlanzeige. Gibt keine Akte über ihn.«

»Schade, der hätte so ein glasklares Motiv«, grinste Jansen. »Aber das heißt ja noch nix.«

»Was hat die KT noch für uns?«, fragte Angermüller in Ameises Richtung.

»Woher das Metallrohr mit dem Trichter stammt, versuchen wir noch herauszufinden. Scheint schon ziemlich alt zu sein. Könnte auch Eigenbau sein, wie's aussieht. Weder darauf noch sonst wo relevante Fingerspuren. Die rote Tinte stammt vom Tatort. Sie war im Füller des Toten, und verschiedene Papiere auf seinem Schreibtisch waren damit beschrieben. Auch das zerschnittene Kissen gehört zum Haushalt des Opfers. Wir haben zwei gleichartige im Schlafzimmer gefunden.«

Der Kriminaltechniker sah von seinen Notizen auf.

»Die Dekoration des Toten war also eine ganz spontane Aktion, würd ich behaupten. Und ansonsten, nix, was ihr nicht schon wisst. Keine auffälligen Faserspuren, keine Haare, die mit irgendwelchen gespeicherten Daten übereinstimmen. Ich bin mir fast sicher, dass der oder die Täter Handschuhe und Mützen, wenn nicht irgendwelche Overalls trugen. Der Schuhabdruck könnte vom Täter stammen. Ist aber leider ein billiger Gummistiefel aus chinesischer Produktion, der im letzten Jahr hier im Norden von Schuhmärkten und Discountern zu Tausenden auf den Markt geworfen wurde. Die Schuhgröße ist 41,5, wie schon gesagt, kann genauso gut Männlein wie Weiblein sein. Bringt uns erst mal nicht weiter.«

»Der Tatort ist noch nicht freigegeben, und wir haben ihn amtlich versiegelt«, fügte Mehmet Grempel dem Bericht seines Kollegen an. »Morgen früh werden wir uns noch einmal genauer in der Küche umschauen.«

»Was ist mit den Handydaten?«, erkundigte sich Angermüller.

»Wir haben kein Handy gefunden bisher«, musste Grempel passen.

»Was schon eigenartig ist, weil es gar kein Festnetztelefon in der Wohnung gibt. Haben die Täter wohl mitgenommen. Aber bevor wir die einzelnen Provider abfragen, gucken wir erst einmal, ob es auf seinem PC einen Hinweis darauf gibt.«

Die fünf Beamten schwiegen einen Moment. Angermüllers Blick schweifte aus dem Fenster. In der Dunkelheit über der Altstadtinsel leuchteten vereinzelt rote Flugsicherheitslichter an den Kirchtürmen. Der Wetterbericht hatte Temperaturen um den Gefrierpunkt für die Nacht vorhergesagt. Der Kommissar sah wieder in die Runde.

»Wenn das stimmt, diese professionelle Vorbereitung auf die Tat, mit Overalls und so, dann geht es ja schon am ehesten in die Richtung einer Bestrafungsaktion. Also dann doch unsere Tierschützer?«

»Na, die Idioten haben ja noch gefehlt!«

»Tja, gute Frage«, nickte Niemann, ohne auf

Ameises Einwurf zu hören. »Aber Tierschützer ist natürlich ein weiter Begriff. Das gibt's ja viele brave Bürger, die dem Tierschutzverein spenden, gegen Tierversuche in der Pharmaindustrie unterschreiben und gegen tierquälerische Massentierhaltung sind – aus den unterschiedlichsten Gründen. Die meint ihr wahrscheinlich nicht.«

Er griff nach den Papieren auf dem Tisch vor sich.

»Ihr denkt wahrscheinlich eher an die, die sich manchmal als Tierrechtsaktivisten bezeichnen. Das ist natürlich auch eine wahnsinnig bunte Szene. Viele echte Idealisten, Veganer, Weltverbesserer, Spontis. Ein paar Spinner natürlich auch. Je jünger, desto radikaler. Und da gibt's eben auch einige militante drunter. Tja, und meine INPOL-Abfrage nach letzteren ergab in unserer näheren Umgebung ein paar Treffer. Unter denen wiederum gibt es drei, die hohe Risiken eingegangen sind, beziehungsweise nicht nur mit Gewalt gegen Sachen aufgefallen sind. Hier.«

Niemann reichte ein paar Ausdrucke herum. Es waren Auszüge aus den Kriminalakten der betreffenden Personen.

»Der Bursche hier ist mal grade 22.«

Er zeigte auf das Foto eines ernst blickenden Jungen mit kurzen, blonden Haarstoppeln.

»Ein Jäger hat sich neulich fast den Hals gebrochen, weil er von einem Hochsitz gefallen ist, den dieser Typ angesägt hat. Der hat natürlich gesagt, dass er das so nicht wollte. Aber die kriminaltechnischen Untersuchungen haben ergeben, dass es gezielte Sabotage war, die auf jeden Fall in Kauf genommen hat, dass ein Mensch dabei zu Schaden kommt. Der Hochsitz sah nämlich auf den ersten Blick völlig intakt aus. Er war genau dort beschädigt worden, wo garantiert ist, dass er umkippt, wenn der Jäger sich auf den vorgesehenen Platz setzt.«

»Und warum sitzt das Bürschchen nicht im Knast?«, knurrte Ameise.

»Der wartet noch auf seinen Prozess. Die Mühlen der Justiz mahlen leider nicht so schnell. Ihr wisst doch, wie überlastet die sind.«

»Quatsch! Sesselpupser sind das!«, schimpfte Ameise und stand auf.

»Na, ich hau jetzt sowieso ab. Ich hab euch alles gesagt. Ansonsten, falls noch Fragen sind: Da sitzt der Mehmet, und mein Bericht liegt hier.«

»Ich wünsche auch einen schönen Abend, Kollege«, rief Angermüller ihm hinterher. »Bis morgen!«

»Lässt sich leider nicht vermeiden, dass wir uns morgen wieder sehen«, kam es grimmig zurück, und die Tür fiel hinter Ameise ins Schloss.

Thomas Niemann schüttelte den Kopf und nahm seinen Bericht wieder auf.

»Also, weil dieser Jonathan Mehlberger sonst noch nie straffällig wurde und keine Fluchtgefahr besteht, ist er nicht in U-Haft gekommen. Er stammt aus Reinfeld, sein Vater ist dort Pastor. Und der hier«, Niemann tippte auf ein Foto, »der lebt in Lübeck.«

»Boah, der sieht ja wild aus!«

Beeindruckt schaute Jansen auf den jungen Mann mit reichlich Metall im Gesicht. Er trug Piercings an Braue und Nase und hatte eine Vielzahl verfilzter Zöpfe aus dunklem Haar auf dem Kopf. Spöttisch blickte er in die Kamera.

»Fabian Köppe, 32, studiert Medizin und war eine Zeit lang Mitglied in einer kleinen Gruppe, so eine Art Anführer. ›Wache Hunde‹ nannten die sich, komischer Name. Scheinen nicht mehr aktiv zu sein. Der Köppe hat hauptsächlich Sachbeschädigungen auf dem Kerbholz. Parolen an Hamburger Restaurants gesprüht, Frauen in Pelzmänteln vor der MUK mit Farbe bekleckert, mal Nerze freigelassen. Buntes Programm. Aber eine Verurteilung wegen Körperverletzung hat er auch, weil er mit seinen Kumpels den Besitzer einer Schweinemastanlage vermöbelt hat, der sie bei einer Aktion erwischt hatte. Ist allerdings seit zwei Jahren nicht mehr aufgefallen.«

Die dritte Akte bezog sich auf eine Frau, Ende 20, die Feuer gelegt hatte im noch nicht eröffneten Neubau einer Hühnermastanlage. Sie war wohl nicht allein bei diesem Brandanschlag, gab aber ihre Mittäter nicht preis. Es war nicht ihre erste Straftat als Tierrechtsaktivistin. Da sie glaubhaft davon ausgegangen war, dass sich weder Menschen noch Tiere zum Zeitpunkt der Tat in dem Gebäude befanden, wurde sie wegen vorsätzlicher einfacher Brandstiftung zu einer Gefängnisstrafe von zwei Jahren auf Bewährung verurteilt.

»Allerdings hat sie sich nach dem ersten Jahr nicht mehr bei ihrem Bewährungshelfer gemeldet und ist seitdem abgetaucht. Es wird angenommen, dass sie nach wie vor in der Szene aktiv ist.«

»Na gut, vielen Dank. Dann hoffen wir mal, dass der Typ von der Zeitung seine Zusage hält. Unser Top-Journalist – zu Tode gefüttert! Nach so einer Schlagzeile lecken die sich doch die Finger. Aber sie warten mit der Veröffentlichung auf jeden Fall bis Freitag, hat er versichert. Dafür hab ich ihm versprochen, ihn sofort zu informieren, wenn unsere Ermittlungen erfolgreich waren.«

Der Kriminalhauptkommissar sah auf die Uhr.

»Lasst uns jetzt auch Schluss machen für heute. Du kümmerst dich um die Fahndung nach der Frau, Thomas, und wir zwei beide wissen, was wir morgen nach der Obduktion zu tun haben, gell, Claus?«

»Ja, wird ein geiler Tach morgen, wie immer.«

Ein eigenartiges Gefühl überfiel Angermüller, als er vor dem Haus stand, in dem er den Großteil seiner Lübecker Jahre verbracht hatte. Bei jedem Besuch hier legte sich ihm so ein komischer Druck auf die Brust. Er konnte sich wohl nicht an den Gedanken gewöhnen, dass dies alles jetzt vorbei sein sollte. Irgendwie war das immer noch sein richtiges Zuhause.

»Hallo, Georg, du! Und so pünktlich«, begrüßte ihn Astrid, blond und zierlich, in ein dunkelblaues Wolljackett zur Cordhose gekleidet. Sie klang tatsächlich erfreut. Trotzdem ärgerte sich Angermüller über ihren Kommentar, der ihm einmal mehr klarmachte, für wie unzuverlässig sie ihn hielt. Sie vermieden es beide, sich einen Begrüßungskuss zu geben, der bis vor gar nicht so langer Zeit noch ganz selbstverständlich zwischen ihnen gewesen war. Einen Augenblick standen sie sich etwas verlegen gegenüber. Dann tobte von oben Judith herunter, eine pinkfarbene Reisetasche in der Hand. Ihr langes blondes Haar wehte, sie trug einen übergroßen Pullover über einer Leggins und hatte sich offensichtlich die Augen geschminkt und die Lippen angemalt.

»Hi, Papa«, rief sie freudig, hing sich Georg an den Hals und gab ihm einen dicken Kuss auf die Wange.

»Hallo, Judith! Du hast dich ja so schick gemacht. Wir gehen aber nicht aus heute Abend.«

»Weiß ich doch! Ist doch auch gar nix Besonderes, was ich anhab.«

»Und hier?«, fragte ihr Vater und zeigte auf ihr Gesicht.

»Ach, Papa! Du hast keine Ahnung. Das ist doch nur mein ganz normales Tages-Make-up!«

Judith schüttelte den Kopf und wischte ihm die

Lippenstiftspuren aus dem Gesicht. Astrid hob im Hintergrund resigniert beide Hände. Im September waren die Zwillinge 14 geworden, und es gab so manche Grundsätze, auf deren Einhaltung ihre Mutter bisher streng geachtet hatte, die einer nach dem anderen im Alltag zerbröselten. Georg fand das normal. Astrid sah jedes Mal heilige Prinzipien über Bord gehen, die gewohnte Ordnung zusammenbrechen, unerwartete Schwierigkeiten wachsen. Aber das Leben war eben Bewegung, Bewegung nach vorn, und Kinder wurden erwachsen, auch wenn man sich das als Eltern nicht vorstellen konnte. Er musste an seine eigene 71-jährige Mutter denken, die ihn noch genauso wie früher behandelte. Sie war eine einfache Frau, sie wusste es nicht besser, aber er wollte mit seinen Töchtern anders umgehen.

»Hallo.«

Julia war heruntergekommen, genauso blond wie ihre Schwester und dieser zum Verwechseln ähnlich, wie alle Leute behaupteten. Sie lächelte und begrüßte ihren Vater mit einer stillen Umarmung. Schon immer war sie die ruhigere, vernünftigere der Zwillinge gewesen. Das Verwechseln würde jetzt wohl nicht mehr ganz so häufig vorkommen. In diesem Sommer hatten sie angefangen, die völlige Gleichheit in Frisur und Garderobe aufzugeben. Die Haare hochgesteckt, mit einem dunklen Rollkragenpulli zu Jeans, wirkte Julia heute älter und erwachsener als Judith.

»Dann lasst uns starten. Wir wollen doch gleich zusammen kochen. Eingekauft hab ich schon.«

»Mein Gepäck steht auch bereit. Martin kommt mich gleich abholen. Ist ja zum Glück nur zwei Stunden bis Bad Bevensen. Also, macht's gut, Mädels. Viel Spaß beim Kochen und bis morgen!«, verabschiedete sich Astrid von ihren Töchtern.

»Ich danke dir, Georg, dass du das so spontan möglich gemacht hast, dass die Mädchen bei dir übernachten können. Die Zusage für die Förderung dieser Fortbildung ist wirklich sehr spät gekommen. Und du weißt ja, in unserem Verein herrscht chronische Mittelknappheit, deshalb konnten wir nicht früher…«

»Astrid, ich bitte dich! Wovon sprichst du? Ich bin ihr Vater. Nur dass ich hier momentan nicht wohne.«

»Ja, natürlich«, sagte sie schnell, gab ihm die Schlüssel für den Volvo und verzog ihr Gesicht zu einem kleinen Lächeln.

»Morgen Abend bin ich wieder da.«

Es geht ihr nicht gut, dachte Georg sofort. Was ist los? Bereut sie ihre Entscheidung – unsere Entscheidung? Schließlich haben wir gemeinsam beschlossen, dass ich auszeihe. Sie hat das Thema sogar als Erste angesprochen, damals im Sommer. Wahrscheinlich hat sie Gewöhnungsschwierigkeiten, genau wie ich. Es fühlt sich ja schon ein bisschen wie amputiert an, nach so vielen Jahren wieder allein zu sein. Aber ist sie denn wirklich allein?

Georg bekam keine Gelegenheit, über diese Frage nachzugrübeln. Schon auf der kurzen Fahrt zu seiner Wohnung begann Judith ohne Punkt und Komma über ihre total geile Halloweenparty am Vorabend zu berichten.

»Und was gibt's zu essen, Papa?«

»Ihr habt euch Krautnudeln gewünscht, und natürlich gibt es Krautnudeln.«

»Supi! Ich schneid den Kohl!«, rief Judith.

»Und Nachtisch?«, fragte ihre Schwester.

»Was haltet ihr von Bratapfel mit Vanilleeis?«

»Oh lecker!«

Schnell hatten sie einen Parkplatz gefunden. Es war wirklich unangenehm kalt geworden. Beladen mit Gepäck und Einkäufen eilten sie zu dritt zum Haus. Julia zog die schwere Eingangstür auf und zuckte erschrocken zurück, als im sparsamen Licht der Außenbeleuchtung ein Hund auf sie zusprang. Er war nicht gerade klein, hatte ein schwarzes, glattes Fell und blieb mit dem Schwanz wedelnd vor ihr stehen.

»Du bist ja niedlich!«, quietschte Judith, drängelte sich an ihrer Schwester vorbei und hockte sich auf die Schwelle zu dem Tier.

»Ein toller Hund bist du! Und so brav!«, gurrte sie glücklich. Plötzlich tauchte aus dem Dunkel ein grauer Pudel auf und blieb in einiger Entfernung stehen.

»Guckt doch mal! Da ist ja noch einer!«

»Mach doch bitte mal das Licht an, Julia«, bat Angermüller, der mit seinen Einkaufstüten beladen im Hauseingang stand und keine Hand frei hatte. Als das Flurlicht ansprang, kam ihnen aus dem Hintergrund im Parterre eine Frau entgegen. Sie stieß einen leisen Pfiff aus, und sofort waren die Hunde neben ihr.

»Sind das Ihre Hunde?«, fragte Judith neugierig.

Die Frau nickte. Sie war nicht sehr groß, trug Anorak und Jeans.

»Wohnen Sie auch hier?«

»Judith! Nun sei nicht so neugierig«, mahnte Angermüller seine Tochter, dem die gleiche Frage auf der Zunge gelegen hatte, und schaute die junge Frau interessiert an. Die schüttelte den Kopf. Unter ihrer Wollmütze kräuselten sich dunkle Löckchen.

»Ich wollte hier nur jemanden besuchen.«

»Schade! Ich dachte, wir könnten die Hunde vielleicht öfter ausführen«, bedauerte Judith. »Wie heißen die eigentlich?«

»Teufel und Madame«, antwortete die Besitzerin der Tiere im Vorbeigehen und war gleich darauf nach draußen verschwunden.

»Hä? Was ist da denn passiert, Papa?«, fragte Julia und zeigte auf die versiegelte Tür der Nachbarwohnung. »Das ist doch ein polizeiliches Siegel!«

Meine Tochter, dachte Angermüller nicht ohne Stolz, und erklärte so beiläufig wie möglich, dass dort eingebrochen worden sei, was den beiden Mädchen schon Anlass genug für wohliges Gruseln war. Der Kriminalhauptkommissar bedauerte, nicht besser erkannt zu haben, woher genau die junge Frau eben gekommen war. Hatte sie jemanden im Haus weiter oben besucht? Oder hatte sie eben vor Hagebuschs Wohnung gestanden? Er hätte sie eigentlich danach fragen sollen. Aber mit den beiden Mädchen, dem ganzen Gepäck und den Hunden dazwischen war die Situation äußerst ungünstig für eine derartige Aktion gewesen. Jetzt war es zu spät.

»Okay, bringt die Sachen in euer Zimmer, Händewaschen und dann geht's los mit der Küchenarbeit!«

Gemeinsam werkelten sie bald in der Küche, schnitten Gemüse, füllten Äpfel mit Marzipan, Rosinen und Nüssen, kochten die Nudeln, während Julia und Judith dabei quatschten und lachten. Und auf einmal merkte Georg, wie seine neue Wohnung sich fast schon wie ein richtiges Zuhause anfühlte. Und das Kochen, endlich einmal nicht nur für sich allein, bereitete ihm noch mehr Vergnügen als gewöhnlich. Das Schönste für ihn war natürlich zu sehen, wie sich die Kinder begeistert auf das Essen stürzten. Die breiten Nudeln mit dem milden Spitzkohl, der sauren Sahne, Kümmel und Schinkenwürfeln waren ein gleichzeitig deftiger wie sanfter Genuss. Wie von selbst glitten sie vom Löffel in den Mund. Genau das richtige Essen, das nach einem trüben Novembertag die Seele wärmte.

»Papa, das schmeckt so geil!«, stöhnte Judith nach der zweiten Portion, »aber ich hör jetzt lieber auf. Will ja noch den Nachtisch!«

Lina starrte durch die Windschutzscheibe, die mit jedem Ausatmen mehr beschlug. Die Tür von der Wohnung versiegelt! Von der Polizei! Nun konnte sie es vergessen. Sie würde sich nicht zurückholen können, was sie leichtfertig aus der Hand gegeben hatte. In seine Hand gegeben hatte! Sie versuchte, wieder ruhig zu werden.

Wer konnte denn so was ahnen? Ratlos hing sie mit den Armen über dem Steuer. Im Rückspiegel sah sie, dass Teufel und Madame sie von der Rückbank aus aufmerksam beobachteten. Und dann noch die Begegnung mit dem Mann und den beiden Mädchen. Besonders die eine war ja nett und so an den Hunden interessiert, aber es wäre ihr eigentlich lieber gewesen, niemand hätte sie dort gesehen. Ihr Handy meldete sich. Es war schon wieder Olaf. Wie unzählige Male vorher drückte sie ihn weg. Der Typ nervte! Obwohl – gerade im Moment hätte sie gut jemanden brauchen können, um ihm ihr Herz auszuschütten. Aber da gab es niemanden, mit dem sie über die Sache reden konnte. Die musste sie allein mit sich ausmachen.

Sie startete den Wagen, schaltete das Licht ein und rollte langsam aus der Parklücke. Über die leeren Lübecker Straßen nahm sie den Weg zur A 1. Nebel herrschte heute Abend nicht mehr, dafür war die Temperatur auf unter Null gefallen. Hoffentlich war es nicht glatt. Jedes Glitzern auf dem feuchten Asphalt erschien ihr verdächtig. Lina schlich mit 80 über die Autobahn, während auf der Überholspur alle anderen Wagen als graue Schatten an ihr vorbeiflogen.

Sie war keine gute Autofahrerin und vermied es, wo es nur ging, sich selbst ans Steuer zu setzen. Aber das war der Nachteil vom Wohnen auf dem Lande, dass man ohne eigenes Auto sehr unbeweglich war. Bei dem überschaubaren Verkehr in ihrem Ort und der Umgebung fühlte sie sich inzwischen recht sicher. Der Weg nach Lübeck war etwas anderes. Aber mit Bahn und Bus – in Kellenhusen gab es keinen Bahnhof – verschlang er eine Unmenge Zeit, und am Abend kam man überhaupt nicht mehr zurück. Und so hatte sie für diese Fahrt in die Stadt ihre Abneigung überwinden müssen.

Nach fast anderthalb Stunden kam sie vor dem Apartmenthaus an, in dem ihre Wohnung lag. In die Erleichterung, nach Hause gekommen zu sein, mischten sich sogleich wieder die quälenden Gedanken um den Riesenfehler, den sie begangen hatte. Doch etwas verhinderte, dass sie weiter darüber nachgrübeln konnte. Das Geräusch der ins Schloss fallenden Haustür erklang nicht hinter ihr wie gewöhnlich. Als sie sich umdrehte, sah sie aus den Augenwinkeln einen Mann in den Flur kommen. Oh Mann, Olaf, du Nervensäge, fluchte sie innerlich. Aber es war nicht Olaf.

»Nanu, deine Freundin heute gar nich da?«, fragte Jansen leise, als sie sich am frühen Morgen im Institut für Rechtsmedizin trafen.

»Ich weiß nicht, was du meinst«, erwiderte Angermüller kühl. Jansen grinste nur statt einer Antwort. Der Kriminalhauptkommissar wusste genau, dass sein junger Kollege ihn zu gern zu einer genaueren Aussage zu dem Thema provoziert hätte, von dem dieser bisher nur ahnte, dass es eines war.

Ein Rechtsmediziner von der Uni Kiel assistierte Steffen von Schmidt-Elm, da seine Kollegin Anita Ruckdäschl zu einer Fachtagung zum Thema Stichverletzungen nach München geflogen war. Georg war überrascht. Sie hatte ihm gar nicht erzählt, dass sie verreisen würde. Aber im nächsten Augenblick dachte er, dass es eigentlich nur typisch für Anita war und zum bisherigen Verlauf ihrer Beziehung passte. Im Grunde war schon das Wort Beziehung übertrieben für die in loser Abfolge stattfindenden Treffen. Einerseits hatte Anita sich bei ihm über ihre Nichtsesshaftigkeit beklagt, ihr Singledasein als unfreiwilliges Schicksal dargestellt, andererseits schien sie selbst aber alles zu tun, um bloß nicht zu viel Nähe, zu viel Vertrautheit herzustellen. Wahrscheinlich würde er in ein paar Tagen wieder eine SMS erhalten in der Art: Heute Zeit und Lust? A.

Einmal mehr fragte sich Angermüller, ob er eigentlich diese Art von Verhältnis wollte. Anita war eine kluge und schöne junge Frau und natürlich tat es seinem Ego gut zu wissen, dass auch sie ihn attraktiv fand, sich gern mit ihm traf und ihn in ihr Schlafzimmer einlud. Andererseits hätte ihm ein wenig mehr Romantik in ihren Begegnungen besser gefallen. Er war nun mal ein gefühlvoller Mensch, ein zuverlässiger, beständiger Typ, und diese Unverbindlichkeit war nicht sein Ding. Anita hatte bisher ein ziemlich unstetes Leben geführt, ein aufregendes Leben mit Aufenthalten in unterschiedlichen Städten und Ländern, im Vergleich zu seinem von Regelmäßigkeit geprägten Dasein. Acht Jahre Altersunterschied lagen zwischen ihnen. Aber das war es nicht, dachte er, bei ihm war das keine Frage des Alters, er war schon immer so gewesen. Gut, es hatte sich jetzt ein gewisser Bruch in seinem Leben eingestellt. Aber nicht, weil er nicht zufrieden gewesen wäre. Menschen veränderten sich im Lauf der Zeit, mal aufeinander zu, mal voneinander weg, und in seinem Fall war eben Letzteres eingetreten.

Das Nachdenken über sich und Anita, über Astrid, über seine Vorstellungen von einer idealen Beziehung, ließen ihn mit nicht allzu großer Aufmerksamkeit dem Geschehen im Sektionssaal folgen. Doch diese Veranstaltung zählte für ihn ohnehin nicht zu den bevorzugten Seiten seines Berufes. Zum Glück war die Herausforderung heute einigermaßen erträglich, was das Aussehen des Leichnams und die Gerüche im Raum betraf. Die Rechtsmediziner benötigten keine zwei Stunden für ihre Arbeit, was aus Angermüllers Erfahrung für das unangenehme Schauspiel recht kurz war. Zum Abschluss stellte Steffen zufrieden das eindeutige Ergebnis ihrer Untersuchung vor.

Dem Opfer war mittels des Stopfrohrs gewaltsam das pastöse Lebensmittel eingeführt worden. Ein geringer Teil der Leberpastete war im Magen nachzuweisen, einige kleinere Bröckchen hatten sich in der Lunge verteilt und ein besonders großes Stück hatte sich in der Luftröhre festgesetzt. Verletzungen im Rachenraum, einschließlich des Kehlkopfes, wiesen darauf hin, dass das gefesselte Opfer sich gegen die erzwungene Fütterung wohl hatte wehren wollen, indem es den Kopf wegzudrehen versuchte. Der Täter aber hatte das metallene Rohr mit großer Gewalt in den Hals des Mannes gedrückt und so verhindert, dass dieser den feststeckenden Brocken schlucken oder aushusten konnte, sodass der Tod schließlich durch Ersticken eingetreten war. Den Todeszeitpunkt gab der Rechtsmediziner für den Zeitraum zwischen 22 Uhr und Mitternacht an.

Gerade waren Jansen und Angermüller auf dem Weg zum Ausgang, da meldete sich Thomas Niemann übers Handy.

»Wo seid ihr?«

»Kommen grade von der Obduktion.«

»Richtig vergnügungssüchtig, was? Ich hab was Besseres. Vielleicht wollt ihr da gleich mal vorbei?«

Der Kollege gab Angermüller die Adresse einer Feinkostmanufaktur durch, irgendwo auf dem Land kurz hinter der Landesgrenze in Mecklenburg, deren Produkte die Kriminaltechnik bei ihrem zweiten Besuch in Hagebuschs Wohnung gerade sichergestellt hatte.

»Sonst haben sie weder in der Küche noch in den anderen Räumen etwas gefunden, das irgendwelchen schon vorhandenen Personenspuren zuzuordnen wäre. Aber Ameise meinte, dass der Metallring an der Verpackung von diesen Feinkostartikeln mit einem gestern am Tatort gefundenen identisch ist. Und die Leberpastete ist seiner Meinung nach exakt die von den Tätern verwendete. Sie heißt Gänseleber getrüffelt – Gourmet de Luxe. Das ist doch wie für dich gemacht, Angermüller! Gourmet!«, betonte Niemann mit nicht zu überhörender Häme in der Stimme.

»Nur weil Gourmet drauf steht, ist noch lange nicht Gourmet drin«, erwiderte der Kriminalhauptkommissar abgeklärt.

»Na egal. Es wär jedenfalls nicht falsch, in der Firma einmal vorbeizuschauen.«

»Ja, danke für den Hinweis, Thomas«, beschied Angermüller den Kollegen. »Machen wir im Anschluss, wenn wir uns um die Tierfreunde gekümmert haben. Regelst du das und meldest den Besuch in ihrem Revier schon mal bei den Kollegen in Meckpomm an?«

»Wird gemacht.«

Der Kommissar hatte eigentlich gehofft, der zweite Einsatz von Ameise und Grempel vor Ort würde einige neue Erkenntnisse mehr bringen. Als er mit Jansen ins Freie trat, stand Staatsanwalt Lüthge mit hochgezogenen Schultern auf den Stufen vorm Institut, eine Zigarette rauchend.

»Ich hab erst mal einen Nikotinstoß zur Entspannung gebraucht«, meinte er entschuldigend, »Obduktionen gehören nicht so zu meinen Favoriten. Ganz schön kalt hier draußen.«

»Knapp über Null und dazu dieser unangenehme Wind«, nickte Angermüller. Der Kriminalhauptkommissar mochte den Mann. Lüthge war ein erfreulich unbürokratischer Typ. Sie kannten sich schon seit ein paar Jahren. Die Zusammenarbeit mit ihm hatte sich bisher meist als sehr produktiv erwiesen.

»Und, wie sieht's aus? Haben wir schon was?«

Um das zwischen ihnen immer noch übliche Sie zu umgehen, benutzte der Staatsanwalt gern die erste Person Plural.

»Nicht viel bis jetzt«, antwortete Angermüller ehrlich. Das war zum Beispiel auch eine gute Seite an Lüthge, dass der nicht drängelte, unnötig Druck machte. Das hatte sowieso wenig Sinn, führte nur zu Oberflächlichkeit, dadurch wurde so manches übersehen, und die Ermittlungen liefen ins Leere. Appels, der leitende Kriminaldirektor, war so ein Kandidat, der seine Leute immer zu schnellen Ergebnissen treiben wollte, wovon sich der Kommissar schon lange nicht mehr beeindrucken ließ. Er zählte Lüthge ihre bisher recht übersichtlichen Erkenntnisse auf.

»Wegen der speziellen Art, auf die der Mann zu Tode kam, denken wir an militante Tierschützer. Das ganze Tatmuster sieht aus wie eine Vergeltung für die Quälerei von wehrlosen Tieren.«

»Ja, das hat eine Logik.«

»Wir werden jetzt gleich zwei junge Männer aufsuchen, die sich in der Szene bewegen, und hören, ob die was wissen. Beide wohnen hier im Einzugsbereich und sind schon mal mit Gewalt gegen Menschen im Rahmen ihrer Aktionen aufgefallen.«

»Verstehe.«

»Außerdem überprüfen wir die journalistische Arbeit von Hagebusch, ob er sich vielleicht zum Thema Tierschutz des Öfteren negativ geäußert hat. Und die Kollegen vom ZD untersuchen seinen Computer nach Hinweisen auf einen Zusammenhang mit der Tierschützer- oder Tierrechtlerszene.«

»Na gut. Ich drücke die Daumen, dass es vorwärts geht. Wenn noch irgendwas benötigt wird: Ich bin jederzeit über Handy erreichbar. Meine Nummer ist ja bekannt.«

Angermüller kannte Reinfeld von früheren Besuchen, meist irgendwann zwischen Oktober und März, wenn er sich mit frischem Karpfen versorgte. Seit vor mehr als 800 Jahren hungrige Zisterziensermönche mit der Zucht begonnen hatten, waren das Städtchen und seine Umgebung für ihren Karpfen bekannt. Der Kommissar fand hier Fische von der Art, die er liebte, mit festem, weißem Fleisch, nicht zu fett und von feinem Geschmack.

Immer wieder traf er auf Leute, die Karpfen als Speise angeekelt ablehnten, weil diese angeblich erdig oder modrig schmeckten. Seiner Meinung nach war das nur eine Frage der Qualität. Eigentlich ein guter Anreiz, der Besuch hier, dachte Angermüller. Er hatte in dieser Saison noch nicht einmal Karpfen genossen – Blau im Essigsud, mit flüssiger Butter, Salzkartoffeln und scharfem Sahnemeerrettich – eine geniale Kombination! Doch heute führte ihn sein Weg nicht zum Karpfenplatz, sondern zu einer Adresse auf einem von alten Bäumen bestandenen Grundstück in der Nähe vom Herrenteich.

»Ja bitte?«

Der vielleicht 50-jährige Vollbärtige schaute skeptisch über seine Lesebrille.

»Herr Mehlberger, Pastor Mehlberger?«

Der Mann nickte ungeduldig und wurde kein Deut freundlicher, als die Beamten sich vorstellten.

»Wir würden gern mit Jonathan Mehlberger sprechen. Ist der zu Hause?«

Der Pastor verschränkte die Arme vor der Brust und musterte den überraschenden Besuch.

»Was will denn die Polizei schon wieder von unserem Sohn? Und was haben Sie gesagt, Mordkommission? Der verunglückte Jäger hat sich doch sehr gut erholt. Jonathan hat ihn erst letzte Woche besucht und sich bei ihm entschuldigt.«

»Unser Besuch hat mit diesem Fall nichts zu tun, jedenfalls nicht direkt.«

»Das wird ja immer schöner«, lachte der Pastor missbilligend. »Dann ist das also ein aktueller Mordfall! Ist der Junge jetzt immer gleich verdächtig? Mein Sohn setzt sich für die Rechte gequälter Kreaturen ein, aber er ist doch kein Mörder! Das ist eine völlig unangemessene Stigmatisierung! Hören Sie, Jonathan war nach dem letzten Zusammentreffen mit Ihren Kollegen ziemlich verstört. Ich weiß nicht, ob es eine gute Idee ist, Sie zu ihm zu lassen.«

»Es tut mir leid, Herr Mehlberger. Wir können Ihren Sohn auch mit auf die Dienststelle nach Lübeck nehmen, aber ich denke, hier zu Hause mit ihm zu sprechen ist vielleicht die angenehmere Variante.«

Einen Moment stand der Pastor unschlüssig in der Tür. Seinem Gesicht waren die inneren Kämpfe deutlich anzusehen.

»Nun gut, dann kommen Sie rein«, überwand er sich schließlich und gab die Schwelle frei, »aber ich möchte gern dabei sein.«

»Auch das tut mir leid, aber wir müssen Ihren Sohn allein befragen.«

»Ja, was denn?«, empörte sich Mehlberger und riss die Lesebrille von der Nase. »Muss ich jetzt gleich unseren Anwalt anrufen, oder wie?«

»Papa, lass doch.«

Angermüller erkannte den Jungen sogleich wieder, obwohl die blonden Haare inzwischen sehr viel länger waren als auf dem Foto in seiner Akte. Er schien wohl einen Teil der Diskussion an der Haustür mit angehört zu haben.

»Ich kann mit der Polizei reden. Kein Problem.«

»Gut, wenn du meinst, Jonathan«, sagte sein Vater fast gehorsam, »aber wenn du mich brauchst, rufst du! Ich bin in meinem Arbeitszimmer.«

Der junge Mann führte die Beamten ins Wohnzimmer und bot ihnen Platz am Tisch vor einem der Fenster zum Garten an. Die Wände waren voller Bücherregale. Es gab einen alten Flügel, die Einrichtung war antik, aber eher bescheiden. Überall lagen Sachen herum, Bücher, Spielzeug, Zeitschriften, Briefe, ein Strickzeug – der Raum atmete lebendige Gemütlichkeit.

»Ich mach mal lieber das Licht an. Besonders um diese Jahreszeit ist es von den schönen alten Bäumen vorm Fenster hier drinnen immer sehr dunkel.«

Jonathan Mehlberger setzte sich den beiden Besuchern gegenüber und sah sie ernst und aufmerksam an.

»Sie haben noch Fragen zu der Sache? Ich dachte eigentlich, ich hätte schon alles erklärt.«

Er sagte das ohne Ungeduld oder Verärgerung, stellte einfach nur fest. Insgesamt machte er einen ganz ruhigen, vernünftigen Eindruck. Sie nahmen seine Personalien auf. Jansen stellte das Diktiergerät auf den Tisch.

»Wir sind nicht wegen des angesägten Hochsitzes hier, Herr Mehlberger«, erklärte Angermüller. »Wir würden gern etwas über die aktuellen Aktivitäten der Tierrechtlergruppe erfahren, der Sie angehören.«

»Nicht, dass ich darüber nichts sagen möchte. Aber warum wollen Sie ausgerechnet jetzt was über uns wissen?«

»Wir ermitteln in einem Mordfall, und es gibt Hinweise, dass Tierschützer oder Tierrechtsaktivisten da beteiligt gewesen sein könnten.«

»Wenn Menschen wirklich echte Tierrechtler sind, lehnen sie selbstverständlich Gewalt gegen jedes Lebewesen ab, also gegen Tiere und natürlich auch gegen Menschen.«

»Dat ausgerechnet Sie das sagen, is aber n büschen merkwürdig, oder?«, warf Jansen ungnädig ein.

»Ich kann nur wiederholen, was ich der Polizei immer wieder gesagt habe: Ich hab das nicht gewollt, dass ein Mensch sich verletzt, das war nie so beabsichtigt. Da ist was schiefgelaufen bei der Aktion. Der Hochsitz sollte umgekippt werden, bevor jemand hinaufklettert und verunglückt. Ich weiß, es gibt da so ein paar Idioten, die haben im Internet hinterher getönt, um keinen Jäger wär es wirklich schade und so, aber das waren nur blöde Sprüche, wortradikales Gehabe. Wir waren zu dritt damals, und als wir fast fertig waren, kam diese Rotte Wildschweine angestürmt. Die beiden anderen sind gleich weggerannt, ich hab den Balken noch zu Ende durchgesägt. Es ist mir aber allein nicht mehr gelungen, den Hochsitz zu kippen und natürlich bin ich dann auch vor den Tieren geflohen ...«

»Ach wat? Wollten die Wildschweine bei der Aktion gegen die bösen Jäger etwa nich mitmachen?«

Der junge Mann überhörte Jansens Einwurf.

»Und dann war das ein ganz unglücklicher Zufall, dass, bevor wir zurückgekommen sind, um den Hochsitz umzulegen, der Herr Seesen da schon raufgeklettert war. Es tut mir wirklich sehr leid, was passiert ist, das hab ich ihm selbst inzwischen ja auch gesagt. Allerdings scheint er noch nicht so weit zu sein, mir vergeben zu können.«

Den letzten Satz sagte Jonathan Mehlberger völlig ohne Ironie. Er studiere Philosophie, hatte der Pastorensohn angegeben. Passt irgendwie zu ihm, dachte Angermüller, aber was kann man mit Philosophie anfangen, um Geld zu verdienen?

»Können Sie uns denn etwas über Ihre Gruppe erzählen? An welchen Aktionen oder Projekten Sie so arbeiten?«

Mehlberger wiegte seinen Kopf.

»Also, ich glaube, Sie sehen das nicht ganz richtig. Ich bin nicht in so einem straff organisierten Verein, wie Sie sich das scheinbar vorstellen. Klar, wir sind alles Leute, die denken, dass es für Tiere Rechte geben muss, genau wie es Menschenrechte gibt. Aber die Bewegung ist sehr gemischt. Da gibt's sogar ganz schön Konkurrenz zwischen manchen Gruppierungen. Ich gehöre jedenfalls nicht zu einem festen Personenkreis, der sich jede Woche trifft, weil wir auch an unterschiedlichen Orten wohnen. Übers Internet sind wir hauptsächlich in Kontakt, diskutieren, informieren uns. Wir verabreden uns mal zur Teilnahme an Demonstrationen, wir unterschreiben Petitionen oder verfassen welche, wir unterstützen die Aktionen anderer Organisationen und veranstalten hin und wieder auch etwas selbst. Das soll dann halt möglichst spektakulär sein, damit die Öffentlichkeit auch darauf aufmerksam wird.«

Er machte eine kurze Pause.

»Die Aktion mit dem Hochsitz war so eine spontane Idee. Wir hatten gehört, dass zu einer Jagd am Wochenende hier in der Gegend eine Menge Jäger erwartet werden. Daraufhin sind ein paar Freunde hierher gekommen. Wir waren wohl ein bisschen panisch, sahen schon Unmengen erschossener Tiere vor uns liegen, na ja ... Inzwischen weiß ich selbst, dass es ein dummer Plan war. Auch wenn es geklappt hätte, glaube ich nicht, dass wir auch nur einen Menschen mehr von unserer Sache überzeugt hätten. Und ob wir einem Reh oder Wildschwein damit hätten helfen können?«

Die Frage ließ Jonathan unbeantwortet stehen.

»Aber es gibt doch Gruppierungen solcher Tierrechtler, die ganz schön militant agieren, die beispielsweise mal Tiere eines Streichelzoos freilassen oder einem Pelzhändler die Ware mit Farbe besprühen. Die sind dann schon in festen Strukturen organisiert, oder wie?«, hakte Angermüller nach.

»Klar gibt's Organisierte. Aber wir sind's nicht.«

»Habt ihr denn Kontakt zu solchen Leuten?«

»Höchstens mal über ein Forum im Internet oder wenn man sich zufällig auf einer Demo trifft. Viele von denen arbeiten sehr konspirativ, weil, ist ja logisch …«

Der junge Mann konnte sich ein Lächeln nicht verkneifen. Noch eine Weile versuchte Angermüller von ihm zu erfahren, ob es ein spezielles Thema gab, das in diesen Kreisen gerade aktuell war, ob bestimmte Produkte oder Firmen im Fokus der Aufmerksamkeit standen. Jonathan schien zwar durchaus bereit zu sein, der Polizei Auskunft zu geben, doch seine Informationen halfen nicht direkt weiter.

»In den letzten Wochen war ich nicht sehr aktiv. Mein Studium und so«, erklärte er den Polizisten. Ein wenig verlegen fügte er an: »Und nach der Sache mit dem Hochsitz war ich auch ein bisschen abgetörnt, ehrlich gesagt.«

»Sagt Ihnen der Name Victor Hagebusch etwas?«, fragte der Kriminalhauptkommissar schließlich.

Nach kurzem Nachdenken ein Kopfschütteln des Jungen.

»Nein. Hab ich noch nie gehört, glaub ich.«

»Okay. Können Sie uns noch sagen, wo Sie vorgestern Abend gewesen sind?«

»Vorgestern?«

Jonathan Mehlberger überlegte.

»Ach ja, da habe ich teilgenommen an einer Bibelarbeit mit meinem Vater über das Tier in der Schöpfung. Eine hochphilosophische Frage und ein Riesenthema. Wir waren erst im Gemeindehaus. Eine kleine Gruppe ist anschließend mit hierher gekommen, und wir haben noch bis nachts um eins weiterdiskutiert.«

»Und verraten Sie mir noch, welches Berufsziel Sie als Philosoph haben?«, fragte Angermüller – Sokrates, Platon und die anderen im Sinn.

»Ich studiere auf Lehramt.«

KAPITEL IV

Ein Hauch von Zimt, das war der Clou! Am Vortag schon hatte Lina den Salat aus roten Linsen mit Kürbis und Möhren zubereitet, und nun war er richtig gut durchgezogen. Das milde Zimtaroma des Zitronen-Öl-Dressings verband sich wunderbar mit dem scharfen Ingwer und dem leicht süßlichen Geschmack der bissfest gegarten Gemüse. Sie legte den Probierlöffel in die Spüle und ging hinüber zu ihren Gästen.

Nur der große runde Tisch vor dem Fenster im Gastraum von ›Torten, Suppen, Meer‹ war besetzt. Ein Malermeister war mit zwei Gesellen und dem Lehrling zum zweiten Frühstück hergekommen. Einer der Gesellen, ein ziemlich dicker Typ so um die 50, fing gleich an zu mosern, als er die Preise für die wenigen Gerichte mit Fleisch auf der Speisekarte entdeckte.

»Mann, wären wir bloß an die Imbissbude gegangen! Ich will einfach nur ein ordentliches Schnitzel auf mein Brötchen, ich will doch nicht gleich den ganzen Laden hier kaufen!«

Er versuchte witzig zu klingen, aber seine Empörung war echt.

»Meinen wunderschönen Laden würden Sie zu dem Preis sowieso nicht kriegen«, konterte Lina cool, die bei ihren Gästen stand, um die Bestellung aufzunehmen. »Sie müssen ja nicht unbedingt was mit Fleisch nehmen. Ist sowieso besser für Ihre Gesundheit, wenn Sie seltener Fleisch essen, und für die Umwelt! Es gibt ganz viele vegetarische Gerichte auf der Karte, die kosten weniger und sind mindestens genauso lecker.«

»Na, jetzt wollen Sie mir wohl auch noch vorschreiben, wie viel Fleisch ich essen darf. Vegetarisch! Sie sind ja vielleicht 'ne Nummer!«, polterte der Maler und sah sie erstaunt an.

»Ich kann nur sagen, wenn ich Ihnen erzählen würde, wo Ihr sogenanntes ordentliches Schnitzel herkommt und was alles damit gemacht wurde, würde Ihnen sowieso der Appetit vergehen«, gab Lina zurück.

Der Lehrling grinste schadenfroh und zeigte seine Zahnspange. Lina hatte vorhin mitbekommen, dass der Trupp seinetwegen in ihrem Café saß, da er Vegetarier war.

Freundlich erklärte sie seinem Kollegen, dass sie nur Fleisch aus artgerechter Tierhaltung von biologisch wirtschaftenden Höfen verwende, was natürlich etwas mehr koste. Lina kannte solche wie den Malergesellen zur Genüge. Inzwischen war es ihr auch egal, ob sie sich überzeugen ließen oder wieder aus ihrem Café verschwanden. Natürlich wusste sie, dass man so nicht mit Gästen umgehen durfte. Der Gast ist König, war die oberste Maxime, die ihr Ausbilder an der Hotelfachschule stets wie ein Mantra wiederholt hatte. Das mochte ja stimmen. Sie bediente die Leute wirklich gern, umsorgte sie, verwöhnte sie, verkaufte ihnen, was sie wünschten – aber nicht ihre Grundsätze.

Zum Glück gab es genug Menschen, die zu schätzen wussten, was ihnen im ›Torten, Suppen, Meer‹ geboten wurde. Gute, saubere Lebensmittel von kleinen Produzenten aus der Umgebung, in bester Qualität, frisch zubereitet. Das hatte natürlich seinen Preis. Aber schon lange lautete Linas Motto, weniger ist mehr.

»Was halten Sie denn von Spiegeleiern auf Vollkornbrot mit Holsteiner Katenschinken? Und dazu gibt's eine extra Portion Linsensalat«, machte sie dem hungrigen Maler ein Versöhnungsangebot und zeigte dabei ihr charmantestes Lächeln. »Der Salat geht aufs Haus.«

»Das is doch 'n Wort, junge Frau«, nickte der Mann wieder etwas zugänglicher. »So mook wi dat.«

Für umsonst – das zog immer bei den Leuten. Nachdem Lina die restlichen Wünsche entgegengenommen hatte und dabei war, drei Milchkaffee und eine Limo für die Männer fertigzumachen, begannen ihre Gedanken wieder um das Geschehen am Vorabend zu kreisen. Erst ihre erfolglose Fahrt nach Lübeck, die Entdeckung des Polizeisiegels an der Tür und die bösen Ahnungen. Dann ihr unerwarteter Besucher und seine schlechten Nachrichten, die sie in einen Zustand flirrender Nervosität versetzt hatten. Ihr Brüderchen! Er war doch wirklich ein Pechvogel. An einem falscheren Ort zu einer falscheren Zeit konnte man ja gar nicht gewesen sein!

Bis gestern war sie nur von Skrupeln geplagt worden, ob sie mit ihrem Alleingang nicht doch ein viel zu hohes Risiko eingegangen war. Dies alles natürlich im Glauben, damit ihre Sache voranzubringen. Nur deshalb hatte sie wider besseres Wissen vertraut, Dinge aus der Hand gegeben und dadurch sich und andere in Gefahr gebracht. Sie lud die Getränke aufs Tablett.

»Bitteschön, drei Milchkaffee, einmal Ingwerlimo. Essen kommt gleich.«

Während sie zweimal von ihrer kräftigen Gemüsesuppe einfüllte, die Spiegeleier briet und einen Teller mit Fischerfrühstück anrichtete, musste sie daran denken, wie sie noch vor Stunden voller Hoffnung gewesen war, die Sache vielleicht doch noch irgendwie stoppen zu können. Nun aber war klar, dass nichts mehr zu ändern war. Es war zu spät. Victor war tot. Wahnsinn, das war alles Wahnsinn! Und mit niemandem konnte sie darüber reden. Ob sie vielleicht doch auf Olafs Anrufe reagieren sollte? Aber sie wollte das doch nicht, sich von einem Menschen, einem Mann abhängig machen! Sie würde das allein durchstehen. Hauptsache, ihr Bruder hatte ihr die ganze Wahrheit erzählt.

»Aha. Dat war nu ein Philosoph«, stellte Jansen fest, als sie vor dem Haus des Pastors wieder in ihrem Dienstwagen saßen. »Und der soll meinen Kindern später die Welt erklären?«

»Deine Kinder? Gibt's irgendwas, das du mir noch nicht erzählt hast, Claus?«

Jansen fuhr sich mit den Fingern durch die aschblonden Stoppeln und winkte ab. Seine Miene verfinsterte sich.

»Hör mir bloß mit dem Thema auf! Bei uns is jetzt erst ma Verlobung angesagt.«

»Ach, hat Vanessa dich nun doch überzeugt? Hat ja lang genug gedauert. Herzlichen Glückwunsch! Wann wird denn gefeiert?«

»Sie will unbedingt an Weihnachten«, erwiderte der junge Kollege gereizt, »aber du hast dat nötig!«

»Was ist denn? Meine Glückwünsche sind ganz ehrlich gemeint. Ist doch schön, wenn zwei Menschen sich in diesen unverbindlichen Zeiten füreinander entscheiden.«

Einen Moment lang musterte Jansen misstrauisch seinen Nebenmann. Der fing an zu lachen.

»Mensch, Claus! Es ist nicht gut, dass der Mensch allein ist.«

»So richtig allein bin ich ja eigentlich nie gewesen«, grinste Jansen nach kurzem Zögern. »Na ja, is ja noch ne Weile hin bis Weihnachten.«

Was genau er damit sagen wollte, war Angermüller nicht klar. Ob er glaubte, sich noch an den Gedanken einer offiziellen Verlobung gewöhnen zu können, oder wollte er vielleicht doch noch einen Rückzieher machen? Aber Jansen äußerte sich nicht mehr dazu.

»Anderes Thema. Wolln wir nicht erst ma zu dieser Fabrik, wie heißt die noch mal?«

»Feinkostmanufaktur Landglück.«

»Ja, genau. Lass uns dat machen, bevor wir wieder in die Stadt zurückfahren. Das Kaff liegt nämlich nicht weit vom Flughafen, gleich hinter der Grenze in Meckpomm. Wär einfach praktischer vom Weg her.«

»Von mir aus. Ich frag bei Thomas nach, ob der die Kollegen dort schon benachrichtigt hat.«

Knapp 20 Minuten später stellten sie den Passat auf dem Kundenparkplatz ab, zwischen einem großen Reisebus mit Hamburger Kennzeichen und ein paar PKW. Sie überquerten eine weite Rasenfläche, die wohl in der warmen Zeit als Biergarten genutzt wurde, daneben befand sich ein Kinderspielplatz mit einer bunten Auswahl an Turn- und Klettergeräten. Hinter den geparkten Autos erhob sich ein imposantes Reetdachhaus, auf das sich gerade in gemächlichem Tempo die Busbesatzung zubewegte. Es handelte sich um eine Truppe älterer Herrschaften, hauptsächlich Frauen, die lebhaft plauderten und lachten. Die meisten steckten in sportiven Anoraks und Hosen, manche gingen an Stöcken.

»Na, Tine, hast schon widder die großen Büdels

zum Hamstern bereit?«, flachste einer der drei Männer, die Angermüller in der Busgesellschaft entdecken konnte.

»Braucht sie doch heute nich, is ja man keine Schnapsfabrik so wie beim letzten Mal!«, rief ein anderer.

Ein paar der alten Damen kicherten laut.

»Dat hebb wi gern! Selbst die größte Schnapsdrossel und denn sone Sprüche!«

Die bewusste Dame drohte scherzhaft mit der Faust.

»Sind ja wieder gut drauf, unsere Rentner«, meinte Jansen und schauderte in der Kälte. Jahrein, jahraus trug er Jeans und T-Shirt unter der Jacke, nur ganz selten kamen einmal ein Sweatshirt oder ein Pullover zum Einsatz. Lieber drehte er im Wagen die Heizung auf. Angermüller hatte heute Morgen seinen alten Lodenmantel aus dem Schrank gefischt, den Astrid immer viel zu bayrisch fand. Auch Judith hatte einen entsprechenden Kommentar gegeben, als er sie zur Schule gebracht hatte. Aber das gute Stück war aus reiner Wolle, noch völlig in Ordnung und schützte genauso gut vor Kälte wie vor Regen.

Die Beamten betraten mit den anderen das Bauernhaus, dessen weiträumiges Erdgeschoss einen Verkaufsraum beherbergte, der an einer Seite in ein Café oder Restaurant überging, wo mehrere Reihen eingedeckter Tische bereitstanden. Alles war hübsch dekoriert, herbstlich mit Strohblumen, Kürbissen,

Körben voller Nüsse und Äpfel. Vieles davon war nicht echt, künstlicher Zierrat, die Möbel aus rohem Holz, offensichtlich nur auf alt gemacht, aber es war genau die Art Einrichtung, die Städter in einem idyllischen Landhaus erwarteten. In den Regalen fanden sich Gläser mit Gurken, Senf, Honig und Marmeladen, Gebäck in Cellotüten, auch ein paar Schnäpse, Marzipan und Schokolade, Kunsthandwerk und noch einiges andere mehr, das mit den hauseigenen Produkten der Firma Landglück eigentlich nichts zu tun hatte. Solche aber gab es natürlich auch. Sowohl in einer Frischetheke als offene Ware als auch in Dosen und Gläsern. Doch alles, was man hier zum Verkauf bot, trug den Stempel hausgemacht, war hübsch verpackt, mit handgeschriebenen Etiketten und Schleifchen versehen.

»Die muss es sein.«

Angermüller zeigte auf einen Stapel ovaler Dosen. Gänseleber getrüffelt – Gourmet de Luxe, stand darauf, und darunter war ein appetitanregendes Arrangement mit Kerzen und feinem Porzellan abgebildet, daneben das Logo des Landglück-Bauernhauses mit dem fröhlichen Konterfei einer Gans. Einige Dosen wurden in einem Weidenkörbchen, umhüllt mit Klarsichtfolie, zugebunden mit blauweißen Bändchen, als vorverpackte Geschenke angeboten.

Fröhlich begrüßten zwei junge Frauen die Besucherschar. Sie waren nett anzusehen in ihren ländlich anmutenden Gewändern, mit frischen weißen

Spitzenblusen und Schürzen über langen Röcken in Blaudruckmuster. Als Angermüller den Besitzer oder Geschäftsführer zu sprechen wünschte, bemühte sich eine der beiden sofort, seiner Bitte nachzukommen, griff zum Telefon und bat freundlich um einen Augenblick Geduld. Es dauerte keine zwei Minuten, und ein älterer Herr im eleganten grauen Anzug tauchte auf.

»Petermann, angenehm!«

Beflissen bat er die Beamten, ihm in sein Büro zu folgen.

»Darf ich Ihnen zuvor etwas anbieten? Einen kleinen Imbiss unserer hauseigenen Produkte? Einen Kaffee, Tee? Ein Wasser?«

Bedauernd schüttelte der alte Herr den Kopf, als Angermüller und Jansen alle seine Angebote dankend ablehnten.

»Also wirklich gar nichts?«

Der Raum, in dem Herr Petermann residierte, lag im oberen Stockwerk des Reetdachhauses. Mit einem modernen Büro hatte er nicht viel gemein. Zwar standen in einer Ecke ein Flachbildschirm und eine Computertastatur, doch sie waren mit Schutzhüllen bedeckt und wirkten wie Fremdkörper in dem mit einem Ölgemälde, dunklen Eichenmöbeln und Teppichen ausgestatteten Zimmer. Außerdem war es recht klein. Die altmodische Behaglichkeit passte zu seinem Benutzer.

»Meine Herren, was kann ich sonst für Sie tun?

Sagten Sie wirklich, Sie sind von der Mordkommission?«

»Das stimmt. In unserem aktuellen Fall spielt eines Ihrer Produkte, die Gänseleber getrüffelt – Gourmet de Luxe eine wichtige Rolle.«

Petermann ließ Angermüller nicht weiterreden.

»Ja, die getrüffelte Gänseleber! Das ist unser Premiumprodukt«, erklärte er lebhaft. Der recht behäbige Mann sprühte plötzlich vor Begeisterung. Er beugte sich nach hinten und griff eine Dose des besagten Artikels, die neben anderen wie eine Trophäe auf einem Regalbrett arrangiert war.

»Hier: Nur beste Zutaten, frisch verarbeitet, nach altem Hausrezept fein abgeschmeckt, in hochwertiger Verpackung, ein echtes Edelprodukt für jeden anspruchsvollen Gourmet! Kennen Sie unsere Gourmetpastete denn schon? Ich lasse Ihnen gern eine Kostprobe bringen, meine Herren!«

Angermüller hob abwehrend die Hände.

»Vielen Dank, sehr freundlich, Herr Petermann. Wir sind im Dienst.«

»Schade. Na, ich werde Ihnen nachher ein bisschen was mitgeben«, meinte er augenzwinkernd und stellte die Dose auf seinen Schreibtisch. »Aber was hat unsere Pastete mit einem Mordfall zu tun?«

»Kennen Sie einen Victor Hagebusch?«

»Na, aber selbstverständlich! Herr Hagebusch macht seit Jahren für uns die Pressearbeit«, gab Petermann Auskunft. »Sagen Sie, ist dem Herrn

Hagebusch etwas zugestoßen? Ist er vielleicht derjenige, welcher?«

Er schaute ungläubig zu den Beamten. Angermüller nickte.

»Das kann doch nicht wahr sein! Was ist denn passiert? Wissen Sie schon, wer es gewesen ist?«

Der Kriminalhauptkommissar verneinte. Bestürzung trat ins Gesicht des Fabrikanten.

»Ich verstehe nicht ganz, welche Rolle unsere Gänseleberpastete dabei spielt. Können Sie mir das erklären?«

»Tut mir leid, dazu kann ich Ihnen beim jetzigen Stand der Ermittlungen noch gar nichts sagen. Aber erzählen Sie uns bitte mehr über Ihre Zusammenarbeit mit Victor Hagebusch. Was genau hat er für Sie gemacht?«

Der alte Herr bemühte sich, wieder ruhig zu werden.

»Was hat er gemacht? Pressemitteilungen geschrieben, Artikel in Zeitschriften für Lebensart und Kulinarik veröffentlicht, Produktvorstellungen organisiert. Er war schließlich ein echter Profi, hatte viele Kontakte.«

Petermann schüttelte den Kopf.

»Der Hagebusch! Ermordet! Ich kann das noch gar nicht glauben.«

»Kannten Sie den Toten näher?«

»Nein. Das war eine reine Geschäftsbeziehung. Der Hagebusch war ja sehr beschäftigt und hat sich nur für seine Arbeit interessiert. Über Privates haben wir nie geredet. Aber sonst sind wir gut miteinander klargekommen.«

»Wie haben Sie ihn für seine Tätigkeit bezahlt?«

»Herr Hagebusch hat uns Honorarrechnungen ausgestellt. Außerdem nahm er auch gern mal eine Auswahl unserer Produkte an. Er liebte die getrüffelte Gänseleber – Gourmet de luxe. Ja, ja«, nickte der alte Herr betrübt, »und unsere frisch geräucherte Putenbrust, die mochte er auch sehr gern. Die müssen Sie unbedingt auch einmal kosten!«

Ohne auf die Empfehlung Petermanns einzugehen, fragte Angermüller:

»Haben Sie vielleicht ein paar Beispiele, was der Herr Hagebusch so für Ihre Firma gemacht hat? Könnten Sie uns da etwas zeigen?«

Es dauerte einen Moment, dann hatte Herr Petermann gefunden, was er suchte. Er legte einen Aktenordner auf den Tisch. Fein säuberlich waren darin Artikel zu Produkten der Feinkostmanufaktur Landglück eingeordnet, alle in Klarsichthüllen abgeheftet und mit Datum und dem Namen des Mediums versehen. Für Angermüller allesamt typische Beispiele für bezahlte PR-Artikel in Kundenzeitschriften von mehr oder minder guter Qualität.

»Ich sehe, diese Beiträge hier sind drei Jahre und älter. Haben Sie nichts Aktuelleres?«

Der alte Fabrikant lächelte.

»Mein Sohn führt die Firma seit ein paar Jahren.

Wenn man die 70 überschritten hat, dann sollte man sich so langsam aus der Verantwortung zurückziehen, um die Früchte seiner Arbeit zu genießen, nicht wahr?«

Sehr glücklich sah er bei diesen Worten nicht aus.

»Sie sprechen hier nur mit dem Vertreter des Chefs. Mein Sohn ist zur Kundenbetreuung unterwegs, deshalb sitze ich heute hier. Er könnte Ihnen bestimmt mehr zu seinen neuen Vermarktungsstrategien erzählen. Da gehört zum Beispiel unten der Hofladen dazu. Dann Direktvermarktung, unser neuer Webauftritt oder wie das heißt. All diese Sachen im Internet. Aber da kann ich Ihnen nicht helfen, da weiß ich leider nicht drüber Bescheid.«

Das Telefon auf seinem Schreibtisch klingelte. Es war ein etwas veraltetes Modell in moosgrün mit einer großen Tastatur und dem Hörer an einer Schnur.

»Entschuldigung!«

Petermann lauschte konzentriert, ließ ein unzufriedenes Geräusch hören.

»Und was will er jetzt hier? Jörn ist doch gar nicht da«, fragte er dann nach und schüttelte unmutig den Kopf.

»Der Oswald muss trotzdem einen Moment warten. Ich habe noch die Herren von der Polizei hier«, beendete er das Telefonat.

»Wir wollen Sie auch gar nicht mehr lange aufhalten, Herr Petermann. Nur eine Frage noch: Hatten

Sie beziehungsweise Ihre Firma schon einmal Probleme mit Tierschützern, Tierrechtsaktivisten?«

»Darüber ist mir nichts bekannt. Außerdem bestünde dazu auch gar kein Anlass. Wir legen Wert auf beste Qualität und beziehen unsere Rohstoffe nur von seriösen Lieferanten, die sich an die in Deutschland bestehenden Hygienevorschriften und Tierschutzgesetze halten.«

»Ah ja«, machte Angermüller. »Sie verarbeiten hauptsächlich Geflügelfleisch?«

»Ausschließlich!«, betonte Petermann. Er war jetzt ganz in seinem Element.

»Wir haben zwei Produktreihen: Die Fit- und Leichtkostserie für den gesundheitsbewussten Konsumenten und die Gourmetlinie für den anspruchsvollen Genussmenschen. Bei der Leichtkost verarbeiten wir hauptsächlich Puten- und Hähnchenbrust, zum Teil mit Gemüse, und in der Gourmetlinie kommen unsere Rohstoffe auch von Enten und Gänsen, die in bäuerlichen Zuchtbetrieben gehalten werden. Dazu geben wir natürlich noch unsere edlen Zutaten wie echte Trüffel oder Portwein.«

Der Kriminalhauptkommissar griff sich die Dose mit der Gänseleber getrüffelt – Gourmet de Luxe und fingerte seine Lesebrille aus der Manteltasche. Erst seit Kurzem benötigte er diese Sehhilfe, zu seinem eigenen Erstaunen. Er hatte immer Augen wie ein Adler gehabt. Allerdings war die Schrift der Zutatenliste auf der Dose wirklich extrem klein.

»Mmh. Haben Sie nicht gesagt, ausschließlich Geflügelfleisch? Hier sind fast 70 Prozent Schweinefett und Schweineleber drin, aber nur zehn Prozent Gänseleber.«

Angermüller las weiter.

»Und nur ein Prozent Trüffel!«

Herr Petermann winkte ab.

»Ja, das mag stimmen. Für die Pasteten wird auch Rohmaterial vom Schwein verarbeitet.«

Seine Stimme wurde etwas lauter.

»Aber mit der Deklaration richten wir uns exakt nach den gesetzlichen Vorschriften, Herr Kommissar!«

»Ja, natürlich, Gott bewahre, ich will Ihnen jetzt keinen Fehler nachweisen. Ich finde es nur irgendwie eigenartig, dass eine sogenannte Gänseleberpastete nur zu zehn Prozent aus Gans besteht«, meinte Angermüller achselzuckend und stellte die Dose zurück auf den Tisch.

»Der Geschmack jedenfalls wird von unserer Kundschaft sehr geschätzt, und das ist doch die Hauptsache. Wie gesagt, auch Herr Hagebusch liebte unsere Pastete. So viele zufriedene Kunden können sich nicht irren: Die Produkte aus unserem Hochpreissegment laufen immer besser!«

»Jetzt noch eine Frage, Herr Petermann: Wo kann man Ihre Gänseleber getrüffelt – Gourmet de Luxe eigentlich kaufen?«

»Wir haben sehr viele Abnehmer. Wenn Sie möchten, kann ich Ihnen vom Verkauf eine Liste unserer Kunden geben lassen. Die ist natürlich streng vertraulich.«

»Aber selbstverständlich.«

Angermüller und Jansen sahen sich kurz an.

»Dann danken wir für Ihre Zeit, Herr Petermann.«

»Keine Ursache.«

»Jetzt fällt mir doch noch etwas ein«, sagte Angermüller schon im Aufstehen. »Wissen Sie, ob Victor Hagebusch auch für andere Firmen die Pressearbeit gemacht hat?«

»Dass er noch für andere gearbeitet hat, weiß ich. Und ich meine mich zu erinnern, dass ein Weinkontor und ein Küchenausstatter dabei waren. Auch für ein Restaurant war er einmal tätig, aber fragen Sie mich jetzt nicht, welches. Ich weiß nur noch, dass er da irgendwelchen Ärger hatte.«

Herr Petermann ließ es sich nicht nehmen, die Beamten nach unten zu begleiten. Auf der Treppe fragte Angermüller, ob sich die Produktion ebenfalls hier im Haus befände.

»Wo denken Sie hin! Nein, dafür würde der Platz schon lange nicht mehr ausreichen. Wir hatten das Glück, nach der Wende hier günstig ein großes Grundstück zu erstehen, und Zuschüsse vom Land gab es natürlich auch. Da sind wir von Schlutup hierher gezogen. Diese Entscheidung habe ich noch getroffen, und sie war goldrichtig. Und jetzt haben wir schon eine zweite Halle neu gebaut. Alles ist bei uns inzwischen vollautomatisch und computergesteuert, hochmoderne Anlagen.«

Er bemerkte Angermüllers suchenden Blick durch eines der Fenster.

»Von hier aus können Sie nichts sehen. Die Produktionshallen liegen auf der anderen Seite des Hauses und sind ein bisschen weiter entfernt.«

»Die Feinkostmanufaktur Landglück produziert also gar nicht mehr in handwerklicher Tradition?«

»So würde ich das nicht sagen«, wand sich der Fabrikant. »Natürlich sind viele neue Artikel hinzugekommen. Aber wir führen unsere alte Familientradition fort und stellen zum Teil noch die gleichen Produkte her wie früher, nur auf modernere Art und Weise.«

»Petermann! Wo is dein Sohn?«

Das Gesicht zornesrot, stürzte ein kräftiger Mann auf den Seniorchef zu. Er trug eine blaue Arbeitshose und einen dicken Troyer. Aufgebracht fasste er dem alten Herrn an das Revers seines Jacketts.

»Isser abgehauen oder wat? Ich muss mit dem reden! Jetzt sofort!«

»Hey, hey, beruhigen Sie sich! Lassen Sie den Mann los!«, drängte sich Jansen dazwischen und schob den um einen halben Kopf Größeren von Petermann weg.

»Habt ihr jetzt schon Security hier, oder wat?«

Es klang noch lauter und wütender. Das muntere Geschnatter der Busgesellschaft, die im Hintergrund an den gedeckten Tischen schmauste, verebbte. Aller Augen richteten sich auf das Grüppchen am Fuß der Treppe.

»Die Herren sind von der Polizei, Herr Oswald«, erklärte der Fabrikant mit gedämpfter Stimme und wischte mit der Hand über die Stelle auf seinem Revers, die der andere berührt hatte.

»Bitte entschuldigen Sie den Lärm, meine Herrschaften, es ist alles in Ordnung«, wandte er sich laut an die Rentner. »Lassen Sie sich nicht bei Ihrem Genießerschmaus stören! Anke, Yvonne! Eine Runde von unserem Selbstgebrannten für die Damen! Und die Herren natürlich auch!«

»Bravo!«

Die Rentner klatschten. Petermann drehte sich wieder zu seinem aufgeregten Besucher.

»So, wir reden dann gleich, ja, Oswald?«

Der Angesprochene nickte, fast folgsam und sehr viel ruhiger, seit er von der Anwesenheit der Polizei wusste, und erklärte:

»Da sind nämlich heute Nacht wieder welche bei mir auf dem Hof gewesen, von diesen Verbrechern!«

»Verbrecher? Da sind wir ja zuständig«, fragte Angermüller. Interessiert betrachtete er den großen Rotblonden, den er auf Mitte 50 schätzte.

»Wen meinen Sie damit?«

»Diese Vollidioten, diese Tierschützer natürlich!«

Sofort war der Mann wieder in Rage. Petermann legte mahnend die Finger auf den Mund.

»Was machen Sie denn auf Ihrem Hof? Was für ein Problem haben die Tierschützer mit Ihnen?«, forschte der Kommissar nach.

»Die wollen mich fertigmachen! Ich bin doch nur ein ganz normaler Bauer, der Geflügel züchtet. Ich bin nie etwas anderes gewesen! Mein Opa hat schon Geflügel gezüchtet, mein Vater hat das gemacht, und ich bin jetzt die dritte Generation.«

Demonstrativ hob er drei Finger in die Höhe.

»Und diese Dösbaddels behaupten, bei mir auf dem Hof werden Tiere gequält!«

»Psst!«, machte der Fabrikant energisch, weil Oswalds Stimme schon wieder an Lautstärke zunahm. »Der Herr Oswald betreibt eine unserer Lohnmästereien für hochwertiges Putenfleisch. Und natürlich arbeitet auch er nach den gesetzlich vorgeschriebenen Tierschutzrichtlinien.«

»Das ist interessant, was Sie da erzählen, Herr Oswald. Können Sie uns vielleicht ein paar mehr Informationen geben?«

»Da gibt's nich viel zu erzählen. Die kommen nachts und randalieren, diese Kriminellen! Und keiner hält sie auf!«

Der Bauer ließ sich dann doch überzeugen, nähere Auskünfte zu geben. In einem Nebenraum berichtete er, dass er bereits zum zweiten Mal innerhalb von einigen Wochen in der Nacht Besuch von Tierschützern hatte. Diese hätten Zäune zerschnitten, Stalltüren aufgebrochen und schon einmal die Elektrik lahmgelegt. Und Parolen hätten sie an die Gebäude gesprüht. Von Folter und Mord würden die schreiben, ihm drohen, dass sie wieder kämen. Gestern hätten sie auch versucht, ein Futterlager zu zerstören.

»Wissen Sie, was mich das kostet, das jedes Mal alles wieder in Ordnung zu bringen? Deshalb muss ich unbedingt mit deinem Sohn reden, Petermann! Der muss mir helfen!«

»Morgen ist Jörn bestimmt wieder da, Herr Oswald, dann können Sie alles mit ihm klären«, versicherte der Seniorchef.

»Was haben denn unsere Kollegen gesagt, Herr Oswald?«, wollte Jansen wissen. »Sie haben doch sicher die Polizei geholt, oder?«

»Klar, hab ich dat! Aber die Burschen sind nich zu fassen. Und außerdem würd dat ja nix nutzen. Die lässt man ja sowieso wieder laufen!«

Bevor sie sich verabschiedeten, ließen sich die Beamten Name und Adresse des Putenzüchters geben.

»Vielleicht ergeben sich im Laufe unserer Ermittlungen noch Fragen oder wir stoßen auf irgendwelche Hinweise zu den Einbrüchen in Ihrem Betrieb. Dann melden wir uns bei Ihnen.«

Oswald nahm Angermüllers Ankündigung mit eher gleichgültiger Miene zur Kenntnis. Zwei Tragetüten mit Spezialitäten aus dem Hause Landglück, die das Konterfei der fröhlichen Gans trugen und die Herr Petermann den Kommissaren überreichen wollte, lehnten diese mit einem Dankeschön ab und machten sich auf dem Weg nach draußen.

»Na bitte. Irgendein Zusammenhang zwischen der Pastete und diesen Tierrechtsaktivisten besteht ja doch.«

Zufrieden legte Angermüller den Sicherheitsgurt um.

»Wir müssen nur noch herausfinden, welcher.«

»Tscha, wenn's weiter nix is«, machte Jansen lahm und ließ den Motor an.

Angermüller warf einen Blick auf die Liste der Verkaufsstellen der Pastete, die man ihm ausgehändigt hatte.

»Wahnsinn! Die Pastete gibt's ja überall! Immer die gleiche Art von Dose, immer der gleiche Inhalt. Allerdings bei den Discountern mit einem anderen Etikett und unter anderem Markennamen. Also, das können wir jetzt bestimmt vergessen, dass wir den Laden finden, wo der Täter die eingekauft hat.«

»Ich bin jedenfalls froh, dass ich nich so 'n Gourmet bin! Sonst müsst ich dat Tüüch wohl auch noch freeten!«

Nachdem sie fünf Minuten gekreist waren, hatte Jansen den Passat einfach vorschriftswidrig auf einem der Anwohnerparkplätze abgestellt. Anschließend waren sie in den dritten Stock eines Altbaus in der

Beckergrube hochgestiegen. Vier Namen standen an der Wohnungstür.

»Wir hätten gern mit Fabian Köppe gesprochen. Ist der zu Hause?«

»Fabi!«, rief die junge Frau über die Schulter. »Da ist Besuch für dich!«

Es dauerte eine Weile, bis sich am Ende des Flurs eine Tür öffnete und aus dem Halbdunkel jemand auftauchte.

»Hallo«, sagte der junge Mann. »Was gibt's?«

Angermüller hätte ihn fast nicht wiedererkannt. Sein dichtes, braunes Haar stand zwar etwas strubbelig nach allen Seiten, war aber auf Streichholzlänge gekürzt. Sämtliche Piercings, die der Kommissar von dem Foto in seiner Akte kannte, waren verschwunden. Er trug eine verbeulte Trainingshose sowie ein weites Sweatshirt und wirkte ein wenig abwesend. Das änderte sich sofort, als er hörte, wer die beiden Männer waren.

»Worum geht's denn dieses Mal? Ist wieder jemand in so ein Schweine-Guantanamo eingestiegen, und jetzt soll ich das gewesen sein, oder was?«, gab er sich kampfeslustig.

»Müssen wir uns im Treppenhaus unterhalten oder dürfen wir vielleicht kurz reinkommen?«, fragte Angermüller. »Wir sind nicht wegen durchgeschnittener Zäune hier. Wir sind von der Mordkommission, wie ich schon sagte, und wir können Sie gern mit auf die Dienststelle nehmen, wenn Ihnen das lieber ist.«

Nach kurzem Überlegen gab der junge Mann die Tür frei.

»Ich setz mich mit denen mal für'n Augenblick in die Küche«, erklärte er seiner Mitbewohnerin, die mit großen Augen immer noch an der Flurwand lehnte. Die junge Frau nickte, offensichtlich schwer beeindruckt, und zog sich in ein Zimmer zurück. Auf Zehenspitzen, wie es schien.

»So, dann sagen Sie doch mal. Wen hab ich denn umgebracht?«

Fabian Köppe kippelte an dem großen Küchentisch, auf dem noch eine bunte Sammlung Frühstücksutensilien herumstand, mit seinem Stuhl hin und her. Er demonstrierte völlige Gelassenheit. Nur kurz hatte Angermüller den Eindruck, dass ihn trotz allem eine gewisse Anspannung beherrschte, nämlich als Jansen das Diktiergerät auspackte und seine Personalien abfragte.

»Sie sind nach wie vor aktiv in der Tierrechtsbewegung?«, begann Angermüller.

»Zumindest teile ich immer noch ihre Ziele und lebe danach. Für meine Bedürfnisse muss kein Tier sterben! Aber im Augenblick beschränkt sich meine Unterstützung auf geistigen Beistand. Und abgesehen davon, dass ich mich seit meiner Verurteilung vollkommen gesetzestreu verhalten habe: Für intensive Mitarbeit fehlt mir einfach die Zeit. Außerdem muss sich ja auch der Nachwuchs mal bewähren, nicht wahr?«

Ein spöttisches Lächeln glitt über Köppes Gesicht.

»Und Ihre Gruppe, die Wachen Hunde, leitet jetzt jemand anders?«

»Bei uns gibt es keinen Leiter oder so was. Wir entscheiden immer alles im Kollektiv. Und ob und was da jetzt läuft, kann ich Ihnen überhaupt nicht sagen. Ich glaub aber, man kann im Moment eher von schlafenden Hunden sprechen.«

»Sagen Sie uns bitte, wo Sie vorgestern Abend gewesen sind?«, fragte Jansen etwas zusammenhanglos.

»Vorgestern Abend?«

Die Frage schien den jungen Mann zu überraschen. Sein Blick wanderte hoch zur Dachschräge, an der ein Plakat mit der Aufschrift ›Animal Liberation Front‹ hing, welches einen Mann im Schattenriss zeigte, der einen Stacheldrahtzaun mit einer großen Zange zerschnitt.

»Ich habe gearbeitet, fürs Studium, wie immer. Das zweite Staatsexamen in Medizin gibt's nicht umsonst, kann ich Ihnen sagen.«

»Sind Sie den ganzen Abend zu Hause gewesen? Und gibt es dafür Zeugen?«

»Weiß nicht«, er hob unmutig die Schultern. »Meine Zimmertür war zu. Ich brauche meine Ruhe, wenn ich am Lernen bin. Ja, ich glaub, Melanie und ihr Freund sind da gewesen.«

»Wie heißen die vollständig? Wohnen die hier?«, fragte Jansen nach.

Widerwillig gab Köppe die entsprechende Information.

»Und Sie haben also den ganzen Abend am Schreibtisch verbracht? Bis Sie schlafen gegangen sind?«

Angermüller sah den Studenten aufmerksam an. Er war ein wacher, intelligenter Typ, mit einem gesunden Selbstbewusstsein und nicht mal unsympathisch.

»Na ja, ich war sicher mal hier in der Küche, was trinken und auch mal auf dem Klo«, grinste der.

»Herr Köppe, ich möchte Sie daran erinnern, dass wir in einem Mordfall ermitteln. Wir werden Ihre Angaben selbstverständlich auf Richtigkeit überprüfen.«

»Logisch. Ich weiß doch, dass Sie Handydaten speichern und meine E-Mails ausforschen dürfen. All so 'ne schönen Sachen. Von wegen Schutz der Privatsphäre des Bürgers!«, erwiderte Fabian Köppe und kreuzte die Arme vor der Brust. »Aber ich war ja noch gar nicht fertig.«

Angermüller sah das linke Bein von Jansen schon wieder verdächtig wippen. Er warf dem Kollegen einen beredten Blick zu, damit der sich zurückhielt.

»Wir hören.«

»Später am Abend habe ich mich mit einem alten Freund in einer Kneipe getroffen.«

»Welcher Freund? Welche Kneipe? Wann? Wie lange?«

Jansen bevorzugte stets den direkten Weg. Der Medizinstudent warf ihm einen genervten Blick zu.

»Enzo war das. Wir waren im VeB und haben von alten Zeiten geklönt. So gegen zehn war ich dort, glaub ich.«

»Und Ihr alter Freund, wo wohnt der, hat der auch einen Nachnamen? Wohin sind Sie von der Kneipe aus gegangen?«

»Was soll die Frage? Ich bin nur noch nach Hause. Das muss so halb zwei gewesen sein, als ich wieder hier war.«

»Name, Adresse von diesem Enzo?«

»Adresse hab ich nicht. Enzo hat mal in unserer WG gewohnt. Er ist nur zu Besuch hier. Sonst wohnt der in Italien.«

Bei Köppes letztem Satz hob Angermüller erstaunt die Brauen, und sein Kollege warf ihm einen alarmierten Blick zu.

»Können Sie uns bitte einmal den vollständigen Namen Ihres Freundes nennen?«

Fabian Köppe seufzte theatralisch.

»Auch das kann ich: Er heißt Enzo Calese.«

»Lorenzo Calese?«

»Ja, aber wir sagen hier nur Enzo.«

»Sagt Ihnen der Name Victor Hagebusch etwas?«

»Ja, natürlich. Das ist Enzos böser Stiefvater. Hab mir genug Geschichten über den anhören müssen. Der muss Enzo als Kind ja richtig misshandelt haben.

Unglaublich, was der mir über diesen Fleischfresser alles erzählt hat.«

Der junge Mann schüttelte seinen Kopf.

»Zum Glück bin ich dem noch nie begegnet. Scheint ein schlimmer Finger zu sein, der Typ! Und warum fragen Sie mich nach dem?«

»Victor Hagebusch wurde tot aufgefunden. Er ist keines natürlichen Todes gestorben.«

»Ach, ehrlich?«, kommentierte Köppe diese Nachricht. »Ein Arschloch weniger.«

Als keiner der beiden Beamten reagierte, sah er halb besorgt, halb belustigt von einem zum anderen.

»Aber Sie denken jetzt nicht, dass ich das war, oder?«

Ungerührt fuhr Angermüller mit seinen Fragen fort.

»Sie geben also an, eben erst erfahren zu haben, dass Hagebusch tot ist?«

»Natürlich! Woher sollte ich das denn wissen?«

»Ihr Freund Enzo hat Sie nicht über den Tod seines Stiefvaters informiert?«

»Nein, verdammt!«, antwortete Fabian Köppe ungehalten. »Vielleicht weiß er ja selbst noch nichts davon.«

Unauffällig wechselten die Kommissare einen Blick. Angermüller ließ das Thema ruhen und fragte, ob Lorenzo Calese auch zu den Tierrechtsaktivisten gehöre. Laut Köppe war er nie festes Mitglied der

Wachen Hunde gewesen. Nur in der Zeit, als er in der WG wohnte, hatte er hin und wieder bei Aktionen mitgemacht.

»Und wie ich schon sagte: Ich hab mich längst aus dem operativen Geschäft zurückgezogen. Mein Studium. Sie wissen schon«, behauptete der Student mit einem harmlosen Lächeln.

Als er auch auf neuerliches Nachfragen bei seiner Darstellung des vorgestrigen Abends blieb, konnten sich die Kommissare nur noch verabschieden, nachdem sie ihn gebeten hatten, sich für gegebenenfalls weitere Befragungen zur Verfügung zu halten.

»Enzo, Lorenzo! Dat is ja wohl der Hammer!«, freute sich Jansen, als sie zurück zum Auto gingen. »Ein richtiger Volltreffer!«

»Eigentlich doch nur wieder ein verrückter Zufall, dass der Calese ausgerechnet in der WG von einem aktenkundigen Tierschutzaktivisten gewohnt hat, oder?«, meinte Angermüller skeptisch.

»Zufall? Oh Mann, nu sei doch nich so ne Spaßbremse! Gönn uns doch auch mal einen Erfolg! Ich hab doch gleich gesagt, dat es nix heißt, wenn der keine Akte hat. Na, dat wird ne Überraschung.«

»Da würd ich mir keine Illusionen machen, Claus. Ist doch klar, dass Fabian Köppe seinen Freund sofort über unseren Besuch informiert. Auf jeden Fall aber war der Junge ganz schön cool, finde ich.«

»Tscha, dat kannste laut sagen. Richtig abgewichst war der. Wenn der man nich genau Bescheid wusste!«

»Durchaus möglich. Aber das können wir ihm leider nicht nachweisen, so geschickt, wie der sich verhalten hat.«

»Oha, schnell einsteigen!«, drängelte Jansen plötzlich und holte den Wagenschlüssel heraus. »Da vorn sind die schon am Schreiben!«

»Noch ma Glück gehabt«, griente er dann, als der Wagen ziemlich flott aus der Parklücke schoss. Jansen war in seinem Element. Jetzt hatten sie es wirklich einmal eilig. Bald jagte er den Passat in Höchstgeschwindigkeit über die Autobahn. Nach nicht einmal einer Dreiviertelstunde erreichten sie ihr Ziel. Der ohnehin starke Wind blies direkt am Strand noch viel kräftiger. Wo die Häuser den Blick freigaben, krönten weiße Schaumkämme eine graue See. Die Polizisten hatten noch nicht geklingelt, da wurde die Haustür schon geöffnet. Aber es war nicht Frau Hagebusch, sondern Lorenzo Calese, der ihnen gegenüberstand. Er schien sie erwartet zu haben. Unter seiner auch heute ziemlich wilden Frisur sah er noch blasser aus als beim letzten Mal, fand Angermüller.

»Herr Calese, Sie können sich denken, warum wir hier sind?«

Er nickte stumm.

»Können wir reinkommen?«

»Ja, natürlich. Fabi hat mich vorhin angerufen.«

Unruhe lag in Caleses Blick, und er sprach ziemlich leise.

»Meine Mutter hat sich hingelegt. Ich möchte vermeiden, dass sie etwas von Ihrem Besuch mitbekommt. Die Nachricht von Hagebuschs Tod gestern hat sie völlig aus der Bahn geworfen. Und wenn sie hört, warum Sie hier sind ...«

Er stockte und zeigte nach rechts.

»Lassen Sie uns gleich hier in die Küche gehen.«

»Dann lassen Sie doch ma hören«, forderte Jansen mit kaum unterdrückter Genugtuung den jungen Mann auf, als sie am Tisch Platz genommen hatten.

»Was denn?«, fragte der leise und nahm müde seine Brille ab. Ohne das auffällige schwarze Teil wirkte sein Gesicht noch zarter und jünger als ohnehin schon.

»Na, alles, wat Sie vergessen haben, uns über vorgestern Abend zu erzählen.«

Lorenzo Calese senkte den Blick.

»Es tut mir leid, dass ich das mit Lübeck nicht gestern schon gesagt habe. Aber Mama saß ja daneben. Sie hätte sich im Nachhinein noch entsetzlich aufgeregt, und das bekommt ihr gar nicht.«

Er seufzte.

»Aber was meine Mutter angegeben hat, stimmt. Wir waren in Kellenhusen beim Italiener und sehr früh wieder zu Hause. Wie meistens, oder eigentlich immer, hat sie eine Schlaftablette genommen und ist bald ins Bett gegangen. Ich hatte mich für den Abend mit Fabi aus meiner ehemaligen WG verabredet. Weil Mama sich immer sorgt, wenn ich nachts mit dem Auto unterwegs bin, hab ich ihr lieber gar nichts davon erzählt. Wenn sie eine von diesen Tabletten genommen hat, dann schläft sie eh wie ein Stein und bekommt nichts mit. Und dann hab ich ihr Auto genommen und bin nach Lübeck gefahren.«

»Wann sind Sie dort angekommen?«

»So um zehn rum war ich im VeB. Das ist die Kneipe, wo wir uns getroffen haben.«

Die Schilderung des weiteren Ablaufs des Abends war identisch mit der von Fabian Köppe.

»Sie wissen hoffentlich, Herr Calese, dass Sie sich mit dem Verschweigen Ihres Besuches in Lübeck keinen Gefallen getan haben? Sie haben sich damit nur verdächtig gemacht.«

Hilflos hob der junge Mann die Schultern als Antwort auf Angermüllers Worte.

»Ich weiß, das war blöd von mir. Aber ich kann's jetzt nicht mehr rückgängig machen. Ich kann Ihnen nur noch einmal schwören, dass ich mit dem Tod von Hagebusch nicht das Geringste zu tun habe.«

»Sie wissen, wo er in Lübeck gewohnt hat?«

Die ganze Zeit hatte Lorenzo den Kopf gesenkt gehalten. Jetzt hob er den Blick und sah Angermüller, der den Hauptteil der Vernehmung bestritten hatte, fest in die Augen.

»Natürlich weiß ich das. In einer der kleinen Straßen hinterm Brink. Und ja: Ich habe als Kind jahrelang unter diesem Mann gelitten. Ich habe ihn gehasst, das stimmt, und ich hätte ihm gern manches, was er mir angetan hat, genauso zurückgezahlt. Aber weder bin ich vorgestern in seiner Wohnung gewesen, noch habe ich ihn umgebracht, das müssen Sie mir glauben! Schon meiner Mutter wegen hätte ich das niemals tun können.«

»Wat tut der Junge harmlos!«, regte sich Jansen auf, als sie über die kleine Straße in Richtung Dahmeshöved unterwegs waren, die für den Durchgangsverkehr gesperrt war. Angermüllers dementsprechenden Hinweis hatte der Kollege einfach überhört.
»Immer nur seine arme Mama, auf die er Rücksicht nehmen muss. Alles nur für seine Mama! Ich kann dat nich glauben!«
Angermüller sagte nichts und ließ seinen Kollegen erst einmal schimpfen. Er sah an ihm vorbei zu dem Streifen zwischen Straße und Strand, auf dem sich Grundstücke mit bescheidenen Bungalows und aufwendigeren Häusern abwechselten. Es musste schön sein, hier zu wohnen, direkt am Strand mit einem unverbaubaren Blick auf die Ostsee. Sie passierten eine schicke, neue Jugendherberge, dann tauchten rechts neben ihnen ein kleiner Turm und ein großer alter Leuchtturm auf, beide aus rotem Backstein errichtet, ein hübscher Anblick aus längst vergangener Zeit.

»Wahrscheinlich hast du insofern recht, Claus, dass der Calese nicht nur wegen seiner Mutter den Besuch in Lübeck verschwiegen hat«, antwortete der Kriminalhauptkommissar mit einiger Verzögerung auf Jansens empörten Kommentar.

»Natürlich ist ihm klar, dass er verdächtig ist, weil er ein Motiv hat. Trotzdem glaube ich nicht, dass er lügt. Schließlich hat er uns ja vorgestern selbst erzählt, wie er unter seinem Stiefvater gelitten hat.«

»Na, dat war ja nich anders zu erwarten, dat der Kollege Angermüller wieder für alles Verständnis hat«, murrte Jansen, »aber jetzt muss ich unbedingt mal wat einwerfen. Mittag is lange vorbei!«

»Da hast du ausnahmsweise recht, Claus! Lass uns doch gleich hier nach was Essbarem suchen.«

»Meinst du, hier gibt's irgendwo wat Richtiges? In dem verschlafenen Kaff?«

In der Tat waren um diese Nachmittagszeit keine Leute im Ort zu sehen. Nur ein Schuljunge, der aus einer großen Umhängetasche irgendein regionales Anzeigenblatt in die Briefkästen verteilte, kam die Dorfstraße entlang. Und ganze zwei Autos begegneten ihnen.

»Ich mag die Gegend hier irgendwie. Kellenhusen, Dahme, so kleine, unspektakuläre Orte. Wir waren mal mit den Kindern im Sommer hier. Da hast du nicht so den ganz lauten Rummel wie in manchen anderen Seebädern, eher geruhsam und entschleunigt. Ich find das sehr entspannend.«

»Entschleunigt – tss«, machte Jansen nur.

Nur wenig war vom alten Dorf noch übrig, die neue Bebauung eher unauffällig, ohne Hochhäuser und Bettenburgen. Eine Burgerbude oder etwas anderes nach Jansens Geschmack war im Ort nicht zu finden. Die kleinen Imbissläden an der Promenade waren sämtlich zugesperrt und befestigt für den Winterschlaf, und auch die meisten Gaststätten hatten geschlossen. So gingen sie schließlich dem Hinweisschild auf ein Café mit ganzjähriger Öffnung nach, wenn auch Jansen ziemlich skeptisch war, ob er dort wohl das, was er unter was Richtigem verstand, finden würde.

KAPITEL V

Sie hatten sich an einen der Tische vor der Fensterfront gesetzt, von wo aus man ein Stück über die Promenade sehen konnte, bis zur Seebrücke, die vor nicht allzu langer Zeit neu gebaut worden war. Sie streckte sich mehrere hundert Meter aufs Meer hinaus und hatte ein etwas futuristisch anmutendes Design. Im Sommer schien es gegenüber vom Café auf den Holzbohlen, begrenzt von ein paar Pfählen mit dicken Tauen, eine Strandterrasse zu geben. Sie war jetzt verwaist, halb vom Sand bedeckt, den der Herbstwind trotz der zahlreich aufgestellten Schutzzäune vom Strand hier herauf trug.

»Ist doch nett hier! Hast du was gefunden?«

Das Café war nicht sehr groß. Alles in allem gab es nur acht Tische unterschiedlicher Größe. Noch drei außer ihrem eigenen waren besetzt. Die Einrichtung bestand aus schlichtem, hellem Holzmobiliar. Dazu wurden mit Fliesen, Fensterrahmen und Vorhängen blau-weiße Akzente gesetzt, ergänzt durch sparsam verteilte, liebevolle Dekorationen wie alte Ortsansichten, Buddelschiffe und andere maritime Accessoires, die eine gemütliche Atmosphäre schufen.

»So richtig noch nich. Vegetarischer Burger! So wat ess ich nich. Ich glaub, ich nehm ein Stück von der Pizza Lina. Mal probieren, wie die schmeckt, dann sehn wir weiter.«

»Na gut, ich werd nur einen Brownie nehmen. Auch einen Kaffee?«

»Ich nehm 'ne Cola«, meinte Jansen. »Bist du wieder auf Diät? Nur einen Brownie?«

»Ich war noch nie auf Diät«, erwiderte Angermüller leicht angesäuert, da sein Kollege immer wieder diesen Spruch brachte. »Ich bin heute Abend bei Freunden zum Essen eingeladen, und das ist ja nicht mehr so lange hin.«

Bald brachte ihnen das junge Mädchen, das hier bediente, ihre Bestellung an den Tisch. Jansen stürzte sich auf seine Pizza. Angermüller hörte den knusprigen Teig in Jansens Mund knacken. Die Pizza, belegt mit Tomaten und Schafkäse, duftete kräftig nach Knoblauch und Oregano. Seinem Kollegen schien es zu schmecken, denn er bestellte sogleich ein zweites Stück nach. Angermüllers Brownie war unter seiner schwarzglänzenden Schokoladenglasur saftig und nicht zu süß, und der Schaum auf dem Milchkaffee dicht und sahnig. Für einen Augenblick vergaß der Kriminalhauptkommissar den Fall Hagebusch, ließ es sich munden und verlor sich mit seinen Gedanken am Horizont über der Ostsee.

Die Eingangstür wurde aufgestoßen. Ein Schwall kalter Luft riss Angermüller aus seinem Tagtraum. Im nächsten Moment beugte er den Kopf instinktiv nach unten. Aus den Augenwinkeln beobachtete er die Frau, die soeben hereingekommen war. Die zwei Hunde, die sie begleiteten, räumten jeden Zweifel aus. Es war die Person, die ihm und den Kindern gestern Abend in seinem Hausflur in Lübeck begegnet war. Wer war das? Was tat sie hier? »Tut mir leid, dass es so lange gedauert hat, Dany, aber ich musste unbedingt noch die Kartoffeln vom Eichenhof abholen. Vielen, vielen Dank für deine Vertretung!«

»Kein Problem! Soll ich mit ausladen?«, fragte das junge Mädchen hinter dem Tresen.

»Danke, mach ich später. Das schaff ich allein.«

»Okay, prima. Dann geh ich jetzt auch los. Bis Sonntag dann! Tschüss, Lina!«

Leise informierte Angermüller seinen Kollegen über das Zusammentreffen am Vorabend.

»Ich hätte gern einen Kaffee. Schwarz«, rief Jansen in Richtung Tresen.

»Ist ein doppelter Espresso in Ordnung? Anderen Kaffee hab ich nicht.«

»Geht klar.«

Wenig später brachte die Cafébesitzerin das stark duftende Gebräu an den Tisch.

»Bitteschön!«

»Hallo! Wir sind uns schon mal begegnet, oder?«

Angermüller erntete einen überraschten Blick.

»Ist gar nicht so lange her, glaube ich.«

Die junge Frau musterte ihn aufmerksam aus ihren grauen Augen, und dann blitzte es kurz darin auf.

Täuschte sich Angermüller oder hatte er auch so etwas wie ein Erschrecken wahrgenommen?

»Stimmt, gestern Abend in Lübeck. Sie waren das, mit den beiden Mädchen. Die eine wollte gern meine Hunde ausführen.«

»Ja, genau. Ihnen gehört also das Café hier? Wie heißen Sie?«

Etwas irritiert antwortete sie: »Lina Stucki. Ja, das ist mein Café. Sind Sie zufrieden, hat es geschmeckt?«

»Ganz wunderbar! Der Brownie war köstlich«, lobte Angermüller.

»Und Sie haben gestern Abend in Lübeck jemanden besucht? Darf ich fragen, wen?«

»Entschuldigung?«

Hatte Lina Stucki bisher nur sehr reserviert gewirkt, klang sie nun zunehmend unwillig.

»Was geht Sie das an, wenn ich fragen darf?«

»Ach ja, ich habe ganz vergessen, uns vorzustellen: Kriminalhauptkommissar Angermüller, mein Kollege Kriminalkommissar Jansen. Also, wen haben Sie besucht?«

Augenblicklich war Lina Stucki eine wachsende Nervosität anzumerken. Sie schaute sich um. Die anderen Gäste saßen ruhig an ihren Tischen, unterhielten sich, lasen Zeitung, tranken Tee oder Kaffee.

»Warum wollen Sie das wissen?«, fragte sie mit gedämpfter Stimme.

»Zeigen Sie uns bitte mal Ihren Ausweis«, forderte Jansen statt einer Antwort.

Die Frau biss sich auf die Lippen.

»Ja, natürlich. Einen Moment, ich hole ihn.«

»Warten Sie, wir kommen mit. Sie haben doch sicher einen Raum, wo wir etwas mehr unter uns sind?«

Sie zuckte mit den Schultern.

»Bitte, wenn es auch in der Küche geht. Aber ich muss mich nebenher um meine Gäste kümmern.«

Sie nahmen an der Arbeitsplatte auf Hockern Platz, Jansen setzte das Diktiergerät in Gang. Geboren in Dahme, 34 Jahre alt, Alina Stucki lautete ihr voller Name und sie war eine geborene Calese. Der Kriminalhauptkommissar versuchte, sich seine Verblüffung nicht anmerken zu lassen und schaute die junge Frau etwas genauer an. Aber natürlich! Die grauen Augen hatte sie wohl von ihrer Mutter geerbt.

»Ihr Geburtsname ist also Calese«, sagte er langsam, während er das Dokument über die Arbeitsplatte zu Jansen schob. »Und Lorenzo Calese …?«

»Ist mein Bruder, ja.«

Auch Jansen behielt nach dieser Erkenntnis eine undurchdringliche Miene bei.

»Und wem wollten Sie nun gestern Abend einen Besuch abstatten?«

»Meinem Stiefvater, Victor Hagebusch«, kam es etwas zögerlich.

»Den Sie aber nicht angetroffen haben.«

»Nein. Ich habe nur das Siegel auf der Tür gesehen und mir gedacht, dass irgendetwas passiert sein musste. Dann bin ich wieder nach Hause gefahren. Erst später habe ich von meinem Bruder erfahren, dass Victor tot ist.«

»Sie hatten regelmäßig Kontakt zu Ihrem Stiefvater?«

»So regelmäßig nicht. Hin und wieder, mit großen Abständen.«

Immer wieder wandte sich Lina Stucki zur Türöffnung, die ins Café führte, um nach ihren Gästen zu sehen.

»Wie war Ihr Verhältnis zu Victor Hagebusch? War er ein guter Stiefvater?«

»Er war kein Vater, auch kein Stiefvater. Wir Kinder interessierten ihn nicht. Er wusste nichts mit uns anzufangen. Er war ja auch selten da – zum Glück. Meist kam er nur am Wochenende und zelebrierte seine Kochorgien, zu denen er komische Leute einlud. Journalisten, Politiker und andere Wichtigtuer, die er für Prominenz hielt. Um das Bild einer harmonischen Familie zu erwecken, mussten meist wir Kinder mit an der Tafel sitzen. Das war ganz schön nervig. Victor war ein maßloser Schlemmer, und für meinen Bruder war das eine richtige Qual, glaub ich. Entschuldigung, ich muss kassieren.«

Lina Stucki verschwand nach draußen, rechnete an einem Tisch ab. Dann hörte man die Kaffeemaschine zischen. Jemand hatte noch einen Latte Macchiato bestellt. Schließlich kam sie zurück in die Küche.

»Und Sie? Sie hatten keine Probleme mit Ihrem Stiefvater?«

»Ich wusste mich zu wehren. Ich bin ja die Ältere, und wir sind sehr verschieden. Lorenzo hat viel von seiner Mutter. Wenn ich was nicht wollte, habe ich's einfach nicht gemacht, und Victor hat darauf nicht geachtet. Das war ihm alles zu kompliziert mit mir, glaub ich. Vieles hat er ja auch gar nicht mitbekommen, denn in gewisser Weise hatte Victor immer etwas Autistisches. Im Grunde konnte er einem leidtun.«

»Und Ihre Mutter?«

»Mutter?«

Unwillig schüttelte die junge Frau ihr dunkles Haar, das den Kopf in einer Fülle von sich kringelnden Löckchen umgab.

»Ich habe nie eine richtige Mutter gehabt, eine, die ihr Kind umsorgt, es verteidigt, dafür kämpft wie die sprichwörtliche Löwin. Die Männer standen bei Dagmar stets an erster Stelle. Früher unser Vater, dann Victor. Ohne Mann war sie orientierungslos. Sie hat nie aufgemuckt, kritisiert oder sich gewehrt. Deshalb war ich für sie auch nur ein Störenfried. Meinen Bruder hat sie zumindest getröstet und verwöhnt, um mich hat sie sich irgendwann gar nicht mehr gekümmert. Wie gesagt, ich hab mir nichts gefallen lassen von Victor. Ich war ihm wohl zu anstrengend, und er ließ mich in Ruhe. Trotzdem bin ich mit 16 ausgezogen und in die Schweiz gegangen.«

»Und dort haben Sie Ihren Mann kennengelernt?«

»Ja. Offensichtlich war das Beispiel meiner Mutter nicht abschreckend genug. Kaum war ich volljährig, hab ich mit 18 sofort geheiratet«, nickte sie resigniert. »Aber den Herrn Stucki bin ich längst wieder losgeworden. Nur seinen Namen muss ich noch ablegen. Entschuldigung.«

Sie verschwand im Café, da ein Gast seine Rechnung verlangt hatte. Ein anderer Tisch bestellte Getränke nach.

»Und, was glaubst du? Warum wollte sie gestern Abend zu Hagebusch?«

»Phh«, machte Jansen ratlos. »Jedenfalls war er da ja schon längst tot. Vielleicht wollte sie ihn wirklich nur mal wieder besuchen.«

»Also reiner Zufall, meinst du«, Angermüller seufzte. »Ich kann das Wort bald nicht mehr hören.«

»So, da bin ich wieder. Haben Sie noch Fragen? Ich habe nämlich noch einiges zu tun.«

Lina Stucki stand abwartend in der Türöffnung. Sie war nicht sehr groß und ziemlich schmal.

»Wann genau hat Ihr Bruder Ihnen von Hagebuschs Tod berichtet?«

»Als ich gestern Abend aus Lübeck zurückgekommen bin. Wir hatten uns vorher noch gar nicht gesehen, seit er hier ist.«

»Haben Sie ihn besucht?«

»Ich betrete das Haus von Dagmar nicht mehr. Lorenzo kam zu mir nach Hause.«

»Was genau hat er Ihnen erzählt?«

Sie sah dem Kommissar gerade ins Gesicht.

»Das, was er von Ihnen erfahren hatte, nehme ich an. Und er war kein bisschen traurig. Aber das wissen Sie wahrscheinlich auch schon.«

»Noch einmal zurück zu Ihnen. Sie sind also gestern Abend nach Lübeck gefahren mit der Absicht, Victor Hagebusch zu besuchen?«

Ihr Kopf drehte sich wieder weg in Richtung Gastraum.

»Nö. Ich wollte mir ein bestimmtes Kochbuch in einer Buchhandlung ansehen, und dann war das so ein spontaner Einfall.«

»Und wo waren Sie vorgestern Abend?«

»Vorgestern?«

Mit der Frage schien sie nicht mehr gerechnet zu haben.

»Da habe ich mich mit ein paar alten Freunden getroffen.«

»Wo, wann genau und mit wem?«

Ihrem Blick war anzumerken, dass Lina Stucki die Frage nicht passte.

»Das war irgendwo in Sankt Lorenz, in der Nähe vom Bahnhof.«

»Sie waren vorgestern Abend auch in Lübeck?«
Es gelang Angermüller nicht ganz, sein Erstaunen zu verbergen.

»Ja, da war ich auch in Lübeck, stellen Sie sich vor«, kam es etwas gereizt. »Wir haben Moni und Uli in ihrer neuen Wohnung besucht. Kai ist gefahren, der kommt auch aus Kellenhusen. So bei acht rum waren wir da. Kai kann Ihnen bestimmt auch genau sagen, wie die Straße heißt, wenn Sie das unbedingt wissen müssen.«

Auf Nachfrage nannte sie die vollständigen Namen aller sieben Freunde, die an dem Abend dabei gewesen waren.

»Gab es einen besonderen Anlass für dieses Treffen?«

»Sich halt wieder mal sehen, quatschen«, meinte sie leichthin. »So gegen Mitternacht war ich wieder zu Hause. Ach nein, stimmt ja gar nicht.«

Sie schüttelte den Kopf.

»Ich bin noch hierher und habe die Rote-Bete-Suppe vorbereitet. Genau. Erst nach zwei war ich bei mir zu Hause.«

Als Angermüller noch fragte, ob sie eine Vorstellung habe, wer Victor Hagebusch getötet haben könnte, ließ sie nur die Schultern fallen und blickte zu Boden. Auch wenn der Kriminalhauptkommissar das Gefühl hatte, nicht alles erfahren zu haben, was diese Zeugin ihnen hätte mitteilen können, blieb ihm und Jansen nichts anderes übrig, als sich zu verabschieden und die Rückfahrt in die Hansestadt anzutreten. Es war mittlerweile dunkel geworden. In der Bezirkskriminalinspektion fanden sie sich mit den Kollegen zu einer kleinen Lage zusammen, um ihre Informationen auszutauschen.

Thomas Niemann hatte den Tag über sämtliche Veröffentlichungen Hagebuschs aus dem vergangenen Jahr gesichtet und nichts gefunden, worin der Journalist deutlich gegen Tierrechtsaktivisten Stellung bezog. Es war auch sonst nichts darunter, womit Hagebusch deren Unmut im besonderen Maß hätte wecken können. Angermüller überflog einige von Hagebuschs Artikeln. Sie waren in Stil und Aussage meist eher unspektakulär, ordentliches Handwerk. Auffällig war ab und an nur eine gewisse Häme oder Schadenfreude, die der Autor bei manchen Themen nicht verhehlen konnte.

Da war zum Beispiel einer seiner letzten Artikel für die Lübecker Zeitung aus diesem Sommer. Angermüller erinnerte sich. Es ging um einen Toten auf dem Golfplatz und einen Biohof in der Nähe. Offensichtlich hatte man mit Hagebusch auf dem Biohof nicht reden wollen und er hatte die Leute dort mit Zweideutigkeiten und nebulösen Vorwürfen überzogen, die sie für den ahnungslosen Leser zu einer Drogen dealenden, gammeligen Landkommune machten. Auch für die Beamten vom K 1 hatte er einige unfreundliche Worte übrig, denn man hatte ihm damals auf der Pressekonferenz in der Bezirkskriminaldirektion freundlich, aber bestimmt die geforderten Auskünfte verweigert. Tja, ein angenehmer Zeitgenosse war der Hagebusch nicht gerade gewesen, dachte der Kriminalhauptkommissar.

Alle vom K1 waren der Meinung, dass man Fabian Köppe und Lorenzo Calese weiterhin Aufmerksamkeit schenken sollte, ebenso der Schwester des Letzteren. Auch wenn diese erst nach Hagebuschs Ableben vor seiner Wohnung aufgetaucht war, konnte es durchaus eine Verbindung mit der Tat geben. Nach einem kurzen Ausblick auf die Vorhaben des nächsten Tages beendete man schließlich die Runde. Wie gewöhnlich richtete Kriminaldirektor Appels seinen dringenden Wunsch an die Beamten, die Ermittlungen zügig voranzutreiben, und wie gewöhnlich ignorierten diese seinen Appell. Alle wünschten sich noch gegenseitig einen schönen Feierabend und gingen dann auseinander.

»Georg! Wie schön!«

Carolas Entzücken war grenzenlos, als sie ihm auf sein Klingeln die Tür öffnete. Sie war barfuß, in einen weiten, schwarzen Kaftan gekleidet, mit der üblichen Sammlung auffälliger Ketten um den Hals. Georg überreichte ihr die Weinflasche, die er schnell noch in einem Weinhaus in der Fleischhauerstraße besorgt hatte.

»Dank dir! Das hätte doch nicht nötig getan!«

Beherzt zog sie ihn zu sich heran und küsste ihn

auf beide Wangen. Angermüller hatte lange überlegt, ob er diese Einladung zum Abendessen überhaupt annehmen sollte.

»Nichts Aufwendiges, ganz intim, nur wir drei«, hatte Carola angekündigt und hinzugefügt: »Dass du und Astrid vorübergehend getrennt seid, heißt ja nicht, dass unsere Freundschaft damit beendet ist, oder? Klas-Dieter und ich würden uns wirklich sehr freuen, wenn du uns mal besuchst, Georg.«

Seit Kindertagen schon waren Angermüllers Frau Astrid und Carola engste Freundinnen. Dabei war Georgs Verhältnis zu Letzterer nicht ganz frei von Vorbehalten. Die Freundin war in der Stadtverwaltung beschäftigt, was sie aber nicht auszufüllen schien. Jedenfalls betätigte sie sich nebenher mit Begeisterung als Gastrokritikerin, wie sie es selbst bezeichnete, und veröffentlichte hin und wieder Restaurantbesprechungen in einigen lokalen Blättchen. Vor allem aber liebte sie es, die selbst weder kochen konnte noch wollte, auch bei privaten Essenseinladungen ihr Urteil in großer Runde kundzutun. Wiederholte Male hatte sie sich damit bei Georg nicht gerade beliebt gemacht.

Sie bat ihn zum Aperitif ins Wohnzimmer.

»Wirklich, ich freu mich, dass wir uns mal wieder sehen! Sonst haben wir uns ja automatisch bei unser aller Geburtstagsfeiern reihum getroffen, aber das wird ja jetzt wahrscheinlich nicht mehr vorkommen, oder?«

»Wenn du damit auf Astrids Geburtstag anspielst: Natürlich bin ich da auch eingeladen«, meinte Georg achselzuckend.

»Ja, warum auch nicht«, lachte Carola ein wenig gekünstelt und nahm erst einmal einen Schluck von ihrem Sekt mit Apérol.

»Ich muss heute noch meine weiße Mandeltorte für sie backen, wenn ich nach Hause komme. Geburtstag ohne Mandeltorte ist bei uns kein Geburtstag.«

Kaum hatte er diesen Satz ausgesprochen, befiel Georg ein merkwürdiges Gefühl, eine Mischung aus Trauer und Verwunderung. Er redete so, als ob sich für ihn überhaupt nichts geändert hätte. Er hatte tatsächlich ›bei uns‹ gesagt. Noch ein langer Abschied schien vor ihm zu liegen, wenn die Trennung tatsächlich von Dauer sein sollte. Sein altes Leben ließ sich eben nicht einfach so abstreifen.

»Äh, und wie ergeht es dir so allein in der neuen Wohnung?«, fragte seine Gastgeberin, der seine plötzliche Nachdenklichkeit nicht entgangen war, etwas betreten. Wie hingegossen saß sie auf dem Diwan und zupfte an ihren afrikanisch anmutenden Halsketten. Ihr volles Gesicht, von der Wärme im Raum und wohl auch vom Alkohol leicht gerötet, leuchtete im Schein der Stehlampe, während Klas-Dieter zwischen Küche und Esszimmer hin und her wieselte, Getränke servierte, in der Küche mit den Töpfen klapperte und die letzten Vorbereitungen für das Essen traf. Nach einigen Jahren als Single, in denen Astrid sich stets bemüßigt gefühlt hatte, ihre Freundin unter Menschen zu bringen, war Carola im vergangenen Frühjahr mit ihrem Klas-Dieter zusammengekommen. Georg war einer der wenigen, wenn nicht der Einzige, der in die kuriose Geschichte ihres Kennenlernens eingeweiht war, und Carola war ihm wahrscheinlich bis heute dankbar, dass er die Details darüber für sich behielt.

»So ein Umzug, der dauert, sag ich dir«, seufzte Georg, »jedenfalls bei mir. Ganz viele Kisten stehen noch rum, die ausgepackt werden müssen. Hier fehlt noch ein Haken, dort eine Lampe. Aber vor Weihnachten will ich auf jeden Fall meine Einweihungsfeier machen. Steffen hat sich auch schon bei mir beschwert.«

»Ach, bist du mal wieder bei ihm gewesen? Geht's ihm und seinem Partner gut?«, fragte Carola mit einem leicht süffisanten Unterton. Zwischen ihr und Steffen gab es eine beiderseitige Abneigung, aus der selbst Steffen, sonst die Zurückhaltung in Person, kein Hehl machte.

»Nein, ich bin schon ewig nicht mehr bei ihm und David gewesen. Aber ich denke, es geht ihnen gut. Sie genießen ihre Zweisamkeit in der alten Villa. Ist ja auch wirklich ein Juwel!«

»Leider habe ich ihr Domizil noch nie von innen gesehen.«

Es klang ein wenig verschnupft. Wahrscheinlich würde sie die Villa in der Gegend hinter dem Burgfeld auch nicht von innen zu sehen bekommen. Da war der liebenswürdige Steffen konsequent.

»Steffen ist mir gestern bei der Arbeit über den Weg gelaufen.«

»Ach, wenn ihr euch begegnet, ist doch immer was Schreckliches passiert! Gab's wieder Mord und Totschlag in Lübeck? Wie spannend! Erzähl doch mal!«

Carola sah ihn gespannt an und schob sich ein paar von den gesalzenen, spanischen Mandeln in den Mund. Wie die meisten seiner Freunde fand auch sie seinen Job im K1 ziemlich aufregend.

»Du weißt doch, Carola: Über laufende Ermittlungen und so weiter, und so weiter«, wiegelte Georg ab. »Erzähl du lieber mal, was der gute Klas-Dieter da in der Küche Großes kocht und zaubert. Ich hab ganz schön Hunger!«

Gegen halb sieben hatten die letzten Gäste das Café ›Torten, Suppen, Meer‹ verlassen und keine neuen waren nachgekommen. Gern hätte Lina heute noch länger Leben um sich herum gehabt, wäre mit ihren vielen Fragen lieber nicht allein gewesen. Während der Sommerzeit, wenn die Tage länger waren, herrschte im Café auch an den Abenden Betrieb. Gegenüber, auf ihrer kleinen Terrasse am Strand, genossen die Gäste gern das milde Wetter und den Blick über die Ostsee bei einem Glas Wein oder einem kühlen Bier. Manchmal entwickelte sich zwischen den völlig Fremden eine nette Stimmung, es bildete sich eine große Runde und man feierte zusammen den Sommer. Aber das, was den Namen Strandsaison verdiente, war hier sehr kurz. Selten schon ab Juni, meist erst ab Juli bis Ende August, und spätestens dann war es auch schon wieder damit vorbei. Ab September lohnten sich die langen Öffnungszeiten nicht mehr, und Lina machte um 19 Uhr Feierabend.

Was für ein Tag! Ihr schwirrte der Kopf. Der Besuch der beiden Polizisten und ihre vielen Fragen hatten sie richtig aus der Bahn geworfen. Hoffentlich hatte sie nichts Falsches gesagt! Weder wollte sie ihren Freunden, noch ihrem Bruder schaden. Dieser dunkelhaarige Kommissar mit dem Dreitagebart war ja gar nicht unsympathisch gewesen, irgendwie ganz gemütlich. Aber er hatte sie immer so zweifelnd angesehen. Und was sie von seinem Kollegen halten sollte, der fast nichts gesagt, immer nur ungeduldig mit dem Bein gewippt hatte, wusste sie auch nicht. Ob die Polizei tatsächlich ihr Alibi für den Tatabend überprüfen würde? Sollte sie besser Kai und die anderen anrufen und sie warnen? Doch dann wollten die nur wissen, warum sie gestern Abend nach Lübeck zu ihrem Stiefvater gefahren war. Eine verfahrene Situation.

Lina seufzte. Sie erhob sich, ging zum Kühlschrank und öffnete diesen. Im selben Moment war das leise Geräusch von acht Pfoten auf den Fliesen zu hören, die sich aus dem Gastraum näherten. Erwartungsvoll blieben Madame und Teufel in gebührendem Abstand zum Eingang der Küche stehen. Sie wussten genau, dass dieser Raum für sie tabu war.

»Ja, das hört ihr sofort, wenn es Abendfressen gibt!«

Sie stellte den Tieren ihren Napf mit frischem Fleisch hin und füllte einen anderen mit Wasser nach.

»Brave Hunde!«

Lina kehrte in die Küche zurück, wusch sich die Hände, holte die Lauchstangen aus der Gemüsekiste und legte die Hokkaidokürbisse bereit. Ein exotischer Lauchsalat und eine Kürbiscremesuppe standen neben anderem für den nächsten Tag auf ihrem Plan. Das scharfe Aroma des Lauchgemüses trieb ihr die Tränen in die Augen und brachte sie zum Niesen.

»Gesundheit«, sagte plötzlich jemand vom Eingang her. Stimmt, sie hatte ja die Tür noch gar nicht abgeschlossen.

»Danke«, sagte Lina. »Wir haben eigentlich schon zu.«

Sie drehte sich um.

»Olaf!«

So erfreut hatte sie eigentlich gar nicht klingen wollen.

Als Appetithappen servierte Klas-Dieter geräucherte Mettwurst und Hausmacherleberwurst, die er vor Kurzem bei einer kleinen, traditionell arbeitenden Landschlachterei entdeckt hatte, auf würzigem Holzofenbrot, und dazu selbst eingelegten Kürbis und Senfgurke. Außerdem ließ er Georg eine Auswahl an Biersorten aus einer Landbrauerei in der Nähe von Neumünster kosten. Besonders das mild gehopfte Märzen, ein süffiges, dunkelgelbes Bier, schmeckte dem oberfränkischen Gast vorzüglich, erinnerte es ihn doch an die Biersorte aus seiner Heimat.

»Labskaus hab ich schon ewig nicht mehr gegessen«, meinte Georg nach der Hauptspeise und legte zufrieden die Serviette beiseite. »Und ein so köstliches hat mir noch niemand vorgesetzt, Klas-Dieter, ehrlich! Das Rezept musst du mir unbedingt verraten.«

»Schmeckt doll, nicht wahr? Ich hab's vor Kurzem von meinem Freund Gerrit bekommen. Vielleicht ist das Geheimnis ja, dass man der Mischung aus Kartoffeln, Corned Beef und gedünsteten Zwiebeln noch etwas Milch beifügt und nicht alles durch den Fleischwolf dreht, sondern nur ein wenig per Hand zerkleinert. Und dass ich den Matjes im Ganzen dazu serviere, statt ihn unter den Eintopf zu mischen«, erläuterte Klas-Dieter mit dem Stolz des Kochs.

»Jedenfalls beweist dein Labskaus mal wieder, welche Vorurteile unter Nichtkennern über manche Gerichte gepflegt werden. Es kommt eben immer nur auf gute Zutaten und natürlich einen begabten Koch an. Auf dein Wohl, Klas-Dieter!«

»Ja, auf dein Wohl, bester Leibkoch aller Zeiten!«, stimmte Carola zu, neigte sich nach dem Anstoßen zu ihrem Lebenspartner hinüber und spitzte ihre Lippen, die der schmächtige Klas-Dieter sogleich folgsam küsste. Dann räumte er den Tisch ab, Georgs angebotene Hilfe ablehnend, und zog sich für die Zubereitung des Nachtisches wieder in die Küche zurück. Zum Labskaus hatte Georg auf Empfehlung des Gastgebers das dunkle Bockbier aus der Privatbrauerei gekostet. Ob es das überheizte Zimmer und die beginnende Müdigkeit war oder ob es an dem süffigen Starkbier lag, von dem er sich ein paar Mal nachgeschenkt hatte, oder an dem Aquavit, den sie als Verteiler genommen hatten, er konnte es nicht sagen. Jedenfalls hatte Carola nicht aufgehört, Georg immer wieder auf seinen aktuellen Fall anzusprechen, und irgendwann war dann doch der Name Victor Hagebusch gefallen.

»Was? Der?«, fragte Carola und riss erstaunt die Augen auf. Doch dann meinte sie: »Na ja, sehr beliebt war der, glaub ich, nicht. War schon ein sehr spezieller Typ, der Hagebusch.«

»Hast du ihn denn näher gekannt?«

Sofort war Georg wieder hellwach.

»Der Hagebusch war doch ein Kollege von mir.«

Carola nahm eine gerade Haltung an und wischte ein imaginäres Stäubchen von ihrem Kaftan.

»Wie? Was hatte der mit der Stadtverwaltung zu tun?«

»Ach, Georg!«

Sie warf ihm einen tadelnden Blick zu und griff nach der Aquavitflasche, um nachzugießen. Ölig floss die sanftgelbe Flüssigkeit in die Schnapsgläser.

»Er hat natürlich Restaurantkritiken veröffentlicht, genau wie ich.«

»Ach so, ja, stimmt. Hin und wieder war unter seinen Artikeln für die Lübecker Zeitung auch mal eine Restaurantkritik. Aber dass er dafür Spezialist war, konnte ich aus seinen Beiträgen nicht erkennen.«

»Konntest du da auch nicht. Hagebusch hat vor allem im Internet veröffentlicht, auf dieser Seite www B Minus Savarin Punkt Almanach Punkt de. Kennst du bestimmt. Er hat unter einem Pseudonym geschrieben. Aber ich gebe zu, dass er dahinter steckte, konnte man nicht wissen. Ich habe das auch nur durch einen Zufall mitbekommen«, erklärte Carola gönnerhaft.

»Das ist schon eine ganze Weile her. Ich glaube, es war irgendwann im letzten Frühjahr. Da war ich in der Ulmenschenke. Die hatten renoviert und das Angebot umgestellt, und das musste ich natürlich auch einmal unter die Lupe nehmen.«

Bevor sie Georg Näheres verriet, nahm Carola noch einen kräftigen Schluck des milden Kümmelschnapses.

»Das Essen kam unter Silberhauben, die Kellner machten die große Show, es war sehr fantasievoll dekoriert und, na ja, ein bisschen old-fashioned, aber es war in Ordnung. Aber keinesfalls sooo überragend, wie ich es erwartet hatte nach der Lektüre der Website B-Savarins Almanach für Gastrosophie. Dort hatte ich nämlich wenige Tage zuvor eine wahre Hymne auf das Restaurant gelesen. Es war ziemlich leer an diesem Abend, nur knapp die Hälfte der Tische war besetzt. Ich war ohne Begleitung da, und ich mag diese Atmosphäre gar nicht, wenn nichts los ist. Drei Kellner waren im Einsatz. Ich fühlte mich unter ständiger Beobachtung, obwohl ich ja versuche, möglichst unauffällig zu recherchieren, wenn ich ein Restaurant teste. Du verstehst.«

Wieder griffen ihre Finger mit den dunkelrot lackierten Nägeln nach dem Schnapsglas, und auch Georg leerte genüsslich seinen restlichen Aquavit, bevor dieser zu warm wurde.

»Plötzlich wurde es laut an einem Tisch in der Nähe der Küche. Ein einzelner, ziemlich großer und kräftiger Mann saß daran und diskutierte mit den Kellnern, bis plötzlich die Schwingtür zur Küche aufflog und der Wirt höchstpersönlich herausstürmte. Hagebusch, tobte er, was glaubst du, wer du bist, dass wir dich hier immer durchfüttern sollen? Er warf ihm einige ziemlich unfeine Bezeichnungen an den Kopf. Die Antworten konnte ich leider nicht verstehen. Aber jedenfalls brachten sie den Wirt, der auch der Küchenchef war, noch mehr in Rage. Und dann schrie er, dass Hagebusch sich wohl für den

Größten halte. Bloß weil er sich im Internet Savarin nenne, solle er nicht denken, er habe irgendetwas mit dem berühmten Gastrosophen gemein. Hagebusch hätte keine Ahnung vom Essen, er sei bloß ein verfressenes Schwein und ein widerlicher Sprücheklopfer. Unglaublich, was?«

»Und was ist weiter passiert?«

»Hagebusch stand auf und wollte gehen. Da packte ihn der Wirt am Arm und brüllte, er denke ja wohl nicht, dass sein erlesenes Abendessen und die Flasche Sancerre wieder aufs Haus gehe. Er solle gefälligst bezahlen, wie jeder andere auch. Und dann brauche er nie wieder aufzutauchen. Hagebusch warf ein paar Scheine auf den Tisch und machte sich ziemlich schnell davon.«

»Verrückte Geschichte!«

»Ich hatte es dann auch ziemlich eilig. Habe ganz schnell mein Dessert aufgegessen. Ich weiß noch genau, das waren sehr, sehr winzige Mohnschupfnudeln an Zimteis auf einem Himbeer-Cassis-Spiegel, gar nicht so schlecht, aber eine Unverschämtheit für den Preis. Zu Hause bin ich sofort ins Internet. Und was glaubst du? Natürlich war der alte Beitrag von Victor B-Savarin, in dem er die Ulmenschenke hochgelobt hatte, schon verschwunden und dafür ein wirklich böser Verriss eingestellt.«

Carola unterbrach sich plötzlich.

»Aber sag mal, du kennst die Seite mit B-Savarins

Almanach scheinbar gar nicht, Georg? Das wundert mich jetzt bei dir aber ein bisschen!«

»Ach, weißt du, ich hab's nicht so mit dem Internet. In meiner Freizeit erst recht nicht und in meiner neuen Wohnung hab ich noch nicht mal einen Computer«, meinte Georg entschuldigend. »Meinen alten hab ich Astrid dagelassen. Aber das ist ja wirklich ein Ding, was du da erlebt hast!«

»Wart's ab, es geht noch weiter. Ich hab das natürlich dann genauer beobachtet. Hagebusch hat auf seiner Seite wirklich aus allen Rohren auf die Ulmenschenke gefeuert. Auch in der Lübecker Zeitung hat er das Restaurant runtergeschrieben und noch in anderen Blättern. Ein paar Monate später hat die Ulmenschenke dann ja auch geschlossen und seitdem noch nicht wieder aufgemacht. Ob das nur auf Hagebuschs Schmutzkampagne zurückging, keine Ahnung. Die Beliebtheit von Hagebuschs Seite konnte ich sowieso nie nachvollziehen. Er konnte vielleicht ganz nett schreiben, aber sonst hat er auch nur mit Wasser gekocht. Und dass er sich B-Savarin nennt, spricht ja auch Bände. Brillat-Savarin! Ganz frei von Größenwahn war der Mann offensichtlich nicht. Jedenfalls habe ich seine Seite nach dem Vorfall in der Ulmenschenke regelmäßig angeklickt und festgestellt, dass er noch ein paar Mal solche auffälligen Schwenks in der Beurteilung von Läden, Produkten, Restaurants vollzogen hat, mal in die eine, mal in die andere Richtung. Irgendwie sehr komisch, oder?«

Georg nickte.

»Das ist hochinteressant, in der Tat! Vielen Dank, Carola.«

»Da nich für. Eines möchte ich aber noch klarstellen: Meine Restaurantkritiken sind auf jeden Fall nicht gekauft. Ich bin nämlich unbestechlich!«

»Mit der richtigen Süßspeise vielleicht schon, mein Täubchen!«

Klas-Dieter stellte eine Glasschüssel mit einer kräftig roséfarbenen Creme auf den Tisch, die er mit hübschen Sahneröschen verziert hatte. Carola warf ihm eine Kusshand zu.

»Jetzt kommt nämlich das Dessert. Meine Interpretation des errötenden Mädchens.«

Der süßsäuerliche, leicht herbe Geschmack nach Preiselbeeren war erfrischend und ein guter Abschluss dieses gehaltvollen Essens. Auch wenn seine Gastgeber gern noch das eine oder andere Gläschen mit ihm geleert hätten, machte sich Georg bald auf den Heimweg. Schließlich musste er noch seine Torte backen.

Er genoss den Fußmarsch durch die kalte Herbstnacht. Aus seinem Briefkasten ragte der Werbezettel irgendeiner Drogeriekette, ansonsten fand sich nur noch ein Brief seiner Bank darin. In Hagebuschs Kasten steckte ebenfalls die Drogeriewerbung. Haben wir uns eigentlich schon um diesen Briefkasten gekümmert, fragte sich Angermüller plötzlich? Der passende Schlüssel befand sich bestimmt bei den sichergestellten Wohnungsschlüsseln. Wenn das noch nicht passiert war, musste er gleich morgen früh jemanden hierher schicken, beschloss der Kriminalhauptkommissar.

An ihrem Geburtstag erlaubte sich Astrid, die sonst die Disziplin in Person war, was Essen anbetraf, auch einmal eine echte kulinarische Ausschweifung. Und das war Georgs weiße Mandeltorte allemal: Auf dünnem, knusprigem Mürbeteig, bestrichen mit Johannisbeergelee, ruhte der Mandelboden mit einer zweifachen Buttercremefüllung, umhüllt von einem rumhaltigen Zuckerguss – ein süßer, köstlicher Genuss! Die frische Luft hatte Georg wieder munter gemacht. Er machte sich sofort ans Werk und bald war seine Küche vom Kuchenduft erfüllt. Zufrieden ging er zu Bett. Füllung und Guss würde er noch am Morgen fertigstellen. Schon jetzt freute er sich auf Astrids glückliches Gesicht.

KAPITEL VI

Zum Frühstück bereitete sich Angermüller nur einen Tee. Von dem schmackhaften, aber sehr gehaltvollen Essen bei seinen Freunden fühlte er sich immer noch satt. Er hatte gut, aber ziemlich kurz geschlafen, weil er viel früher als sonst aufgestanden war. Denn zum einen musste er seine Mandeltorte fertigmachen, zum anderen war er sehr neugierig auf die B-Savarin-Seite im Internet und wollte sich diese im Büro erst einmal in Ruhe anschauen. Eine fröhliche Stimme aus dem Radio verkündete, dass es heute mit bis zu zehn Grad richtig warm würde für diesen Novembertag. Seit er allein wohnte, hatte er es sich zur Gewohnheit gemacht, das kleine Transistorradio am Morgen einzuschalten und es in Bad und Küche mitzunehmen. Zwar war es ihm etwas peinlich, dies zuzugeben, aber die Geräuschkulisse tat ihm gut. Sie schuf eine angenehmere, wohnlichere Atmosphäre in den Räumen, die noch nicht ganz die seinen waren. Wahrscheinlich brauchte er einfach etwas Zeit, um sich an das Alleinleben zu gewöhnen. Vielleicht war er auch gar nicht dafür gemacht, wer weiß. Wieder einmal tief in diese Gedanken versponnen, strich er liebevoll den nach Rum duftenden Guss auf die Torte und verzierte sie noch mit ganzen Mandelkernen.

Es war wirklich viel milder als die Tage zuvor, merkte Angermüller, als er kurz darauf in seinem Lodenmantel vor die Haustür trat. Der Preis dafür war lübsches Schmuddelwetter, wie es leider häufig hier oben herrschte, besonders im Winterhalbjahr. Die immergrüne Hecke im Vorgarten, der schmiedeeiserne Zaun, das Gartentor und die Gehwegplatten, alles glänzte vor Feuchtigkeit. Der Himmel darüber war grau und schwer und schien noch so einiges an Wasser bereitzuhalten. Seinen Vorsatz, um der Fitness willen stets mit dem Fahrrad zur Dienststelle zu fahren, gab Angermüller angesichts des Wetters auf.

Angetrieben von der feinen Nässe, die ihm ins Gesicht sprühte, lief er schnellen Schrittes durch die kleinen Straßen in Richtung Mühlenbrücke, ohne einen Blick zu haben für die schmucken Jugendstilhäuser in der Nachbarschaft mit ihren Erkern, altmodischen Sprossenfenstern und kunstvollen Stuckgirlanden. Als er endlich im Bus zum Berliner Platz stand und ihn nur mürrische Mienen umgaben, bereute er seine Entscheidung sofort. Resigniert sah er nach draußen, wo ein Briefträger mit gelber Pelerine unverdrossen durch den dichten Verkehr strampelte. Der Briefkasten seines toten Nachbarn fiel dem Kommissar wieder ein und dass sich heute jemand baldigst darum kümmern sollte.

Im Fahrstuhl des Behördenhochhauses traf er auf Anja-Lena.

»Guten Morgen! Nanu, schon so früh? Aber schön, dass du wieder da bist. Die Grippe überwunden?«
Die junge Kollegin lachte ihn an.
»Hallo, Chef. Bin wieder fit. Ich dachte, ich komm ein bisschen früher und schau nach, was ich alles so verpasst habe. Und hier auch alles okay?«
Nicht nur wegen ihres freundlichen Naturells schätzte Angermüller die junge Frau, die vor Kurzem zur Kriminalhauptmeisterin befördert worden war. Anja-Lena Kruse war umsichtig und von schneller Auffassungsgabe, arbeitete selbstständig und erleichterte durch ihre ausgeprägte soziale Kompetenz das Zusammenwirken im Team. Der Kriminalhauptkommissar umriss ihr in wenigen Worten den aktuellen Fall.
»Ich habe auch gleich eine Aufgabe für dich. Mir ist nämlich gestern Abend eingefallen, dass wir uns noch gar nicht um Hagebuschs Briefkasten gekümmert haben. Muss ja nicht wichtig sein, gehört aber dazu. Lass dir doch bitte von der KT die Schlüssel geben und schau mal nach, ob sich da drin vielleicht was Interessantes findet. Spurensicher eintüten und mitbringen.«
»Klar, Chef, bin schon unterwegs!«

Sic transit gloria mundi – die Ulmenschenke

So beschlossen wir, einmal wieder den Ort aufzusuchen, wo die Gastlichkeit seit Hunderten von Jah-

ren zu Hause ist, der, in Gedichten verewigt, unter grünen Ulmen an der Alten Trave liegt. Tage hatten wir uns der Reservierung wegen gedulden müssen, was umso mehr erstaunte, angesichts der Leere, die wir im Gastraum bei unserem Eintreffen vorfanden. Nun gut. Endlich saßen wir in froher Erwartung an weiß eingedeckten Tischen, die Gläser und das Besteck funkelten verheißungsvoll. Eine einzelne edle Rose in einer extravaganten Karaffe schmückte unseren Tisch. Wir orderten einen deutschen Winzersekt aus dem Rheingau, der sicherlich die richtige Eröffnung eines Abends voller kulinarischer Offenbarungen sein kann, wenn er in angemessener Temperatur im Glas perlt. Diese Erfahrung blieb uns leider versagt. Dienstbare Geister, derer drei, die zu Beginn um unsere Aufmerksamkeit buhlten, überbrachten uns mit großer Geste einen Gruß aus der Küche und kündigten an: Dreierlei vom Milchkalb in Form einer Portweinsülze, eines Vol-au-vent mit Ragout und eines Scheibchens vom Bries, gebacken. Optisch war der kunstvoll angerichtete Teller eine Augenweide, das kann man nicht anders sagen. Über den Geschmack sagt der Connaisseur lieber nichts. Nur so viel: Der Teig für das Vol-au-vent entstammte offensichtlich einer länger nicht auf Frische kontrollierten Tiefkühltruhe des Lebensmittelhandels. Fettiges, ranzig schmeckendes Fertigzeug.

Doch wir hatten dem Koch noch drei Chancen gewährt, diesen Fauxpas wieder gutzumachen und sahen der Vorspeise gespannt entgegen. Ein wahrhaft einmaliges Erlebnis erwartete uns: Noch nie zuvor hatten wir die Jakobsmuschel unter Zitronengrasschaum in derart zäher Konsistenz gekostet. Da wir mehr als nur einen Anstandsrest auf unserem wieder äußerst liebevoll dekorierten Teller ließen, machte uns der Hunger neugierig auf den Hauptgang unserer geschmacklichen Entdeckungsreise. Gott sei Dank hatten wir einen Sancerre von der Domaine de la Poussie geordert, der tatsächlich in der richtigen Temperatur an unseren Tisch kam und trinkbar war, sodass wir uns damit die Wartezeit vertreiben konnten. Gut Ding will Weile haben, scheint eine der Weisheiten zu sein, welche die Küche der Ulmenschenke tatsächlich verinnerlicht hat. Endlich kam der Saint Pierre unter Olivenkruste auf Pulporagout, eine hochambitionierte Komposition, an unseren Tisch und verließ ihn, jedenfalls zu großen Teilen, enttarnt als Hochstapler. Lassen Sie uns darüber barmherzig den Mantel des Schweigens breiten.

Sollten wir nach diesen Erfahrungen das Wagnis eines Desserts noch eingehen? Dem Mutigen gehört die Welt! Mittlerweile fühlten wir uns auch von den drei Kellnern nicht mehr gestört, da sie uns nach dem Abräumen unseres nur zu einem Bruchteil geleerten Tellers weitgehend in Ruhe ließen, um nicht zu sagen ignorierten. Ohne noch einmal nach unseren Wünschen gefragt zu haben, servierte man uns die Millefeuille von schwarzer Schokolade und Waffel mit Himbeeren und Kokoseis. Wenn man von der Zahnschmerz ver-

ursachenden Süße einmal absieht und davon, dass die Millefeuille eher zäh als krokant war – die Idee hinter dieser Nachspeise zumindest war beachtenswert.

Wir zahlten. Die Rechnung war horrend. Aber auch darüber will sich VBS lieber in Schweigen hüllen. Außerdem wollten wir mit diesen Zeilen keineswegs Sie alle daran hindern, sich Ihr eigenes Urteil zu bilden, in welche Richtung sich dieses einst hochgelobte Traditionsrestaurant entwickelt hat.

Hochachtungsvoll!
Ihr ergebener Victor B-Savarin

P. S. Um nicht Hungers zu sterben nach dieser Tour d'horreurs, beschlossen wir, noch bei unserem Lieblingsitaliener um die Ecke vorbeizuschauen. Giovanni bereitete uns Spaghetti alla Carbonara und Sie können es sich denken: Wir ließen keinen Krümel davon übrig.

P. P. S. Wir wollen dem geneigten Leser nicht vorenthalten, dass die Ulmenschenke unterdessen ihre Pforten geschlossen hat und in einen Dornröschenschlaf gefallen ist. So kann es kommen, wenn der Wirt der beste Kunde in seinem eigenen Weinkeller ist … Traurig, traurig. Wir sind jedenfalls höchst gespannt, wie lange wir warten müssen, bis irgendein Prinz diesen außergewöhnlichen Ort wach küssen und zu neuem Leben erwecken wird.

Fasziniert klickte sich Angermüller durch die Seiten von B-Savarins kulinarischem Almanach für Gastrosophie. Es gab am Rand Werbeanzeigen von Weingütern und edlem Küchenzubehör, von Versendern mediterraner Spezialitäten, einem Schokoladenhersteller und anderen Versorgern von Menschen mit kulinarischem Anspruch, die allerdings auch über das nötige Kleingeld verfügen mussten. Angermüller suchte auf der Website nach einer Anzeige der Feinkostmanufaktur Landglück, ohne eine entdecken zu können. Auch in den redaktionellen Beiträgen wurde er erstaunlicherweise nicht fündig. Und dann vertiefte er sich in eines von Hagebuschs Lobliedern mit ihrem ganz eigenen Ton.

Ein neuer Stern am Genusshimmel – die Villa Ilsebill

Wir waren im Himmel, im siebenten Himmel der Kochkunst! Wo sollen wir anfangen, wo aufhören, die Frau zu preisen, die uns vorher nie erlebte Genüsse bereitete? Gelegen hoch über der Lübecker Bucht, mit einem weiten Blick über die Ostsee, die Einrichtung von eleganter Schlichtheit, empfing uns in diesen heiligen Hallen eine kleine Truppe freundlicher, kundiger Kellnerinnen und Kellner, die sich von der ersten Sekunde an nur einem verpflichtet fühlten: dem Wohlergehen des Gastes.

Die Meisterin ist durch und durch vom Regionalen beseelt, nutzt, was Meer, Wald und Feld an natürlichen

Köstlichkeiten hergeben, kocht im Einklang mit dem Rhythmus der Jahreszeiten. Es war im Juni, als wir bei Ilsebill zu Gast waren, und man empfahl uns einen erfrischenden Crémant d'alsace mit Holunderblütensirup als Apéritif, der uns hochzufrieden machte. So eingestimmt grüßte uns die Küche mit einer Komposition von Ostseekrabben in Zitronenmayonnaise auf geröstetem Schwarzbrot. Unsere Geschmacksknospen begannen sich erwartungsvoll zu öffnen.

Der stets aufmerksame, aber unaufdringliche Service empfahl uns einen Riesling aus Rheinhessen zur Vorspeise, dem Duo aus weißem und grünem Spargel auf buttergerösteten Briochebröseln mit drei begleitenden Saucen – grüne Hollandaise mit Rauke, Sauce Bernaise, Himbeervinaigrette. Es war die perfekte Harmonie! Wir begannen zu schweben ...

Angermüller versagte sich, nun auch noch die Hymnen auf den Hauptgang und das Dessert zu lesen. Ihm wurde die Lobhudelei langsam zu viel. Nur den Schluss führte er sich noch zu Gemüte:

Unsere verehrten Leser wissen, dass VBS es sich wirklich nicht leicht macht und nach bestem Wissen und Gewissen berichtet und urteilt. Im Fall der Villa Ilsebill ziehen wir in aller Demut den Hut und sagen: Gehet hin, besuchet jenen Tempel der Kochkunst und lasset euch von der Göttin am Herd verführen!

Untertänigst
Ihr verzauberter Victor B-Savarin

P. S. Wie lange wohl der sprichwörtliche Stern noch auf sich warten lassen wird? VBS hält Augen und Ohren auf und Sie auf dem Laufenden.

Obwohl selbst der Kochkunst und allen erdenklichen Gaumengenüssen in jeder Weise zugetan, entsprach dem Kommissar der ebenso hochgestochene wie herablassende Stil, in dem hier über Essen und Trinken berichtet wurde, überhaupt nicht. Scheinbar gab es aber genügend Zeitgenossen, die sich gern auf dieser Ebene mit Gourmetthemen beschäftigten. Im Vergleich zu Hagebuschs Machwerken erschienen dem Kommissar Carolas Restaurantkritiken plötzlich als erfrischend klar und natürlich, auch wenn Carola scheinbar leicht durch ansehnliche Portionen zu beeindrucken war und ihr sehr häufig das Adjektiv ›lecker‹ in den Text rutschte. Den Pluralis Majestatis, den Hagebusch offensichtlich für seine Pamphlete nutzte, fand Angermüller schlicht anmaßend. Es passte aber zu dem Bild, das sich langsam in seinem Kopf zusammenfügte von dem Mann, den man tot in der Nachbarwohnung gefunden hatte.

»Moin! Bist du aus dem Bett gefallen, oder wat?«, riss ihn Jansens Stimme wenig später aus seiner Lektüre.

»Morgen, Claus. Ich hab mir grad die Website von dem Hagebusch angeschaut, von der mir eine Bekannte gestern erzählt hat: Victor B-Savarins Almanach für Gastrosophie.«

»Wat für ne Krankheit?«

»Gastrosophie. Ich denke, Hagebusch suchte einfach nach einer möglichst beeindruckenden Bezeichnung für seine Nachrichten aus der Welt der Feinschmecker. Deshalb nannte er sich auch nach Jean Anthèlme Brillat-Savarin, einem der berühmtesten Vertreter der Gastrosophie. Kochen und Essen werden darin als Kulturtechniken unter Einbeziehung philosophischer, gesellschaftlicher und auch naturwissenschaftlicher Aspekte betrachtet.«

»Wer dafür Zeit hat«, kommentierte Jansen achselzuckend. »Ich mach erst ma Kaffee.«

Angermüller musste schmunzeln. Eine andere Reaktion seines Kollegen hätte ihn auch erstaunt. Während er nebenan die Kaffeemaschine füllte und in Gang brachte, rief Jansen zu Angermüller herüber:

»Eigentlich müssten wir doch heute erste Ergebnisse von der IT Beweissicherung aus Hagebuschs Computer kriegen.«

»Stimmt!«

Wenig später stieß Thomas Niemann dazu, der die Ausbeute aus der umfangreichen Datensammlung für seine Kollegen schon aufbereitet hatte. Es bestätigte sich, was sie schon wussten: dass Hagebusch seit dem Weggang des alten Lokalchefs für die Lübecker

Zeitung kaum noch tätig gewesen war. Dafür hatte er sich verstärkt seiner B-Savarin-Website gewidmet und ab und zu auch für kleinere Stadtzeitungen und Werbeblättchen geschrieben.

»Mit diesem Almanach scheint er in der Feinschmeckerszene ziemlich bekannt gewesen zu sein, wie die Zahlen für die Zugriffe auf seine Website zeigen«, erklärte Niemann. »Und er scheint einen nicht unerheblichen Einfluss gehabt zu haben, wie man an Erwähnungen und Verlinkungen seiner Seite im Netz sehen kann.«

Über fast alle Firmen, Läden und Restaurants, die er in B-Savarins Almanach führte und bewertete, hatte Hagebusch Material gesammelt, aus fremder und eigener Recherche, positive wie negative Berichte, die er zum Teil bereits für seine Veröffentlichungen verwendet hatte, zum Teil auch nicht.

Angermüller erzählte seinen Kollegen von dem Vorfall im Restaurant, den Carola ihm geschildert hatte. Die gespeicherten Beiträge auf der Festplatte unter dem Stichwort Ulmenschenke verdeutlichten die Wandlung des Loblieds in Savarins Almanach zum genauen Gegenteil.

»Gibt es denn irgendwas zur Feinkostmanufaktur Landglück auf dem PC?«, erkundigte sich Angermüller. »Auf der aktuellen Website war nichts zu finden.«

»Aber auf der Festplatte ist einiges gesammelt«, bestätigte Niemann.

»Hagebusch hat für Petermann Produktpräsentationen organisiert, Pressemitteilungen herausgegeben, Artikel im redaktionellen Teil von Feinschmeckerzeitschriften platziert und die Website gepflegt. Allerdings endet das irgendwann. Auch negative Erwähnungen der Firma und ihrer Produkte hat er feinsäuberlich archiviert. Seine letzte Aktivität für Petermann liegt schon Wochen zurück, und in Savarins Almanach ist die Firma auch nicht zu finden. Es sieht fast so aus, als ob er für die Firma gar nicht mehr tätig war.«

»Der hat uns gestern aber wat anderes erzählt«, wandte Jansen ein.

»Das war ja nur der Seniorchef, Claus. Und er hat selbst gesagt, er weiß nicht mehr über alles so genau Bescheid, was in der Firma jetzt läuft. Da kümmert sich jetzt eben der Sohn drum«, widersprach Angermüller. »Also, ich finde das nicht so ungewöhnlich.«

»Dat stimmt vielleicht. Aber dann sollten wir den Sohnemann erst recht besuchen. Schließlich ist der Hagebusch ja an der komischen Gourmetpastete aus seiner Firma eingegangen«, beharrte Jansen.

»Machen wir auch. Aber jetzt lass uns erst hören, ob sich was zu unseren Tierfreunden gefunden hat. Wie sieht's da aus, Thomas?«

»Tja, während der letzten Monate ist von Hagebusch ein ganzer Haufen von Informationen zusammengetragen worden. Sowohl über die Organisationsstruktur militanter Tierschützer, welche Gruppen es gibt, was sie für Aktionen machen, als auch über ihre Ziele und Inhalte. Er scheint sich ziemlich genau mit ihren unterschiedlichen Werten und Vorgehensweisen auseinandergesetzt zu haben. Hagebusch hat da eine riesige Stoffsammlung zusammengestellt, von der er bisher aber nichts für irgendwelche Veröffentlichungen genutzt zu haben scheint.«

»Hast du dafür eine Erklärung?«

Niemann schüttelte den Kopf.

»Na ja, vielleicht wollte er ein Buch über das Thema schreiben«, überlegte Angermüller.

»Möglich«, nickte Thomas Niemann. »Da könnte natürlich auch ein Zusammenhang zu den Tätern liegen. Vielleicht hat jemand aus der Szene Wind davon bekommen.«

»Ist zumindest überlegenswert«, stimmte Angermüller zu.

»Etwas ganz anderes hab ich noch.«

Niemann zog einen Ausdruck aus dem Papierstapel vor sich.

»Das Handy des Opfers. Hagebusch hatte natürlich eins. Vertrag und Rechnungen fanden sich alle auf dem PC. Wir haben über den Provider die Daten überprüft. Das hier ist die Liste der Verbindungen innerhalb der letzten zwei Wochen. Es sind hauptsächlich die Nummern von Zeitungsverlagen. Auch ein paar Restaurants und Läden sind dabei. Und mit der Feinkostmanufaktur Landglück hat er übrigens ein paar Mal telefoniert.«

»Interessant. Und was ist mit einer Handy-Ortung?«

»Fehlanzeige. Das Handy hat sich Montagnacht um 22.49 Uhr aus der Zelle an Hagebuschs Wohnort verabschiedet und wurde nicht wieder eingeschaltet.«

»Das ist natürlich sehr schade. Wie sieht's mit seinen Mails aus? Irgendwelche aufschlussreichen Nachrichten in seinem Postfach?«

Der Aktenführer verneinte.

»Leider nichts Interessantes. Entweder der hatte noch andere Mailadressen, auf die wir bis jetzt nicht gestoßen sind, oder er hat E-Mails nicht in dem Maße genutzt, sondern Telefon und die gute alte Post.«

Wie aufs Stichwort kam Anja-Lena just in dem Moment ins Büro. Ihre Wangen unter dem blonden Haar, das sie wie meist zu einem dicken Zopf geflochten trug, hatten sich gerötet. Sie schmiss ihren Anorak auf einen Stuhl.

»Moin zusammen!«

Die anwesenden Kollegen gaben erst einmal ihrer Freude Ausdruck, dass die junge Frau wieder gesund und im Einsatz war, was sie erfreut, aber ein wenig ungeduldig zur Kenntnis nahm.

»Und? Hast du irgendwas Interessantes gefunden in seinem Briefkasten?«

»Kann man so sagen«, bestätigte die Kriminalhauptmeisterin Angermüllers Nachfrage eifrig nickend und genoss für einen Moment die neugierige Spannung der Kollegen.

Lautes Hundegebell schallte vom Strand herauf. Teufel sprang mit allen vieren in die Luft, landete wieder, drehte sich um die eigene Achse und versuchte seinen Schwanz zu fangen. Das Tier schnappte vor Lebenslust fast über. Und selbst Madame, die sonst stets vornehme Zurückhaltung übte, vollführte eine Art Freudentanz, dass der Sand nach allen Seiten flog. Tiere hatten ja angeblich viel feinere Sensoren für den Charakter eines Menschen. Lina seufzte. Warum musste das alles so verdammt schwierig sein? Stimmte es wirklich, dass es an ihr lag? Dass sie die einfachsten Dinge immer verkomplizieren musste?

Sie konnte sich von dem Anblick einfach nicht lösen, blieb weiter am Fenster stehen und sah hinunter zum Strand, wo der große Schlaks mit den langen blonden Haaren mit ihren beiden Hunden um die Wette tobte. Wer Olaf so erlebte, diesen jungenhaften Typ in seinem ausgeleierten Islandpulli und den verwaschenen Jeans, die in gelben Gummistiefeln steckten, hätte ihn nie für den Juniorchef eines der besten Hotels am Platze gehalten, wo er in lässiger Eleganz auftrat und sich mit besten Umgangsformen um die Wünsche seiner Gäste kümmerte. Ein verträumtes Lächeln legte sich auf Linas Gesicht.

Aber es wartete eine Menge Arbeit. Sie gab sich einen Ruck und ging zurück in die Küche, wo sie den Lauchsalat mit Orangen und Rosinen aus dem Kühlschrank holte. Er war jetzt gut durchgezogen, schmeckte toll mit den orientalischen Gewürzen, konnte aber noch ein wenig Salz gebrauchen. Sie gab noch eine Prise dazu und schnitt dann einen Halloumi in Scheiben. Der gegrillte Käse mit seinem rahmigen Geschmack ergab zusammen mit scharf gewürztem Bulgur und dem Lauchsalat ein kräftiges Mittagsgericht. Hoffentlich fanden heute auch ein paar Gäste zu ihr, denn das Wetter war eigentlich gar nicht für lange Spaziergänge auf der Promenade gemacht.

Als Olaf am Abend zuvor im Café so überraschend vor ihr gestanden hatte, waren Linas Vorsätze und Prinzipien wie auf Tastendruck aus ihrem Bewusstsein gelöscht worden, als ob es sie nie gegeben hätte. Und alles, was sie die letzten Tage in ihrem Innersten verborgen hatte, worüber sie mit keinem Menschen hatte reden können, war mit einem Mal an die Oberfläche gekommen, und sie hatte Olaf die ganze Geschichte erzählt. Über den Einbruch, über das Video und über ihre Naivität, ihrem Stiefvater wider alle Erfahrung vertraut zu haben. Und wie sie anschließend hörte, dass Victor ihre Gutgläubigkeit wohl nur ausgenutzt hatte. Sie schilderte ihm, wie sie vorgestern Abend das Polizeisiegel an seiner Wohnungstür fand und dann von ihrem Bruder erfuhr, dass ihr Stiefvater ermordet worden war. Obwohl sie Olaf wirklich vertraute, hatte sie Lorenzos spezielle Rolle jedoch lieber nicht erwähnt. Sie wusste ja selbst nicht, was sie davon halten sollte und wollte Olaf nicht in Schwierigkeiten bringen.

»Hej, du Schöne! Was grübelst du schon wieder?«

Kalt und nass von draußen kam Olaf herein.

»Boah, was für ein toller Morgen! Absolut milde Luft! Einfach super!«

Wahrscheinlich gab es nicht allzu viele Menschen, die Olafs Bewertung dieses trüben Novembermorgens geteilt hätten. Es nieselte und eine dicke, diesige Suppe hing über dem Meer, das in dunklen Wellen träge auf den Strand schwappte. Ungestüm schloss der junge Mann Lina in seine Arme.

»Olaf, du bist so nass! Und ich bin bei der Arbeit. Was sollen meine Kunden denken?«

»Ist doch gar keiner da!«

Er drückte Lina einen Kuss auf die Wange. Nur mit halber Kraft versuchte sie, ihn abzuwehren und ließ sich dann doch auf eine innige Umarmung ein. Sie war so froh, mit ihm über alles geredet zu haben und spürte, wie sein Optimismus auf sie übergriff. Für Olaf gab es keine unlösbaren Probleme. Seine oberste Devise war, immer erst einmal abwarten, sacken lassen und dann weitersehen. Auf diese pragmatische Art löste sich so manche verzwickte Sache schon einmal von ganz allein, und alles andere kriegte er in den Griff, daran hatte er nie den geringsten Zweifel.

»Und, wann bekomm ich nun eine Antwort auf meinen absolut spitzenmäßigen Vorschlag?«

»Erst musst du mal die Hunde abtrocknen und ihre Pfoten putzen, sonst hab ich gleich wieder alles schmutzig hier! Und ich hab noch so einiges vorzubereiten und eigentlich gar keine Zeit. Musst du nicht auch zur Arbeit?«

Der junge Mann lachte. Aber er ließ sie los und machte sich auf die Suche nach dem Hundehandtuch, um sich um die Tiere zu kümmern.

»Oh Mann, du bist so cool, Linagirl, weißt du das eigentlich? Du und ich, wir wären das perfekte Team, da bin ich mir sicher!«, rief er über die Schulter.

Dass sie nicht heiraten wollte, schien Olaf mittlerweile begriffen zu haben, und auch dass es nicht an ihm lag, sondern dass Lina mit diesem Thema grundsätzlich nichts mehr zu tun haben wollte. Angesichts ihrer Erfahrungen konnte er das sogar nachvollziehen. Nun hatte er sich in den Kopf gesetzt, dann eben einfach so mit ihr zusammenzuziehen, was sich auch Lina hätte vorstellen können. Aber sein neuestes Projekt, von dem er ihr gestern Abend mit leuchtenden Augen erzählt hatte, erschien ihr nicht realisierbar. Er wollte das elterliche Hotel zum Bio-Hotel umkrempeln, energieeffizient, nachhaltig, mit Abfall- und Energiekreisläufen, Kooperationen mit regionalen Bio-Bauern und eigener CO_2-Bilanz. An sich wirklich eine großartige Idee – aber Lina konnte sich beim besten Willen nicht vorstellen, dass seine

Eltern, die noch mit im Betrieb arbeiteten, da mitziehen würden. Und schon gar nicht, wenn Olaf ausgerechnet sie, Alina, geschiedene Stucki, geborene Calese, als seine Arbeits- und Lebenspartnerin präsentieren würde. Nicht nur, dass sie seine Eltern als sehr dominant empfand, sie schienen auch verdammt spießig zu sein. Und schließlich hing Lina auch an ihrem eigenen, kleinen Café.

»Okay, ich muss los! Denk nach, über uns und unser Bio-Hotel!«

Bevor Lina etwas entgegnen konnte, gab Olaf ihr einen Kuss.

»Wir reden heute Abend weiter. Tschüss, Lina, tschüss, Hunde!«

»Also«, begann Anja-Lena, »neben einigen Werbezetteln, Bankbriefen und Rechnungen, die sich im Briefkasten des Opfers fanden, sind vor allem diese beiden Papiere interessant. Ich habe Kopien gemacht. Die Originale sind schon in der KT für Fingerabdrücke und DNA-Spuren. Diese Nachricht stammt wahrscheinlich von vorgestern Abend.«

Sie hielt die Kopie eines handgeschriebenen Zettels hoch und las vor:

»›Hallo Victor, leider warst du nicht da. Muss dich unbedingt sprechen.‹ Unbedingt ist dreimal unterstrichen. ›Ruf mich an!‹ Dann steht da Lina und eine Handynummer.«

»Das heißt ja wohl eindeutig, dass Lina Stucki

nicht wusste, dass ihr Stiefvater nicht mehr am Leben war, als sie ihn vorgestern Abend besuchen wollte. Zum anderen war es aber keinesfalls ein spontaner Besuch, wie sie uns gegenüber behauptet hat«, stellte Angermüller fest, während sie die Nachricht reihum gehen ließen.

»Und was hast du noch?«

»Dieses DIN-A4-Blatt steckte ebenfalls ohne Umschlag im Briefkasten. Ihr werdet nicht erraten, was da drauf steht!«

Anja-Lena schaute triumphierend in die Runde.

»Nu machs man nich so spannend, Mädel!«, forderte Jansen seine Kollegin ungeduldig auf.

»Da steht nur in Großbuchstaben: ›Pass auf, Fleischfresser – wir kriegen dich!‹ Mit einem dicken Ausrufezeichen. Statt einer Unterschrift hat jemand eine Kuh, ein Schwein und ein Huhn darauf gemalt.«

Anja-Lena reichte die Kopien an ihre versammelten Kollegen weiter. Einen Moment schwiegen sie beeindruckt.

»Wie sieht's denn aus mit Fingerabdrücken?«, fragte der Kriminalhauptkommissar hoffnungsvoll.

»Lassen sich mehreren Personen zuordnen. Müssen wir gleich bei INPOL abfragen, ob da schon was vorliegt. DNA kriegen wir morgen.«

Leider fand sich niemand, dessen Fingerabdrücke mit den auf dem Drohbrief gefundenen identisch waren, unter den gespeicherten Straftätern im Informationssystem der Polizei.

»Hast du eigentlich schon die Freunde von Lina Stucki durchlaufen lassen, Thomas, bei denen sie am Tatabend in Lübeck zu Besuch war?«

»Natürlich. Wenn's da was Wichtiges gegeben hätte, dann hätte ich euch das längst mitgeteilt.«

Sie diskutierten das weitere Vorgehen. Anja-Lena schrieb alle wichtigen Punkte mit dickem Filzer auf das Flipchart. Sollten sie noch einmal Fabian Köppe aufsuchen, der angeblich in der Szene nicht aktiv war zurzeit? Seine Fingerabdrücke waren noch gespeichert, aber nicht mit denen auf dem Drohbrief identisch. Angesichts dieses Briefes wiederum trat zwar die Wichtigkeit des ehemaligen Betreibers der Ulmenschenke in den Hintergrund, von dessen Auskünften über Hagebusch sich Angermüller auch neue Erkenntnisse erhofft hatte. Doch er veranlasste trotzdem, dass sich Anja-Lena um seinen Verbleib kümmern sollte. Auch mit Lina Stucki wollten sie noch einmal sprechen, um zu hören, warum sie eigentlich so dringend den Kontakt mit Victor Hagebusch gesucht hatte. Jansen hielt weiterhin einen Besuch in der Feinkostmanufaktur Landglück für wichtig. Zum einen, um den aktuellen Stand von deren Zusammenarbeit mit Hagebusch zu klären. Zum anderen wegen der Verbindung, die sich zwischen der Feinkostmanufaktur, den Einbrüchen auf dem Geflügelhof Oswald, den Tierrechtsaktivisten und Victor Hagebusch herstellen ließ, wie er mit einer roten Linie auf der Tafel eindrucksvoll demonstrierte.

»Ich weiß noch nich genau, wie die mit Hagebusch zusammenhängen. Aber dat da wat is mit den Tierschützern, spür ich hier«, bekräftigte er und tippte an seine Nase. Die anderen mussten grinsen, denn Jansen brachte sein Riechorgan häufig ins Spiel. Seine Trefferquote lag bisher bei 50 Prozent, was eher auf schlichtes Zufallsglück schließen ließ. Trotzdem gaben sie seinem Ansatz schließlich den Vorrang.

Wenig später waren Angermüller und Jansen durch den lichtlosen Vormittag unterwegs in Richtung Mecklenburg. Die A 20 war leer, wirkte stellenweise wie eine Geisterautobahn, ein exaktes, sauberes Asphaltband, keine Ortschaften in Sicht, keine Raststätte, keine Tankstelle. Auf dem Parkplatz der Feinkostmanufaktur parkten zwei große Busse, der eine mit Rostocker, der andere mit Kieler Kennzeichen, sowie an die acht Privatwagen. Im Restaurant im Reetdachhaus herrschte schon recht viel Betrieb. Außer vier, fünf Ehepaaren, die am Rand saßen, belegte eine große Gruppe von Frauen mittleren Alters die Tische, auf denen ein kräftiges zweites Frühstück mit Produkten der Marke Landglück angerichtet war. Neben Kaffeekannen standen auch Kornflaschen für die Damen bereit. Der Lärmpegel der Runde war beeindruckend. Munteres Geschrei, lautes Kreischen, man schien sich bestens zu amüsieren.

Ins Stockwerk darüber drang nur hin und wieder eine von den besonders kräftigen Lachsalven. Das Büro war sparsam eingerichtet, zumindest was das Verhältnis von Möbeln zu freier Fläche betraf, aber am Geld war bei der Einrichtung samt einiger zeitgenössischer Kunst sicher nicht gespart worden. Allerdings wirkte der weitläufige Raum völlig steril und unpersönlich, er hätte auch zu einer Bank oder Versicherung gehören können, es gab keinerlei Hinweise auf die firmeneigenen Produkte oder die Zugehörigkeit zu einer bestimmten Branche.

Der Juniorchef hatte als Erstes den Beamten gegenüber sein Bedauern über Hagebuschs Schicksal ausgedrückt. Er war ein Mann von Anfang 40, größer und schlanker als sein Vater, und mit der gleichen Großzügigkeit wie dieser hatte er Getränke und einen Imbiss angeboten. Allerdings eher geleitet durch professionelle Routine als die natürlich wirkende Gastfreundschaft des freundlichen alten Herrn. Jörn Petermann war durchaus erlesen, aber salopp gekleidet, weißes Hemd zu schwarzen Jeans, schicke Wildlederslipper, keine Krawatte, das Jackett hing über der Lehne seines Bürostuhls. Er saß hinter einem modernen Schreibtisch aus Glas und edlem Holz, in seinem Rücken ein großes Fenster, die Beamten auf zwei bequemen Besucherstühlen ihm gegenüber.

Angermüllers Blick ging nach draußen, wo in einiger Entfernung zwischen grünen Wiesen ein heller

Flachbau stand. Ein Trüppchen Frauen, alle in weißen Kitteln, weißen Gummistiefeln und mit weißen Schutzhauben auf dem Kopf, drängelten sich dort unter einem Dachvorsprung, offensichtlich zu einer Zigarettenpause.

»Die Damen wissen eigentlich genau, dass wir das nicht gern sehen, wenn sie dort stehen und rauchen. Wir haben sehr ansprechende Sozialräume in unseren Produktionsstätten. Aber dort ist das Rauchen natürlich untersagt«, bemerkte Petermann, dem Angermüllers Aufmerksamkeit für das Geschehen vor der Halle nicht entgangen war, mit einem hilflosen Grinsen, das sein Missfallen nicht ganz verdecken konnte.

»Also, meine Herren, was kann ich für Sie tun? Ich glaube zwar nicht, dass ich Ihnen eine große Hilfe sein kann …«, sagte er jovial und sah dabei verstohlen auf seine Armbanduhr.

»Es wird nicht lange dauern, Herr Petermann«, versicherte Angermüller freundlich.

»Sie müssen entschuldigen, aber ich habe noch so einiges auf meiner Agenda heute.«

Der Juniorchef deutete auf den vor ihm liegenden Terminkalender. Jansen hatte das Diktiergerät schon auf dem Schreibtisch platziert und schaltete es jetzt ein.

»Erzählen Sie uns bitte etwas über Ihre Zusammenarbeit mit Victor Hagebusch, Herr Petermann«, forderte Angermüller ihn auf.

»Wenn Sie damit die aktuelle Situation meinen, kann ich leider nicht viel über Herrn Hagebusch berichten. Vor etwa einem halben Jahr gab es bei uns eine Umstrukturierung im Bereich Marketing und Öffentlichkeitsarbeit. Wir kamen zu dem Ergebnis, dass es effektiver und kostengünstiger ist, wenn wir die gesamte Werbung und PR outsourcen, wie das heute so schön heißt. Seit ein paar Wochen haben wir nun diese Aufgaben einer Fremdfirma übertragen, einer jungen Agentur, die frischen Wind in unser Erscheinungsbild bringen soll, gerade auch im Hinblick auf unseren Netzauftritt und die Direktvermarktung über das Internet.«

»Waren Sie mit Hagebuschs Arbeit nicht mehr zufrieden?«

»Ich will das mal so sagen: Er hat das mit seinen Artikeln und den Produktpräsentationen recht gut gemacht, seinen Kenntnissen und Fähigkeiten gemäß. Das will ich jetzt gar nicht kleinreden«, begann Petermann und machte erst einmal eine Pause, bevor er fortfuhr, »aber alles hat seine Zeit. Wissen Sie, Victor Hagebusch mag einmal ein großer Journalist gewesen sein, doch seine Versuche mit unserer Website – nun ja, gerade auf diesem Gebiet hat sich in der Werbung in letzter Zeit viel getan, viel verändert.«

Aus dem Restaurant schallte wieder ein lauter Heiterkeitsausbruch herauf. Petermann deutete demonstrativ nach unten.

»Von diesen Damen und Herren, die gern unseren

Firmenverkauf und das Restaurant besuchen, können wir auf dem Niveau nicht leben. Wir müssen wachsen. Wir sind dabei, einen Erlebnispark zu entwickeln, wo die Besucher sich den ganzen Tag aufhalten können, mit einem Modellbauernhof, natürlich mit Gänsestall, Brotbackhaus, Schauküche, Treckermuseum und manchem mehr.«

Der Juniorchef kam jetzt in Fahrt.

»Und vor allem brauchen wir neue Kundenschichten, wir müssen jüngere Leute ansprechen, junge Familien. Heutzutage muss eine Firma transparent sein, man muss den Verbraucher aufklären, ihm ein fairer Partner sein, gerade wenn man mit hochwertigen Genießerprodukten zu tun hat. Ökologie, zertifizierte Produktion, Nachhaltigkeit, all diese Stichworte eben.«

Mit Erstaunen registrierte Angermüller, wie locker dem Unternehmer all die Schlagworte über die Lippen kamen.

»Inzwischen ist ja wichtiger, dass Sie auf der Verpackung angeben, was alles nicht in Ihrem Produkt ist, statt welche hochwertigen Zutaten Sie verarbeiten! Es war schon einmal einfacher, kann ich Ihnen sagen. Auch für einen Traditionsbetrieb wie uns, der ja immer schon nichts als reine Naturprodukte hergestellt hat. Verbraucheraufklärung ist oberstes Gebot und, bei aller Liebe, das war nicht Hagebuschs Ding, der lieber von verführerischen Düften, unvergleichlichen Aromen und einem exquisiten

Geschmack fabulierte. Der hatte eben andere Prioritäten und Fähigkeiten, wenn Sie verstehen, was ich meine«, lächelte Petermann, um Zustimmung werbend, die Beamten an.

»Seit dem Engagement dieser Agentur haben Sie mit Victor Hagebusch also gar nicht mehr zusammengearbeitet?«

»Exakt.«

»Ihr Vater, mit dem wir gestern gesprochen haben, schien davon noch gar nichts zu wissen.«

»Ach ja.«

Wieder glitt ein kleines Lächeln über das Gesicht des Juniorchefs.

»Ich bin sehr froh, dass mein Herr Vater mich ab und zu vertreten kann, wenn ich zu geschäftlichen Terminen unterwegs bin. Aber wissen Sie, das ist mehr repräsentativ als inhaltlich zu sehen. In die Entscheidungsfindung der Firma ist er schon lange nicht mehr eingebunden. Normalerweise genießt er seinen Ruhestand, geht mit meiner Mutter auf Kreuzfahrt, fährt mit ihr mal nach Hamburg, besucht Museen. Im Sommer spielt er Golf«, Petermann lachte kurz auf. »So schön möchte ich's auch mal haben!«

»Sie haben Hagebusch also kurzerhand gekündigt?«

»So kann man das nicht sagen. Er war nie fest bei uns angestellt. Er hat immer auf Honorarbasis gearbeitet.«

»Wie hoch belief sich sein Honorar?«

»Da sind vielleicht so 2.000 Euro im Jahr zusammengekommen. Für die genauen Zahlen müsste ich in der Buchhaltung nachfragen.«

»Das heißt, die Beendigung der Zusammenarbeit war keine so große finanzielle Einbuße für Hagebusch?«

Der Juniorchef zuckte mit den Schultern.

»Mir gegenüber hat er ohnehin so getan, als ob das alles für ihn nur Peanuts seien und er nicht im Mindesten darauf angewiesen wäre. Im Übrigen hat Hagebusch auf einem monatlichen Deputat unserer Produkte bestanden, und das haben wir ihm, übrigens auch nach seinem Ausscheiden, als kleine Geste der Dankbarkeit, natürlich gern gewährt. Besonders von der Gänseleber getrüffelt – Gourmet de Luxe hat er immer gern genommen. Und das freut uns natürlich, wenn jemand unsere Produkte schätzt!«

»Wie hat die Zusammenarbeit mit Hagebusch funktioniert?«

»Ja …« Der Firmenchef fuhr sich nachdenklich mit der Hand über den Kopf, der wie der seines Vaters nicht mehr von allzu viel Haar bedeckt war. »Mein alter Herr kam gut mit ihm klar, hat ihn regelrecht bewundert. Na ja, die beiden waren halt eine Generation. Ich fand's nicht immer so einfach mit ihm. Gemeinsam etwas planen, entwerfen, das ging gar nicht. Teamwork war nicht sein Ding. Er bestimmte, er machte – und basta. Trotzdem tut es mir natürlich leid, dass er jetzt so …«

Angermüller nickte.

»Und wie hat Hagebusch denn auf die Aufkündigung der Zusammenarbeit reagiert?«

»Er hat's mit Fassung getragen, würde ich sagen.«

»Er hat das also einfach so akzeptiert?«, fragte Angermüller nach.

»Na ja, ich gebe zu, es hat mich schon Überwindung gekostet, dem Mann das mitzuteilen. Schließlich war er ja eine ganze Weile für uns tätig, und er und mein Vater schätzten sich sehr. Aber die Sachzwänge … Und dann hab ich ihn einfach angerufen und ihm frank und frei gesagt, wie die Lage ist. Das fand er gut, glaube ich, und hat es auch verstanden, was mich sehr erleichtert hat. Wir haben bei dieser Gelegenheit auch nicht sehr lange geredet, denn ich hab ihm versprochen, dass wir uns auf jeden Fall noch persönlich zusammensetzen und uns darüber unterhalten. Wir haben dann zwei-, dreimal telefoniert, aber keinen Termin finden können. Und nun ist es dazu ja leider gar nicht mehr gekommen«, endete Petermann mit hörbarem Bedauern in der Stimme.

Deshalb also die häufigen Telefonate zwischen Hagebusch und Petermann. Der Kriminalhauptkommissar sah den Juniorchef einen Moment nachdenklich an, dann fragte er: »Was fällt Ihnen zum Thema Tierschützer ein?«

Der Firmenchef reagierte mit Erstaunen.

»Tierschützer? Gibt es einen speziellen Grund, weshalb Sie mich das jetzt fragen?«

»Grundlos fragen tun wir eigentlich nie«, warf Jansen, der sich die ganze Zeit zurückgehalten hatte, nicht gerade freundlich ein. Petermann hüstelte irritiert.

»Ich bin nur etwas überrascht. Wir hatten bisher mit diesem Thema überhaupt nichts zu tun. Zum Glück. Das kann für einen Hersteller von hochwertigen Geflügelfleischprodukten ziemlich rufschädigend sein, wie Sie sich vielleicht denken können«, warb er wortreich bei den Beamten um Verständnis.

»Auch wenn wir unsere Rohstoffe nur von bäuerlichen Züchtern beziehen und uns noch so gesetzestreu verhalten, diese radikalen Extremisten würden ja am liebsten alles verbieten lassen, was wir produzieren! Auch deshalb ist eine professionelle PR für unsere Firma so enorm wichtig.«

»Für Sie sind militante Tierschützer also kein Thema?«

»Gott sei Dank nicht!«

Er hob beschwörend beide Hände.

»Einen Ihrer Rohstofflieferanten hat es aber scheinbar getroffen.«

Petermann stutzte einen Moment, dann nickte er bedauernd.

»Das ist leider wahr. Auf den haben es die Burschen offenbar abgesehen. Der arme Oswald!«, nickte er dann bedauernd. »Sie sind ihm gestern ja schon begegnet, wie mein Vater erzählte. Sehr unangenehme Sache. Dem Mann muss natürlich geholfen werden.«

Petermann wirkte ziemlich zerknirscht. Eine kurze Gesprächspause trat ein. Dann meinte der Kriminalhauptkommissar:

»Das war's dann fast von unserer Seite, Herr Petermann. Eine Frage müssten Sie uns nur noch beantworten: Wo waren Sie Montagabend?«

»Nanu, bin ich jetzt etwa verdächtig?«, fragte der Juniorchef ein wenig überrascht und lehnte sich mit einem Lächeln auf seinem Bürostuhl zurück.

»Reine Routine, Herr Petermann, wenn wir schon mal hier sind und mit Ihnen sprechen«, versicherte Angermüller freundlich.

»Also Montagabend? Da bin ich nach Hannover gefahren, weil ich am nächsten Morgen eine Besprechung mit einem unserer größten Kunden dort hatte.«

»Wann sind Sie losgefahren, wann angekommen?«

»Das muss so zwischen sieben und acht gewesen sein, dass ich zu Hause aufgebrochen bin. Ich bin aber erst noch einmal kurz in die Firma, weil ich noch einiges für unsere Präsentation vergessen hatte. Es war furchtbar neblig zu Anfang, man konnte nur schleichen. In der Lüneburger Heide hab ich dann Pause gemacht und was gegessen, dann bin ich wegen eines Unfalls noch in einen Stau geraten. Das war mal wieder so ein Ritt, sag ich Ihnen! Deutsche Autobahnen! Wann genau ich im Hotel war, fragen Sie besser meine Frau. Ich hab mich nämlich auch noch verfranzt in Hannover. Es muss ziemlich spät gewesen sein, irgendwann kurz nach Mitternacht denke ich. Ich hab trotzdem noch meine Frau angerufen, und sie war gar nicht erfreut, weil ich sie aus dem Schlaf geholt habe.«

»Wie und wo können wir Ihre Frau erreichen?«

Er gab ihnen seine Privatadresse und die Telefonnummer.

»Gut, Herr Petermann, dann sind wir jetzt fertig. Vielen Dank.«

Die Beamten erhoben sich.

»Ach, sagen Sie, können wir mal in Ihre Produktionsstätten schauen, Herr Petermann?«, wollte Angermüller plötzlich wissen, von Jansen mit einem konsternierten Seitenblick bedacht.

»Betriebsbesichtigungen sind leider nur zu bestimmten Zeiten möglich, aus produktionsinternen und hygienetechnischen Gründen, wissen Sie. Und leider hab ich jetzt auch überhaupt keine Zeit mehr, sonst würde ich Sie natürlich persönlich führen«, entschuldigte sich Petermann. »Gehört das denn auch zu Ihren Ermittlungen? Wir können aber gern einen Termin vereinbaren, Herr Kommissar!«

»Ich dachte nur, weil Sie vorhin ja von der Partnerschaft mit dem Verbraucher und der Transparenz Ihres Unternehmens sprachen, das wäre jederzeit möglich. Aber wenn das jetzt nicht geht, ist das auch kein Problem. Dann auf Wiedersehen, Herr Petermann.«

»Sach ma«, fragte Jansen seinen Kollegen, als sie wieder im Wagen saßen, »hätte uns das eigentlich irgendwat gebracht, wenn wir uns in der Klitsche von dem Petermann umgesehen hätten?«
»Nee«, freute sich Angermüller, »aber Petermann hat ja genauso reagiert wie erwartet. Von wegen traditionelle, reine Naturprodukte! Transparenz! Die lassen einen nicht hinter die Kulissen schauen, das war ja klar. Nirgendwo in ihrer angeblich handwerklichen Produktion. Und was hältst du sonst von dem Mann? Was sagt deine Nase?«
»Lackaffe. Kann mit solchen Typen nich viel anfangen. Sein Alibi wird überprüft, wie bei allen anderen auch«, konstatierte Jansen ungerührt.

KAPITEL VII

Zufrieden biss Angermüller in das knusprige Brötchen mit Bismarckhering, welches er sich auf dem Rückweg von der Feinkostmanufaktur bei einem Fischgeschäft in Schlutup besorgt hatte. Dieses Brötchen und noch ein zweites mit Räucheraal sollten seinen Hunger stillen, der ihn ganz plötzlich überkommen hatte. Angermüller liebte Fischbrötchen. Sie waren für ihn eine fast geniale Erfindung für eine unkomplizierte, aber schmackhafte Mahlzeit mit frischesten Zutaten aus der Region.

»Schließlich hab ich heute morgen nicht gefrühstückt«, hatte er sich bei Jansen entschuldigt, der im Wagen ungeduldig wartete, als er mit seinem Päckchen zurückgekommen war.

»Ich schon«, hatte der Kollege geantwortet, »aber trotzdem klappern jetzt die Schläuche. Nachdem du mit diesem Fischkram versorgt bist, kann ich mir ja auch mal wieder wat Gutes gönnen.«

Und so zog nun aus dem Nachbarbüro der bekannte Duft nach Burger und Pommes zu Angermüller herüber. Er entstieg dem XXL-Paket, das Jansen bei seinem bevorzugten Fastfood-Laden erstanden hatte. Ein zufriedenes Rülpsen zeigte alsbald, dass der Kollege wieder einmal in Rekordgeschwindigkeit die Riesenportion vertilgt und einen großen Becher Cola hinterhergegossen hatte. Und wie schon so oft fragte sich der Kriminalhauptkommissar, wieso sein Kollege so ein dünner Hering war. Weder trieb Jansen Sport, noch fuhr er Fahrrad, und zu Fuß ging er schon gar nicht. Irgendwie fand Angermüller das nicht fair.

Aber was war schon fair? Er sah plötzlich die Behausung von Petermann junior wieder vor sich, die nicht weit vom Firmengelände lag. Ein großes, weißes Gebäude mit mächtigen Säulen und drei Garagen, auf einem parkähnlichen Grundstück mitten in die ländliche Einsamkeit gestellt. Hier war an nichts gespart worden, außer am Geschmack. Besonders das mit glänzend glasierten, roten Ziegeln gedeckte Dach war Angermüller im Gedächtnis geblieben. Mit den zweifelhaften Produkten der Feinkostmanufaktur Landglück war offensichtlich ganz gut Geld zu verdienen.

Blond, sehr blond, in einen cremefarbenen Kurzmantel mit Pelzkragen gehüllt, hatte Frau Petermann ihnen geöffnet. Angermüller schätzte sie auf Anfang 30. Der Besuch der Kommissare passte ihr gar nicht, war sie doch gerade auf dem Weg nach Lübeck, zum Lunch mit ihren Freundinnen. Ungeduldig trat sie in ihren langen, weißen Lederstiefeln von einem Fuß auf den anderen. Noch an der Haustür hatte sie die Beamten abgefertigt und ihre Fragen nach dem Alibi ihres Mannes am Montagabend kurz und knapp beantwortet. Ihre Angaben waren zwar ziemlich vage, deckten sich aber im Großen und

Ganzen mit denen ihres Mannes. Warum die Polizei sie überhaupt danach fragte, das schien sie nicht im Geringsten zu interessieren. Kurz nachdem sie sich verabschiedet hatten, waren sie auf der Landstraße von der blonden Unternehmergattin in einem weißen Mini überholt worden.

»Ui, hier riecht's ja mächtig nach Mittagessen! Guten Appetit wünsche ich.«

»Danke, den hatte ich«, sagte Jansen zu Anja-Lena und öffnete das Fenster. »Was gibt's?«

»Ich hab doch wegen des Wirts von der Ulmenschenke recherchiert. Max Beuerle heißt der. Es scheint, als ob der das Restaurant wieder aufmachen will. Erst bekam ich die Information, der sei pleite und abgehauen nach Süddeutschland, in den kleinen Ort, aus dem er stammt. Dort hat er sich wohl auch eine Weile aufgehalten. Aber jetzt soll er die Wiedereröffnung vorbereiten.«

Angermüller schluckte den letzten Happen seines Aalbrötchens und wischte sich mit einer Serviette den Mund ab.

»Das ist eine interessante Neuigkeit. Danke, Anja-Lena. Dann wissen wir ja, was wir zu tun haben. Wollen wir, Claus?«

Die Ulmenschenke lag gleich um die Ecke. In zwei Minuten waren sie da. Der Garten mit seinen alten Bäumen, direkt am Wasser der Alten Trave, lag verwaist im schummrigen Dämmerlicht des frühen

Novembernachmittags. Ziemlich ungepflegt sah es auf dem Grundstück rund um das kleine Gasthaus aus, so wie es eben aussieht, wenn sich mehrere Monate keiner darum kümmert. Dick lag überall das Laub, ein Stapel Holzkisten mit leeren Weinflaschen war neben der Hauswand umgekippt, und einige kaputte Gartenstühle standen vereinzelt unter den Ulmen. Hinter den hübschen Sprossenfenstern der alten Rokokofassade brannte kein Licht. Angermüller und Jansen stiegen die Stufen zum Eingang hoch. Die Klingel funktionierte nicht. Jansen klopfte heftig gegen die Tür.

»Lass uns los. Dat bringt ja nix. Da is keen«, murmelte er, als sich drinnen immer noch nichts tat, und sprang die Treppe wieder hinunter.

»Ja, was isch denn des füre Lärm da drauße?«, tönte es plötzlich hinter der Eingangstür.

»Polizei«, antwortete Angermüller. »Wir würden gern mit Max Beuerle sprechen.«

Ein Schlüssel knirschte im Schloss. Im Türrahmen erschien ein mittelgroßer, dunkelhaariger Mann von kräftiger Statur.

»Hab ich das richtig gehört? Polizei?«, fragte er. Sein rundes Gesicht leuchtete rot über der weißen Kochjacke. »Ich bin Max Beuerle.«

Die Beamten zeigten ihre Ausweise und erklärten ihr Anliegen.

»Der Hagebusch ist ermordet worden? Heiligs Blechle!«

Der Wirt schüttelte ungläubig den Kopf.

»Dann gab's wohl noch andere außer mir, die ihm die Pest an den Hals gewünscht haben. Ich kann sogar verstehen, dass Sie zu mir kommen. Nicht nur einmal hab ich den in meinen Träumen abgemurkst, das kann ich Ihnen sagen! Kommen Sie doch rein.«

Was doch ein paar Monate Schließzeit bewirken können, dachte Angermüller, der den Glanz der Ulmenschenke aus früheren Tagen kannte. Interessiert schaute er über den alten Parkettboden, die Tische mit den hoch gestellten Stühlen, über denen eindrucksvolle Kronleuchter an der Decke schwebten, hinüber zu den eingestaubten Samtvorhängen.

»Ja, hier ist noch eine Menge zu tun, bis wir wieder anfangen können«, las der Wirt Angermüllers Gedanken, »aber wir kriegen das hin. Ich bin Sonntag erst aus Süddeutschland zurückgekommen. Zum ersten Advent eröffnen wir. Sind ja noch fast drei Wochen bis dahin. Jungs, macht mal ohne mich weiter, ich hab Besuch«, rief Beuerle in die Küche hinein, aus der man Stimmen, Schrubben und Töpfeklappern hörte.

Sie setzten sich an einen Tisch in einem der GastRäume mit Blick hinaus in den herbstlich kahlen Garten und begannen mit der offiziellen Vernehmung des Gastronomen. Angermüller musterte interessiert den ihm gegenüber Sitzenden, der etwas sehr Kraftvolles, Energisches ausstrahlte. Auch wenn er sich des Hochdeutschen befleißigte, klang in der Sprache seine Herkunft aus dem Süden immer leicht durch. Der 45-jährige Schwabe hatte die Ulmenschenke sechs Jahre lang geführt, mit wachsendem Erfolg zuerst.

»Dann aber änderte sich die Wirtschaftslage, mit der Konjunktur ging es abwärts und mit meinen Zahlen auch. Ich gebe zu, ich hatte auch ein paar persönliche Probleme. Der Stress in der Spitzengastronomie ist ungeheuer. Wenn du da einen guten Ruf zu verteidigen hast, das geht an die Substanz. Und wie so mancher Kollege habe ich versucht, mit Alkohol wieder ruhiger zu werden. Nur die feinsten Stoffe natürlich, ich saß ja an der Quelle.«

Er lachte spöttisch.

»Aber Alkohol bleibt Alkohol, auch in noch so edler Form. Jetzt hab ich mich wieder im Griff – hoff ich zumindest.«

Dem Gastronomen entging nicht der Blick der Beamten auf den Nebentisch. Eine umfangreiche Sammlung geöffneter Weinflaschen und gebrauchter Gläser stand darauf.

»Nein, das war kein Rückfall in alte Zeiten«, lachte Beuerle. »Wir haben Weine aus meiner Heimat probiert. Die sollen in Zukunft den Schwerpunkt auf unserer Weinkarte bilden. Das gehört halt auch zu meinem Job und ist ja nicht die unangenehmste Aufgabe. Hier, eine Schwarzriesling Auslese, ein günstiger Württemberger für alle Tage. Aber schön trocken, mit dem spritzigen Charakter seines weißen Bruders.«

Der Gastwirt geriet ins Schwärmen. Er zeigte auf eine andere Flasche.

»Und das ist ein Spätburgunder aus Baden, im Barrique ausgebaut, fantastisch der Duft, seine Würze und Wärme. Oder dieser badische Rieslingsekt brut, enorm würzig und frisch. Aber leider sind Sie ja nicht zur Weinverkostung hier.«

»So ist es. Erzählen Sie uns bitte etwas über Ihre Beziehung zu Victor Hagebusch«, forderte Angermüller den Wirt auf.

»Gern, wenn Sie viel Zeit haben! Über den Mann könnt ich stundenlang reden. Ich habe nie zuvor einen so seltsamen Menschen kennengelernt wie den.«

»Bitte! Wir sind gespannt. Wie haben Sie sich denn kennengelernt?«

»Vier Jahre ist das her, glaub ich, da kam der Hagebusch hier an. Er stellte sich als Foodjournalist vor, mit besten Kontakten zu sämtlichen Medien mit der Zielgruppe Gourmet und Lifestyle, und fragte, ob er mir nicht behilflich sein könne bei der PR für meinen Laden. Er sei begeistert von meiner Küche und würde das gern für mich machen. Er kenne auch so manchen Promi und könne dem den Weg hierher weisen. Das hörte sich an, als ob er mir persönlich einen Gefallen tun wollte. Ich fand ihn zwar als Typen ein bisschen gewöhnungsbedürftig. Er war ja nicht gerade ein Charmeur. Und, wissen Sie, wenn einer von Lifestyle spricht, dann im zerknautschten Jackett mit dieser komischen Fliege und ausgelatschten Schuhen daher kommt. Na ja, ich bin ja auch eher jemand, dem Äußerlichkeiten und Konventionen egal sind, und dachte, lass ihn doch einfach mal machen. Mir als sparsamer Schwob war natürlich besonders der Aspekt der kostenlosen PR sympathisch.«

Beuerle grinste.

»Anfangs war der Hagebusch auch damit zufrieden, wenn ich ihn bei seinen Besuchen neue Kreationen kosten ließ und natürlich auch die Getränkerechnung übernahm. Ab und zu aß er auch mal bei uns zu Abend, auf meine Rechnung. Ich machte das gern, nach dem Motto ›eine Hand wäscht die andere‹, und er schien diese persönliche Behandlung zu genießen. Dafür schrieb er nette Artikelchen über uns für alle möglichen Zeitschriften, veröffentlichte schöne Besprechungen im Internet. Ob das viel gebracht hat an neuen Kunden – keine Ahnung!«

»Haben Sie ihn denn auch privat kennengelernt, wenn er so häufig hier bei Ihnen war?«

»Das war das Eigenartige. Mit dem Mann wurde ich nie warm. Die Liebe zu Essen und Trinken, die hatten wir gemeinsam. Das war's dann aber auch. Er hatte auf dem Gebiet ein ganz gutes Wissen, aber vor allem hat er halt gern und viel gegessen. Auf jeden Fall war es das einzige Thema, das ihn wirklich interessierte. Manchmal hat er erzählt aus seiner großartigen Vergangenheit als Journalist bei allen großen Zeitungen Deutschlands, aber das waren eher Vorträge, keine Gespräche. Er schien keine Freunde zu haben, und seine Karriere war mit Sicherheit auch nicht so glanzvoll gewesen, wie er das gern erzählte. Im Grunde war er ein armer Wicht, den keiner mochte und der versuchte, sich in der Gastronomieszene im Norden zu einer Art Wolfram Siebeck zu stilisieren. An dem Gefühl, in der hiesigen Feinschmeckerwelt Macht und Einfluss zu besitzen, eine unumgängliche Autorität darzustellen, schien er sich regelrecht zu berauschen. Trotzdem, letztendlich ist mir seine Motivation, den lukullischen Scharfrichter zu spielen, bis heute ein Rätsel geblieben.«

»Sie sagten, anfangs war der Hagebusch mit Ihrem Agreement zufrieden. Und dann?«

»Ja, dann.« Max Beuerle schaute gedankenschwer ins Leere. »Dann begann er, seine sogenannten Promis hier anzuschleppen, das hatte er ja auch angekündigt. Einen ehemaligen Senator, einen angeblich wichtigen Mann vom NDR, irgendeinen zurückgetretenen Minister, Leute, von denen ich nie zuvor gehört hatte, mit denen er hier ausgiebig speiste, die er großzügig dazu einlud, sich brüstete, den Chef gut zu kennen, und dann erwartete, dass er nicht zahlen musste. Ab da begannen unsere Probleme.«

»Ja?«, fragte Angermüller nach, als der Wirt plötzlich nicht mehr weitersprach. Beuerle nickte.

»Ich fragte mich natürlich, wieso ich diesen Club der Abgehalfterten für umsonst hier bewirten sollte, vom Feinsten bewirten sollte! Langsam ging das nämlich ins Geld. Natürlich wollte ich Hagebusch vor seinen Gästen nicht bloßstellen und versuchte, die Angelegenheit am Telefon zu klären, ruhig und sachlich. Er hat mir gar nicht zugehört, wollte mich überhaupt nicht verstehen, redete nur vom Multiplikatoreneffekt seiner berühmten Gäste, erwähnte wieder Namen, die mir überhaupt nichts sagten, und spreizte sich mit seinem unglaublichen Einfluss. Ich sollte ihm dankbar sein, meinte er allen Ernstes. Am nächsten Abend tauchte er wieder einmal allein hier auf, hat gefressen und gesoffen – Verzeihung, anders kann man das nicht nennen – und dachte natürlich, alles geht aufs Haus, wie immer. Und da bin ich ausgerastet. Ich ließ ihn seine Zeche selbst bezahlen und hab ihn rausgeschmissen.«

»Wie hat Hagebusch reagiert?«

»Blitzschnell. Ich hätte es wissen müssen, so wie er immer geredet hat. Man durfte sich ihn nicht zum Feind machen, das wusste ich eigentlich. Für ihn gab es nämlich nur drei Kategorien von Menschen – hab ich herausgefunden: Welche die ihm nutzten, welche, die ihm schadeten und uninteressante Personen. Und wenn ihm jemand schadete, dann vergaß Hagebusch demjenigen das nie. Der war dann sein Feind auf Lebenszeit und den versuchte er mit allen Mitteln zu vernichten. Noch in derselben Nacht, gleich nachdem ich ihn rausgeschmissen hatte, begann er mit einer unglaublichen Hetzkampagne gegen mein Restaurant. Dass er letztlich meinen Niedergang verursacht hat, glaub ich allerdings nicht. Da war auch eine Menge hausgemacht.«

Der Gastronom zeigte ein trauriges Lächeln.

»Aber er hat mit Sicherheit seinen Teil dazu beigetragen.«

»Wann haben Sie Hagebusch zum letzten Mal gesehen?«

»An dem Abend, als ich ihn vor die Tür gesetzt habe. Ansonsten hab ich ihn nur noch in seinen giftigen Kommentaren über mich und die Ulmenschenke wahrgenommen. Ich hab das dann genauer verfolgt, was der Hagebusch da so verbreitet hat. Da gibt's einige, die von jetzt auf gleich auf seiner schwarzen Liste standen. Eine kleine Süßwarenmanufaktur, die abgelaufene Rohstoffe verwendet haben soll, ein Partyservice oder das Restaurant eines Kollegen, denen er immer wieder mangelnde Sauberkeit in der Küche vorwarf. Nie so ganz konkret und direkt, trotzdem deutlich genug, um potenzielle Kunden abzuschrecken. Und Ekelthemen sind in der Gastronomie tödlich, wie Sie sich vielleicht denken können. Der Hagebusch war schon ein besonders perfider Schmierfink!«

»Und wie ging das mit Ihnen weiter?«

»Nicht viel länger. Ein paar Wochen nach seinem Rausschmiss war ich finanziell fertig, hab das Restaurant dichtgemacht und erst einmal eine Auszeit in meiner alten Heimat genommen.«

»Wo waren Sie diesen Montagabend, Herr Beuerle?«

»Uii, die Frage kommt ja unverhofft!«, machte der Wirt beeindruckt.

»Ja, da war ich leider schon wieder hier in Lübeck und zähle wahrscheinlich zum engeren Kreis der Verdächtigen. Ich war den ganzen Tag bis nach Mitternacht hier in meinem Laden.«

»Gibt es jemanden, der das bestätigen kann?«

»Fragen Sie die Jungs in der Küche. Bis auf kurze Unterbrechungen waren wir meistens zusammen hier.«

»Das werden wir machen«, nickte Angermüller und setzte hinzu: »Sagen Sie, Herr Beuerle, wenn Sie finanziell am Ende waren, wie Sie vorhin feststellten, wie können Sie dann jetzt wieder neu anfangen?«

»Das ist ein kleines Wunder, da haben Sie recht! Eine begüterte Dame, deren Mann vor Kurzem verstarb und der unseren Laden sehr geschätzt hat, hat mich angerufen und mir einen zinslosen Kredit angeboten, um Schulden abzuzahlen und die Ulmenschenke wieder aufzumöbeln. Glück muscht scho habe, gell!«

»Und was haben Sie vor? Wollen Sie alles wieder so machen wie früher?«

Heftig schüttelte Max Beuerle seinen Kopf.

»Auf gar keinen Fall! Ich will nicht einmal versuchen, wieder in die sogenannte Spitzengastronomie aufzusteigen. Diesen Dauerstress muss ich nicht noch einmal haben! In Zukunft setze ich eher auf einheimische Küche. Saisonal und regional sind ja die großen Stichworte heute, ist ja auch vernünftig. Es gibt in Deutschland wunderbare Produkte und wunderbare Rezepte. Ich will den Spagat zwischen meiner Heimat Baden-Württemberg und Schleswig-Holstein versuchen. Ist doch bestimmt ganz spannend, oder?«

Wenn es auch ein paar zeitliche Lücken gab, insgesamt bestätigte das Personal der Ulmenschenke die Angaben seines Chefs.

»Und? Was denkst du?«, fragte Angermüller seinen Kollegen auf dem kurzen Weg zurück in die Bezirkskriminalinspektion.

»Hat er uns alles gesagt?«

»Tscha, du stellst Fragen. Geschnackt hat er ja ohne Ende.«

»Ja, und ich finde, was der Beuerle über Hagebusch erzählt hat, war ganz aufschlussreich, anders als bei vielen anderen Zeugen. Ich kann mir jetzt wenigstens ein bisschen ein besseres Bild von dem Mann machen. Hab ihn selbst vorher ja nur ein paar Mal auf unseren Pressekonferenzen erlebt.«

»Ein Klookschieter war dat und 'n oller Gnadderkopp dazu«, fasste Jansen seine Meinung kurz und knapp zusammen.

Angermüller hatte bei den Begegnungen in der BKI auch schon feststellen müssen, dass Hagebusch kein Typ war, dem die Herzen seiner Mitmenschen zuflogen. Trotzdem war das noch kein Motiv und keinesfalls eine Berechtigung, einen Menschen umzubringen. Und das auf diese abartige Art und Weise, deren Antrieb kalte Wut und unglaublicher Hass sein mussten. Also Rache? Wofür? Für das, was das Opfer selbst irgendwann einmal jemandem angetan hatte, so wie diesem Gastronomen und manchen seiner Kollegen? Für die armen gequälten Tiere? Leben wie Sterben dieses Mannes, beides rätselhaft, dachte Angermüller. Das macht unsere Ermittlungen nicht einfacher. Es fehlt die Geradlinigkeit. Der Wirt hat recht, wenn er sagt, man steigt nicht so richtig durch, warum der Hagebusch das alles gemacht hat. Weder hat er richtig verdient an seinen PR-Jobs, noch hat er diese Vergütungen in Naturalien wirklich gebraucht. Es scheint ihm tatsächlich nur um Macht gegangen zu sein.

»Manches bleibt wirklich komisch«, sagte Angermüller dann laut. »Diese ganzen Lebensmittel in der Küche von Hagebusch, die er wohl für seine Gefälligkeiten erhalten hat. Das war eigentlich viel zu viel für einen allein, und er hat's ja auch gar nicht genutzt. Vieles davon war schon verdorben. Na ja, wir können ihn selbst nicht mehr dazu fragen. Aber noch mal zurück zu diesem Max Beuerle.«

»Wenn dat Alibi von dem stimmt«, meinte Jansen achselzuckend, »is der sowieso raus.«

»Wollt ich auch grade sagen«, stimmte Angermüller seinem Kollegen zu.

Als die beiden Beamten im siebten Stock in der Possehlstraße anlangten, kam ihnen Anja-Lena Kruse schon im Flur aufgeregt entgegen und winkte sie ins Büro.

»Es gibt Neuigkeiten von der DNA-Analyse auf den Papieren!«

»Was, jetzt schon?«

»Ja, keine Ahnung, wie die das so schnell hingekriegt haben. Aber das Ergebnis ist wirklich sensationell!«

»Also, leg los«, forderte Angermüller die Kollegin auf, noch während er sich aus dem Mantel pellte.

»Ich weiß nicht, warum, aber ich hab die DNA auf beiden gefundenen Nachrichten analysieren lassen. Die auf dem Zettel von Lina Stucki und die auf dem anonymen Drohbrief. Irgendwie dachte ich, wer weiß, wozu es gut ist. Und stellt euch vor, dabei ist herausgekommen, dass die DNA von Stuckis Zettel mit einer auf dem anderen Schreiben gefundenen ungewöhnlich ähnlich ist«, erklärte Anja-Lena sichtlich begeistert.

»Der Mann vom Labor ist der Meinung, dass die zugehörigen Personen mit ziemlicher Sicherheit verwandt sein müssen.«

»Der Bruder! Dat is ja wohl der Hammer!«

Jansen hieb mit der Faust auf den Tisch.

»Der Calese, unser Muttersöhnchen! Und du hast den Bubi noch in Schutz genommen!«

Angermüller hob seine Schultern.

»Okay, Claus, du bist am Zug. Lorenzo Calese ist wieder im Spiel. Schaun wir mal, was er dazu sagt.«

»Haftbefehl?«

»Das ist doch viel zu früh. Verfall du jetzt nicht auch in diesen Wahn, dass man mit gefundener DNA auch sofort den Schuldigen hat. Außerdem müssen wir das abgleichen, und lass uns zuallererst mit ihm reden. Alles andere können wir immer noch entscheiden.«

Zwar zeigte Jansens Miene deutliche Unzufriedenheit mit der Antwort seines Kollegen, doch er sagte nichts mehr dazu. Bevor sie sich auf den ihnen mittlerweile wohl vertrauten Weg nach Norden machten, beorderten sie vorsorglich noch eine Streife von der Gruber Polizeistation in die Nähe der Leuchtturmstraße.

Schon den dritten Tag in Folge standen sie an diesem Nachmittag vor dem Bungalow an der Ostsee. Der Gong schallte durchs Haus.

»Nanu, isser schon nach Italien abgehauen?«, mutmaßte Jansen sofort, als sich drinnen nichts regte und niemand kam, um zu öffnen. Ungeduldig wummerte er mit der Faust gegen die Eingangstür.

»Nun wart's doch ab, Claus. Bestimmt sind sie nur einkaufen oder spazieren.«

»Spazieren? Bei dem Wetter?«

Angermüller schüttelte nur den Kopf über seinen Kollegen und ging ums Haus. Er spähte über die Terrasse ins Wohnzimmer. Es war leer. Dann wandte er sich um. Einen Deich gab es nicht. Man konnte von hier oben ungehindert den winterlich einsamen Uferstreifen übersehen. Zwei Personen kamen langsam näher, gingen auf die Pforte im Zaun zu, der den Garten vom Strand trennte.

»Guten Tag, Herr Kommissar!«

Dagmar Hagebusch sah heute viel besser aus als bei ihrem ersten Besuch. Die kalte Luft und die Seebrise hatten ihrem Gesicht etwas Farbe verliehen, und sie wirkte auch viel wacher.

»Guten Tag, Frau Hagebusch! Wie geht es Ihnen?«

»Danke, wieder viel besser!«

Sie lächelte glücklich und sah zu Lorenzo, bei dem sie sich eingehakt hatte.

»Ich freu mich so, dass mein Sohn hier ist. Und wissen Sie, was er gerade vorgeschlagen hat: Ich solle mir doch einen Hund anschaffen! Ist das nicht eine tolle Idee? Dann kann ich jeden Tag mit dem Tier am Strand spazieren gehen und bin nicht so allein. Gleich morgen fahren wir einen Hund kaufen, ja Lorenzo?«

»Aber ja, Mama«, antwortete der junge Mann, während er Angermüller fragend anschaute.

»Lassen Sie uns nach drinnen gehen«, meinte

Frau Hagebusch. »Wenn man hier einen Moment steht, merkt man erst, wie kalt und feucht es doch ist. Ich mach uns gleich einen Tee, nicht Lorenzo? Darf ich Ihnen und Ihrem Kollegen auch einen anbieten?«

Jansen war inzwischen auch hinters Haus gekommen. Die beiden Beamten lehnten dankend ab.

»Frau Hagebusch, wir müssten Ihren Sohn einmal kurz allein sprechen. Wäre das möglich?«

Zwar warf sie einen unsicheren Blick auf Lorenzo, doch sie sagte:

»Ja, natürlich, machen Sie nur. Ich bin sowieso erst einmal in der Küche.«

Im Wohnzimmer legte Jansen eine Kopie des Drohbriefes aus Hagebuschs Briefkasten vor Lorenzo Calese auf den Tisch.

»Kommt Ihnen dat irgendwie bekannt vor?«

Der junge Mann beugte sich vor und warf einen kurzen Blick darauf.

»Was soll das sein?«

»Lesen Sie doch einfach. So lang ist der Text ja nich«, forderte ihn Jansen auf, Dringlichkeit in der Stimme.

»Kommt mir nicht bekannt vor«, verneinte Calese.

»Sie sind sich wirklich ganz sicher?«, gab Angermüller ihm noch einmal eine Chance.

»Ja.«

Es klang nicht sehr überzeugend. Der junge Mann

blinzelte nervös hinter seinem dicken, schwarzen Brillengestell.

»Hören Sie, jeden Augenblick kann meine Mutter hier hereinkommen. Sagen Sie mir doch bitte, was los ist!«, verlangte Lorenzo Calese.

»Dat kann ich gern machen«, antwortete Jansen ziemlich unwirsch. »Unsere Kollegen aus der Kriminaltechnik haben eindeutige Beweise, dass dieser Wisch von Ihnen stammt. Und jetzt verrate ich Ihnen, wo wir den gefunden haben: im Briefkasten von Victor Hagebusch!«

Calese sagte nichts mehr, starrte zu Boden und biss sich auf die Lippe. Der Kriminalhauptkommissar gab seinem Kollegen ein Zeichen, es gut sein zu lassen.

»Haben Sie jemanden, der sich um Ihre Mutter kümmern kann, wenn Sie nicht da sind?«

»Ja, unsere Nachbarin, Frau Baldauf. Warum?«

»Weil wir so nicht weiterkommen und Sie uns jetzt auf die Dienststelle nach Lübeck begleiten werden. Sie stehen unter Mordverdacht, Calese.«

An diesem Donnerstagnachmittag blieb das ›Torten, Suppen, Meer‹ seit Langem wieder einmal richtig leer. Lina langweilte sich trotzdem nicht. Endlich konnte sie sich um Dinge kümmern, die schon lange auf Erledigung warteten. Leise liefen im Hintergrund französische Chansons. Sie saß mit einer Kanne Tee am ersten Tisch vor dem Tresen und sortierte die Belege für das Steuerbüro. Dann trug sie in ihren

Kalender fürs nächste Jahr die Schulferien sämtlicher Bundesländer ein, um sich anschließend endlich ihrem Hobby widmen zu können: nach neuen Rezepten für ihr Speisenangebot zu suchen.

Es ging mit Riesenschritten auf Weihnachten zu. Bald würde sie auch im Café entsprechende Dekorationen anbringen. Alles natürlich sehr dezent und geschmackvoll, mit echtem Tannengrün, Bienenwachskerzen und ein wenig Kunsthandwerk. Da das Backen von allen Tätigkeiten in der Küche ihre Lieblingsbeschäftigung war, wollte sie auch eine bunte Auswahl an Keksen und Kuchen herstellen. Vorfreude erfüllte sie bei dem Gedanken an die Düfte nach Zimt, Nelke, Anis und anderen weihnachtlichen Gewürzen. Eine dunkle Torte, die sie im letzten Advent bei ihrer Freundin Ingrid gekostet hatte, fiel ihr ein. Die war so richtig saftig und schokoladig und schmeckte wie Weihnachten pur! Sie wusste genau, sie hatte sich das Rezept aufgeschrieben. Nur wo? Wahrscheinlich war es in ihrem Sammelsurium im Schuhkarton gelandet. Sie fand ihn auf dem obersten Regalbrett hinter dem Tresen, kippte ihn aus und versuchte, die gesammelten Rezepte nach bestimmten Kriterien zu sortieren, während sie nach Ingrids Weihnachtstorte suchte.

Was gab es nicht alles für tolle Sachen, die sie längst einmal hatte ausprobieren wollen, die dann doch wieder in Vergessenheit geraten waren. Das Rezept für Vienna Bars, wie ihre amerikanische Freundin das

Gebäck immer genannt hatte, fiel ihr in die Hände. Ja, die waren mit Haselnüssen, das passte auch gut für Weihnachten. Wo und wie sie wohl dieses Jahr feiern würde? Für die meisten Leute war dieses Fest ja unheimlich wichtig, wobei Lina sich fragte, ob die überhaupt wussten, warum sie es feierten, mal abgesehen von den vielen Geschenken und übermäßigem Essen. Sie selbst hatte in den letzten Jahren sehr unterschiedliche Weihnachten erlebt, in der Schweiz mit der Familie von Herrn Stucki, später auch mal ganz allein, meist aber mit vielen Freunden, letztes Jahr nur mit Olaf. Das war eigentlich das schönste Weihnachten, an das sie sich erinnerte.

Teufel und Madame, die träge auf ihrem Stammplatz vor dem Tresen lagen, hoben plötzlich die Köpfe. Gleich darauf öffnete sich die Eingangstür.

»Guten Tag, Frau Stucki.«

Die beiden Polizisten vom Vortag schon wieder! Was wollten die hier? Lina spürte, wie sich ihr Magen vor Schreck zusammenzog. Sie stand langsam auf.

»Guten Tag. Bitteschön?«

»Bleiben Sie doch sitzen, wir setzen uns einfach dazu«, sagte der große Dunkle mit dem weichen, südlichen Tonfall. Sein jüngerer Kollege nickte nur stumm und mit undurchsichtigem Gesicht und zog das kleine Diktiergerät aus der Tasche.

»Ach ja, so einen Karton mit gesammelten Rezepten hab ich auch!«, lächelte der Kommissar

mit Namen, wie hieß er noch, Angermeier oder so.
»Müsste ich auch mal sortieren.«

Er ließ sich ihr gegenüber auf einem Stuhl nieder und schaute sie freundlich an. Nie hätte sich Lina einen Kriminalkommissar so wie diesen gemütlich wirkenden Typen vorgestellt und schon gar nicht gedacht, dass er Kochrezepte sammelte. Wenn sie ehrlich war, hatte sie eigentlich noch nie über diese Zunft nachgedacht, weil sie noch mit keinem ihrer Vertreter bisher zu tun gehabt hatte. Sie kannte Kommissare nur aus Film und Fernsehen.

»Ja, Frau Stucki, wir mussten leider feststellen, dass Sie uns nicht die Wahrheit gesagt haben«, begann er nun und kramte in der Tasche von seinem komischen grünen Mantel.

»Ich nehme an, Sie kennen diese Nachricht?«

In einer Klarsichthülle, die der Mann auf den Tisch legte, steckte der Zettel, den sie vorgestern Abend in Victors Briefkasten gestopft hatte. Was wussten die beiden Ermittler? Hatten sie den Stick mit den Aufnahmen schon gefunden?

»Sie wollten Victor Hagebusch nicht einfach spontan besuchen, Frau Stucki. Sie hatten offensichtlich ein dringendes Anliegen, über das Sie mit ihm reden wollten«, befand der Dunkelhaarige.

Lina beschloss, es mit einer Ausrede zu versuchen, dann würde sie ja merken, ob die Polizei bereits im Bilde war. Aber was sollte sie sagen? Warum hatte Victor sie so dringend zurückrufen sollen?

»Also, es ging um Geld«, fing sie an und beobachtete die Reaktion der Beamten. »Ich hatte Victor um eine größere Summe, also, um einen Kredit gebeten. Ich muss hier im Café einiges machen, einiges investieren, und da er das mal angeboten hatte ...«

»Mmh« machte dieser Angermüller, ja so war sein Name, und schaute sie prüfend an. »Und das war so dringend?«

Lina zuckte mit den Schultern.

»Ja. Wir hatten schon mehrmals darüber gesprochen. Ich habe Pläne gemacht, Sachen bestellt, Termine mit Handwerkern festgelegt. Es sollte jetzt eigentlich losgehen, und da musste ich natürlich wissen, ob ich mich auf Victors Zusage verlassen kann.«

»Und warum haben Sie uns das gestern nicht sagen wollen?«

»Was heißt nicht wollen?«

Trotzig blickte Lina zu dem Polizisten.

»Es war ja nicht wichtig für Sie, dachte ich. Ein bisschen unangenehm war es mir auch. Diese komplizierten Familienverhältnisse bei uns, mein Stiefvater, meine Mutter, zu der ich keinen Kontakt habe«, sie seufzte, »und schließlich saßen meine Kunden hier herum und die hätten dann womöglich noch gedacht, ich sei in finanziellen Schwierigkeiten.«

Der Kommissar nickte. So ganz überzeugt schien er nicht.

»Und was machen Sie jetzt?«

»Ich weiß nicht. Wenn ich niemanden finde, der mir das Geld leiht, muss ich wohl alles stoppen.«

Der jüngere Polizist hob ungläubig seine Brauen, sagte aber nichts.

»Haben Sie Ihren Bruder in den letzten Tagen eigentlich öfter getroffen?«, fragte sein Kollege nach einer kurzen Pause.

»Meinen Bruder?«

Wieso will er das jetzt wissen, dachte Lina. Hat Lorenzo mir doch nicht alles gesagt? Oh Mann, was mach ich?

»Nur vorgestern Abend war Lorenzo bei mir, nachdem ich aus Lübeck zurückgekommen war. Aber das wissen Sie ja schon. Da hat er mir doch das von Victor erzählt.«

Der Kommissar in Jeans und Lederjacke scharrte ungeduldig mit den Füßen.

»Und worüber haben Sie sonst gesprochen?«, wollte wieder der andere wissen.

»Komische Frage. Sonst haben wir einfach nur geredet. Was man eben so redet, wenn man sich seit Monaten nicht gesehen hat. Wie es geht, was wir so machen. Das Übliche halt.«

Lina spürte deutlich die Zweifel der beiden Männer. Doch sie war sich inzwischen sicher, dass die Kommissare nichts über den wahren Grund ihres Kontaktes zu Victor wussten. So wurde sie zusehends gelassener und hatte schließlich das Gefühl, die Beamten einigermaßen überzeugt zu haben. Sie verabschiedeten sich.

»Tschüss Frau Stucki, bis zum nächsten Mal dann«, sagte der Jüngere trotzdem beim Hinausgehen, nicht gerade freundlich. Er zog die Tür mit mehr Kraft als nötig hinter sich zu. Die Hunde auf ihrer Decke kamen erschrocken auf die Beine.

»Uff, das hätten wir erst einmal geschafft!«

Mit einem lauten Ausatmen ließ sich Lina auf ihrem Stuhl zurücksinken und streckte die Arme zur Decke. Teufel und Madame kamen zu ihr geschlichen. Teufel stupste sie leicht mit der Schnauze an und legte dann seinen Kopf auf Linas Knie. Die großen Augen des Tieres musterten sie aufmerksam.

»Alles nicht so einfach, mein Freund. Aber du verstehst mich, was?«

Gedankenverloren kraulte sie den Hund hinter den Ohren.

»Du natürlich auch, ja, Mädchen!«, murmelte Lina und streichelte auch Madame, deren Schnauze inzwischen auf ihrem anderen Knie lag. Draußen senkte sich frühe Dunkelheit über Strand und Meer. Lina spürte, wie sie wieder ruhig wurde, die Zweifel, die Ängste, welche der erneute Besuch der Polizisten in ihr aufgewühlt hatten, verflüchtigten sich, und die friedliche Stimmung um sie herum begann auch sie zu erfassen. Noch ewig hätte sie hier im Halbdunkel sitzen können. Aber vielleicht verirrten sich ja doch noch ein paar Gäste hierher.

»Ich muss noch bisschen was tun, ihr Lieben.«

Seufzend erhob sich Lina. Die Tiere blickten sie erwartungsvoll an.

»Aber dauert nicht mehr lange. Dann machen wir noch einen schönen Spaziergang und gehen nach Hause.«

Teufel und Madame wedelten zufrieden mit den Schwänzen und zogen sich dann wieder in ihre Ecke zurück. Lina schaltete Innen- und Außenbeleuchtung ein. Das Telefon auf dem Tresen läutete.

»Torten, Suppen, Meer, guten Tag.«

»Hallo, Alina, hier ist Mama.«

Als Angermüller und Jansen in der Possehlstraße ankamen, warteten dort schon Lorenzo Calese und Fabian Köppe in getrennten Räumen auf ihre Vernehmung. Während Calese von der Streife nach Lübeck gebracht worden war, hatten Anja-Lena und ein Kollege den Medizinstudenten aus seiner Wohnung in der Beckergrube geholt. Schließlich hatten die beiden Freunde den Abend in Lübeck zusammen verbracht, und Angermüller war davon überzeugt, dass Köppe von dem Drohbrief wissen musste.

Unterschiedlicher hätte das Verhalten der beiden jungen Männer nicht sein können. Hagebuschs Stiefsohn hockte zusammengesunken am Tisch. Nur ab und zu wanderten seine Augen unruhig durch den leeren Raum, dann starrte er wieder zu Boden.

»Na, der macht ja vielleicht auf obercool«, meinte

Jansen hingegen beim Anblick Fabian Köppes. Es klang nicht unbeeindruckt. Hinter der einseitig verspiegelten Scheibe hing der junge Mann lässig auf seinem Stuhl, dann streckte er wohlig Arme und Beine von sich und gähnte laut und genussvoll.

»Mit wem fangen wir an?«

»Lorenzo Calese. Das dauert bestimmt nicht mehr lange, bis der redet.«

Wie gewöhnlich gab Angermüller den freundlichen, verständnisvollen Vernehmer und versuchte mit eindringlichen Fragen dem Geschehen in der Tatnacht auf die Spur zu kommen. Jansen war der Harte, der Ungeduldige. Besonders Letzteres kam seinem Naturell sehr entgegen. Doch ganz so schnell wie erhofft kamen die Kommissare nicht ans Ziel. Als der Verdächtige weiterhin abstritt, irgendetwas mit dem Drohbrief im Briefkasten seines Stiefvaters zu tun zu haben, hob Jansen mit der Rechten die Kopie hoch und ließ seine Hand direkt vor Calese auf die Tischplatte knallen.

»Sie haben Ihre Chance gehabt, Calese. Wissen Sie, was wir auf dem Original gefunden haben?«

Erschrocken blickte der junge Mann auf.

»Ich hab Ihnen ja schon gesagt, dass unsere Kriminaltechniker wat höchst Interessantes entdeckt haben. Und da gibt es keine Zweifel, da können Sie uns noch so viel erzählen: Auf diesem Schriftstück wurden eindeutig Spuren Ihrer DNA festgestellt.«

Lorenzo Calese schien noch mehr in sich zusammenzusinken. Dann endlich begann er zu reden, ohne Überleitung.

»Am Wochenende bin aus Italien gekommen. Meine Mutter – Sie haben sie ja erlebt. Die ganzen Tage mit ihr allein in Kellenhusen … Alles ist wieder hochgekommen, was ich früher dort von meinem Stiefvater ertragen musste. Ich bin so wütend geworden bei dem Gedanken, wie Victor seine Macht mir gegenüber, einem wehrlosen Kind, ausgenutzt hat. Wie er mich mit seinem Fleischwahn, mit seiner Fleischfresserei traktiert hat, nur um seinen Willen durchzusetzen. Hatte er's dann wieder geschafft, mich kleinzukriegen, war ich ihm völlig egal. Er hat mich gar nicht mehr gesehen.«

Er hielt inne und schien tief in die Vergangenheit eingetaucht.

»Als ich Fabian in Lübeck getroffen habe, war ich noch so mit den Gedanken an Victor beschäftigt, dass ich Fabian davon erzählt habe. Mal wieder. Der kannte die Geschichten ja alle noch von früher. Erst war der ziemlich genervt. Ich müsste das aber endlich mal abstreifen, hat er gemeint. Ja, und dann hatte er die Idee mit dem Drohbrief. Ich war sofort begeistert! Ich hab mir vorgestellt, wie Hagebusch es mit der Angst bekommt – und dieser Gedanke war einfach nur geil!«

»Und weiter?«, fragte Jansen, der seine Unrast kaum noch verbergen konnte, so kurz vor dem erwarteten Geständnis.

»Ich habe mir von der Kellnerin ein Papier geben lassen. Den Text hat sich Fabian ausgedacht. ›Pass auf, Fleischfresser – wir kriegen dich!‹ Ich hab ihn aufgeschrieben und die Tiere als Unterschrift dazu gemalt. Wir haben so gelacht, das können Sie sich gar nicht vorstellen. Ich kriegte schon keine Luft mehr.«

»Ja, und dann?«

Ohne einen Ton zu erzeugen trommelte Jansen mit den Fingern auf die Tischplatte. Angermüller war bemüht, sich seine ebenfalls wachsende Anspannung nicht anmerken zu lassen.

»Wir sind zu seiner Wohnung gefahren. Ach nein, stimmt ja gar nicht«, unterbrach sich Calese, »wir sind erst noch einmal zur Beckergrube. Fabian hat zwei solche Skimützen aus seiner Wohnung geholt, dann sind wir zu Hagebusch. Draußen haben wir uns die Mützen aufgesetzt.«

»Solche Sturmhauben meinen Sie, wo nur die Augen zu sehen sind?«

»Ja, genau. Dann sind wir rein und haben bei ihm an der Wohnungstür geklingelt.«

»Ich denke, Sie wollten nur den Drohbrief in den Kasten stecken?«

»Jaa«, machte der junge Mann zögernd, »schon. Aber wo wir schon mal da waren, meinte Fabian, dann könnten wir ihn auch gleich selbst besuchen.«

»Sie haben zu dem Zeitpunkt also gemeinsam

beschlossen, Victor Hagebusch zu überfallen?«, fragte Angermüller nach.

»Überfallen, na ja. Eigentlich wussten wir gar nicht so genau, was wir dort von ihm wollten. Das war einfach so 'n spontaner Flitz, verstehen Sie?«, erklärte der Junge, dem plötzlich klar zu werden schien, dass er sich um Kopf und Kragen redete.

»Nee, versteh ich nich«, erwiderte Jansen und sah Calese herausfordernd an.

»Oh Mann, wir wollten dem doch nicht ernsthaft was antun!«, schrie der fast.

»Haben Sie sich dann aber anders überlegt, was?«

Angermüller gab Jansen unauffällig ein Zeichen, sich zurückzunehmen. Diese Phase der Vernehmung war äußerst heikel, und man durfte einen so sensiblen Typen wie Calese nicht zu sehr verunsichern. Womöglich machte der dann dicht und sagte gar nichts mehr.

»Immer der Reihe nach«, sagte Angermüller so ruhig wie möglich. »Erzählen Sie bitte weiter.«

»Es hat ja niemand aufgemacht! Da ist niemand an die Tür gekommen!«, berichtete Lorenzo Calese mit Nachdruck.

»Um welche Uhrzeit war das?

»So nach zehn irgendwie.«

Die Kommissare warfen sich einen kurzen Blick zu.

»Ich weiß, das hört sich alles total verrückt an.

Deshalb wollte ich Ihnen das ja auch gar nicht sagen. Ich wusste, Sie denken dann, dass ich es gewesen bin. So ein astreines Motiv wie ich hat schließlich nicht jeder.«

Der Zeuge klang hoffnungslos. Mit hängenden Schultern saß er da und starrte unglücklich vor sich hin.

»Könnten Sie bitte erzählen, was dann geschah.«

»Dann hab ich nur noch den Zettel in den Briefkasten gesteckt, und wir sind zurück in die Kneipe.«

Die Beamten sagten nichts und warteten ab.

»Warum sagen Sie nichts? Das war wirklich alles!«, versicherte Calese mit wachsender Verzweiflung.

Jansen legte einen Klarsichtbeutel der Spurensicherung auf den Tisch.

»Was ist das?«, fragte der junge Mann irritiert, nach einem kurzen Blick auf das darin sichergestellte Gänsestopfrohr.

»Dat wollt ich jetzt eigentlich von Ihnen hören«, erwiderte Jansen ungnädig.

»Ich weiß nicht, was das ist! Ein Trichter oder so was? Keine Ahnung.«

Lorenzo Calese schlug die Hände vors Gesicht. Er schien zu weinen.

»Okay, Herr Calese, wir machen jetzt mal eine Pause«, kündigte Angermüller an. »Möchten Sie etwas trinken? Einen Kaffee, ein Wasser? Sagen Sie dem Kollegen Bescheid, den ich gleich zu Ihnen schicke, ja?«

»Ich möchte nichts trinken! Ich will nach Hause!«, rief der junge Mann entsetzt. »Meine Mutter und …«

»Das wird so schnell nicht möglich sein, tut mir leid.«

»Jetzt streiten Sie das doch nicht ab, Köppe! Ihr Freund hat uns längst alles gesagt«, meinte der Kriminalhauptkommissar nicht mehr ganz so geduldig.

»Guter Trick, Herr Kommissar! Was hat Ihnen denn mein Freund angeblich alles gesagt?«

»Ach ja Köppe, Sie sind ein ganz Plietscher, dat wissen wir doch. Hier!«

Jansens Zeigefinger pochte auf den Drohbrief aus Hagebuschs Briefkasten, der in einer Kopie vor ihnen auf dem Tisch lag.

»Dass Sie den zusammen verfasst haben, hat er erzählt. Und dass Sie anschließend zusammen bei Hagebusch gewesen sind.«

Der Medizinstudent beobachtete aufmerksam die beiden Polizisten. Er schien nachzudenken.

»Ja, dann wissen Sie ja schon alles«, griente er. »Das war so cool! Wir haben diese Warnung geschrieben und uns das Gesicht von dem ollen Hagebusch vorgestellt, wenn er den in seinem Briefkasten findet. Wir hätten uns bald bepisst vor Lachen!«

»Und wieso mussten Sie erst noch die Sturmhauben, man könnte auch sagen, die Gesichtsmasken holen, wenn Sie nur eine Nachricht in seinen Briefkasten stecken wollten?«

»Hä?«

So verständnislos zu schauen wie Fabian Köppe in diesem Moment, das muss man erst einmal können, dachte Angermüller.

»Wovon reden Sie?«

»Mann, Köppe, Sie brauchen nicht mehr rumzicken«, drängelte Jansen, dem das zähe Katz-und-Maus-Spiel mit dem Medizinstudenten auf die Nerven ging. »Wir wissen, dass Sie beide am Montagabend bei Hagebusch waren.«

»In seinem Hausflur, meinen Sie jetzt?«

»Wat wollten Sie mit den Gesichtsmasken?«

»Ich weiß echt nicht, was Sie meinen, Herr Kommissar.«

Köppe sah Jansen gelangweilt an, setzte sich auf seinem Stuhl zurück und verschränkte die Arme vor der Brust. Angermüller spürte die scheinbare Lockerheit seines Kollegen von Minute zu Minute schwinden. Dieser junge Mann war wirklich ein harter Brocken.

»Herr Köppe, Ihre Mühe ist vergebens. Ihr Kumpel hat uns auch das längst gesagt«, meinte der Kriminalhauptkommissar versöhnlich. »Erzählen uns doch auch Sie jetzt einfach mal die ganze Wahrheit.«

Taxierende Blicke trafen die beiden Beamten. Der

junge Mann schien sich genau zu überlegen, was und wie viel er von seinem Wissen preisgeben sollte.

»Wenn Sie alles schon wissen, dann müsste Ihnen eigentlich bekannt sein, dass wir nicht bei Hagebusch waren, sondern nur vor seiner Wohnung. Dass wir geklingelt haben, aber niemand die Tür aufgemacht hat.«

»Die ganze Geschichte, Köppe! Bitte! Und die Gesichtsmasken nicht vergessen«, forderte Jansen genervt.

»Herr Köppe«, korrigierte der Student den Kommissar, das Gesicht zu einem breiten Grinsen verzogen. »So viel Zeit muss sein. Okay, wenn Sie dann endlich Ruhe geben, erzähl ich Ihnen jetzt mal, was war«, setzte er großmütig hinzu. »Auch das mit den Gesichtsmasken.«

KAPITEL VIII

In der ganzen Zeit seit ihrer Rückkehr hatte sie diese Gegend gemieden. Schon der Anblick des alten Leuchtturms von Dameshöved bei den Spaziergängen mit Teufel und Madame reichte aus, dass sie sich irgendwie schlecht fühlte. Vor wie vielen Jahren eigentlich war sie zum letzten Mal hier gewesen? Aber auch im Dunkeln fand sie sich sofort zurecht, erkannte die Felder und Wiesen mit ihren Knicks auf der einen Seite der kleinen Straße und auf der anderen die Häuser, die hinter Hecken verborgen über dem Strand standen, mit freiem Blick aufs Meer. Erinnerungen an ihre Kindheit kamen auf einmal zurück. Wie sie die Sommer am und im Wasser verbracht hatte, mit den Freunden getobt, gesegelt, geangelt hatte. Auch im Winter war der menschenleere Strand ein herrlicher Spielplatz gewesen, sie hatten Strandgut gesammelt, manchmal war die See zugefroren, und zu Silvester waren sie mit dem Rummelpott zu sämtlichen Nachbarn gezogen. Später als Teenager hatten sie Strandpartys gefeiert, sommers wie winters. Sie hatte ganz vergessen, dass sie es auch einmal schön gehabt hatte an diesem Ort.

Die Klingel. Der Gong war immer noch derselbe wie damals. Eine ältere, etwas korpulente Frau öffnete.

»Ja bitte?«

»Guten Abend, ich bin ... ich wollte zu Frau Hagebusch. Sie hat mich vorhin angerufen.«

»Alina, du bist das!«

Ein freudiges Lächeln überzog das Gesicht der Frau.

»Ich hab dich nicht gleich wiedererkannt! Ist ja auch ewig her. Du weißt wahrscheinlich gar nicht mehr, wer ich bin.«

»Doch. Tante Christa«, sagte Lina, die sich plötzlich erinnerte und sich im selben Moment wieder wie ein kleines Mädchen fühlte.

»Komm her, min Deern!«

Christa Baldauf nahm Lina in ihre Arme und drückte sie ausgiebig. Als sie sich wieder löste, fuhr sie sich kurz mit der Hand über die Augen.

»Schön, dass du gekommen bist. Deiner Mutter geht's nicht gut. Aber jetzt komm erst mal rein. Ist ja ziemlich ungemütlich so auf der Schwelle. Ach Gott, wer seid ihr denn?«

Erst jetzt sah die Nachbarin die beiden Hunde, die brav hinter Lina gewartet hatten.

»Das sind Teufel und Madame. Dürfen die mit reinkommen?«

»Aber natürlich! Das ist ja ein Zufall. Dagmar hat mir grad vorhin erzählt, dass sie sich auch einen Hund anschaffen will.«

Lina konnte sich an Zeiten erinnern, da war an ein Tier im Haus nicht zu denken gewesen. Überhaupt spürte sie mit Macht ihre Erinnerungen hochkommen und fragte sich nun doch, ob die Entscheidung, dem Ruf hierher zu folgen, die richtige gewesen war. Aber als Dagmar ihr gesagt hatte, es sei etwas Schreckliches passiert und sie müsse sofort kommen, da war sie ohne weiter zu überlegen zu ihrem Wagen gerannt.

»Kind, wie geht's dir?«

Die Frau, die auch damals schon mit ihrem Mann im Nachbarhaus gewohnt hatte und die für Lina fast so eine Art Mutterersatz gewesen war, die sie um Rat fragen und bei der sie sich ausheulen konnte, warf unter der Flurlampe einen prüfenden Blick auf Lina. Die hob nur ein wenig hilflos die Schultern.

»Gut siehst du aus! Bisschen mager vielleicht, aber hübsch! Leg doch ab. Ich find's wirklich echt klasse von dir, dass du hergekommen bist«, bekräftigte Christa Baldauf noch einmal.

»Tante Christa, das ist alles für mich nicht so einfach, weißt du«, setzte Lina an, doch die Nachbarin unterbrach sie, nahm ihre Hand und tätschelte sie beruhigend.

»Min Deern, du brauchst mir nichts zu erklären. Ich weiß, was du meinst. Aber du wirst sehen, das wird schon irgendwie.«

»Was ist denn eigentlich los? Warum hat sie mich überhaupt angerufen?«

»Die Polizei hat deinen Bruder mitgenommen.«

»Was? Warum?«

»Das kann ich dir leider nicht sagen. Lorenzo hat

bei mir geklingelt, zwei Beamte waren dabei, und er hat mich gebeten, mich um Dagmar zu kümmern, weil er jetzt mit der Polizei mal eben nach Lübeck fahren müsste. Ich hab keine Ahnung, für wie lange. Und außer, dass mir deine Mutter dann erzählt hat, dass euer Stiefvater tot in seiner Wohnung aufgefunden wurde, weiß ich gar nichts.«

»Oh Gott! Lorenzo? Der kann doch aber mit Victors Tod gar nichts zu tun haben!«

Verzweifelt blickte Lina zu der Nachbarin, die mit den Schultern zuckte. Christa Baldauf war so leicht nicht aus der Ruhe zu bringen.

»Mich darfst du nicht fragen. Willst du gleich mal zu deiner Mutter? Sie liegt im Schlafzimmer, aber sie schläft nicht. Ohne Pillen kann sie nämlich gar nicht mehr schlafen. Dagmar nimmt sowieso viel zu viel von dem ganzen Giftzeug. Sie hätte schon vor Jahren mal eine richtige Therapie machen müssen! Aber das ist ein anderes Thema.«

Langsam ging Lina ins Wohnzimmer. Hier hatte sich fast nichts verändert. Die beiden Sofas standen noch wie damals parallel vor dem großen Fenster. Sogar der Geruch war der gleiche wie früher, so eine eigentümliche Mischung nach Holz, frisch gewaschener Wäsche und Äpfeln. Gleich nebenan war das Schlafzimmer, auch noch genau wie früher. Neugierig pirschten die Hunde vor, Teufel stieß mit dem Kopf die angelehnte Tür auf, und schon waren die beiden Tiere hineingeschlüpft.

Vorsichtig öffnete Lina die Tür ganz. Eine Nachttischlampe brannte. Dagmar lehnte im Bett, mehrere Kissen im Rücken. Sie sah blass aus und erschreckend alt und hilflos. Für diese Hilflosigkeit hatte Lina ihre Mutter immer gehasst. Eine Mutter hatte für ihr Kind da zu sein, es zu beschützen, es zu bestärken, es zu lieben. All das hatte Lina vermisst. Sie musste immer allein mit allem fertig werden, sich durchbeißen, sich durchsetzen.

Teufel und Madame leckten Dagmar die Hände, die sie ihnen entgegenstreckte, um die Tiere zu streicheln. Die beiden hatten offensichtlich schon begonnen, sie zu lieben. War ihr Instinkt für den Charakter eines Menschen tatsächlich so untrüglich? Dagmar blickte auf.

»Hallo, Alina. Deine Hunde sind wunderschön! Und sehr lieb.«

Die Vernehmungsräume im siebten Stock der Bezirkskriminalinspektion waren fensterlos. Das Kunstlicht bewirkte, dass einem irgendwann das Zeitgefühl abhanden kam. Angermüller warf einen prüfenden Blick auf seine Armbanduhr. Pünktlich würde er es zu Astrids Geburtstagsfeier auf gar keinen Fall mehr schaffen, denn es ging bereits auf halb acht. Aber er hatte heute ja nicht die Rolle des Gastgebers inne, beruhigte er sich, und dass seine Ermittlungen Vorrang hatten, war außer Diskussion.

Eine andere Einladung konnte er heute gar nicht

wahrnehmen. Von Anita war eine SMS gekommen, genau wie er es erwartet hatte. Sie war zurück von ihrer Fachtagung aus München und wollte ihn treffen. Er antwortete ihr, dass er heute keine Zeit habe, und schlug den nächsten Abend vor. Normalerweise gehörten SMS nicht zu seinen bevorzugten Kommunikationsmitteln. Doch telefonieren wollte er nicht mit Anita. Vielleicht hätte er doch Astrids Geburtstag erwähnt, und wie mokant die junge Rechtsmedizinerin darauf reagiert hätte, das konnte er sich lebhaft vorstellen.

Tatsächlich schien sich Fabian Köppe besonnen zu haben, denn er erzählte schließlich den Beamten, dass er irgendwann in der Kneipe bei seinem Gespräch mit Lorenzo auf die Idee mit den Gesichtsmasken gekommen war.

»Ich fand das irgendwie passend, stilecht halt.«
Spöttisch verzog er seinen Mund.
»Und bei meiner alten Demoausrüstung hatte ich noch'n paar so Hasskappen. Die hab ich dann schnell geholt.«

Aber er bestritt, dass er und Lorenzo von Anfang an einen exakten Plan für einen Überfall bei Hagebusch ausgeheckt hätten.

»Hatten Sie Victor Hagebusch eigentlich früher mal persönlich kennengelernt?«, erkundigte sich der Kriminalhauptkommissar. Köppe verneinte entschieden.

»Bin dem nie begegnet. Und nach dem, was ich

über den weiß, hab ich auch nix verpasst. Im Gegenteil.«

»Ist Ihnen bekannt, dass Hagebusch aktuell sehr intensiv über die Tierschützerszene recherchiert hat?«

»Woher sollte ich das denn wissen?«

Das Gesicht des Medizinstudenten drückte Unverständnis aus.

»Ich weiß nur noch, einmal hat er was über eine unserer Aktionen gegen ein Restaurant geschrieben, das für seine brutalen Massenmorde an Hummern berühmt war. Hunderte Tiere haben die bei lebendigem Leib gekocht. Hummerfestival nannten sie das!«

Er verzog angewidert das Gesicht.

»Aber der Typ hatte überhaupt nichts verstanden. Er hat die ganze Aktion nur ins Lächerliche gezogen. War ein totaler Ignorant.«

Als Jansen ihm das spurensicher eingetütete Gänsestopfrohr präsentierte, zuckte Fabian Köppe erst gleichgültig mit den Schultern, betrachtete es aber intensiv.

»Hey, klar, das ist so 'n Teil, mit dem arme, unschuldige Gänse gequält werden!«, rief er dann. »Ich hab neulich erst so einen Film über Gänsemast in Frankreich gesehen. Liebevoll – das haben die wirklich so gesagt! Liebevoll massieren die Bauern den Gänsen den Hals, während sie gestopft werden. Ist das nicht ein unglaublicher Zynismus? Nur damit irgendwelche Fettsäcke sich mit den Lebern dieser armen Kreaturen noch fetter fressen können!«

Jansen ließ den Zeugen nicht aus den Augen.

»Sonst fällt Ihnen nix dazu ein?«

»Reicht doch, oder?«, gab Köppe hitzig zurück. Er schaute auf das Metall in der Plastiktüte.

»Was hat das Ding eigentlich mit dem Hagebusch zu tun?«

Keiner der beiden Beamten gab eine Antwort. Schließlich ließen Angermüller und Jansen den Medizinstudenten in der Obhut eines Uniformierten zurück und begannen eine zweite Vernehmungsrunde mit Lorenzo Calese. Der junge Mann antwortete nun ohne zu zögern auf alle Fragen. Immer wieder äußerte er zwischendurch die Hoffnung, bald nach Hause gehen zu dürfen. Angermüller und Jansen reagierten darauf vorerst nicht, auch wenn ihnen langsam dämmerte, dass sie kaum etwas in der Hand hatten, das ein Festhalten der beiden Männer im Polizeigewahrsam rechtfertigte. Bis auf ein paar unwesentliche Abweichungen machte Calese die gleichen Angaben wie beim ersten Mal.

»Kann ich jetzt gehen?«

»Wir werden sehen. Es entscheidet sich bald, Herr Calese«, vertröstete ihn Angermüller.

Auch Fabian Köppe erzählte beim zweiten Zusammentreffen mit den Ermittlern genau dasselbe noch einmal, auch dass der Brief und der Besuch bei Hagebusch quasi aus einer verrückten Laune heraus entstanden waren.

»Und wie ich Ihnen vorhin auch schon erklärt habe, klingelten wir bei Hagebusch, aber niemand öffnete. Wir haben's dann auch nicht weiter versucht. Wahrscheinlich war uns inzwischen selbst klar geworden, dass wir eigentlich gar nicht wussten, was wir machen sollten, wenn er wirklich an die Tür kommen würde. Außerdem hatten wir Stimmen in der Wohnung gehört, und dann war der Zeitpunkt für unseren Überraschungsbesuch ja sowieso nicht so günstig«, berichtete Köppe irgendwie amüsiert.

»Können Sie Ihren letzten Satz noch einmal wiederholen?«, fragte Angermüller möglichst beiläufig.

»Spreche ich wirklich so undeutlich? Also, noch einmal zum Mitschreiben: Der Hagebusch hatte wohl schon Besuch, und da wollten wir selbstverständlich nicht stören.«

»Das haben Sie in unserem ersten Gespräch gar nicht erwähnt.«

»Hab ich wohl vergessen, na und?«, stellte Fabian Köppe gleichgültig fest.

»Wie viele Leute haben Sie gehört?«

»Keine Ahnung. Mindestens zwei, würde ich sagen, wahrscheinlich den Hagebusch und seinen Besuch. Aber sagen Sie mal, wir sind doch jetzt durch mit dem Quatsch, oder?«

»Wann wir mit Ihnen fertig sind, dat bestimmen

immer noch wir, Köppe«, wies Jansen den jungen Mann zurecht. Die Laune des Kommissars war im Verlauf der Vernehmungen immer mieser geworden.

»Nee, nee, nee!«
Ein ums andere Mal schüttelte Jansen seinen Kopf. Mit viel zu heftigen Bewegungen legte er die Gänge ein, als ob er sich am Dienstwagen dafür rächen wollte, dass sie die beiden verdächtigen Zeugen wieder nach Hause schicken mussten.
»Dat war ja 'n echter Schuss in' Ofen!«
Der Ton seines Handys erklang. Es war die Mundharmonika aus ›Spiel mir das Lied vom Tod‹.
»Und nu auch noch Vanessa. Da hab ich nur auf gewartet!«
Wütend drückte er das Gespräch weg.
»Nun komm mal wieder runter, Claus. Wir mussten die Burschen gehen lassen. Außer unserem Verdacht haben wir doch bis jetzt nichts gegen sie in der Hand. Und wenn das Motiv noch so ideal wäre – das allein reicht eben nicht. Was wir brauchen, sind konkrete Beweise.«
Jansen antwortete nicht auf Angermüllers Beschwichtigungen. Als die Ampel auf Grün sprang, mussten die Reifen des Passat eine Menge Gummi auf dem Asphalt zurücklassen. Trotz der Stimmung seines Kollegen konnte Angermüller es sich nicht verkneifen, nach Vanessa zu fragen. Er bekam keine

Antwort, jedenfalls eine ganze Weile nicht. Mittlerweile waren sie vor dem neuen Zuhause des Kriminalhauptkommissars angelangt.

»Ich spring schnell raus und hol meine Torte.«

»Vanessa wollte heute mit mir noch einkaufen gehen«, sagte Jansen auf einmal.

»Na, das wird aber nichts mehr, ist ja schon fast neun«, stellte Angermüller nach einem Blick auf die Uhr fest. »Da müsst ihr zwei vielleicht doch essen gehen. Romantisches Candlelight-Dinner beim Italiener?«

»Sie wollte mit mir Klamotten kaufen. Ich brauche unbedingt einen Anzug, sagt sie.«

Jansen starrte durch die Windschutzscheibe, die der Scheibenwischer in großen Intervallen immer wieder vom feinen Sprühregen frei schob.

»Das müsst ihr dann halt verschieben.«

»Ich will gar keinen Anzug. Ich will auch keine Verlobungsfeier mit 50 Gästen.«

Immer noch starrte Jansen nach draußen. Da der Kollege keine Antwort zu erwarten schien und Angermüller ohnehin nicht wusste, was er darauf hätte sagen sollen, stieg er schnell aus.

»Bin gleich wieder da. Danke, dass du mich rumfährst.«

»Komm doch rein, Georg. Hast wieder einen langen Tag gehabt, was?«

Martin klopfte ihm mitfühlend auf die Schulter.

»Aber schön, dass du endlich da bist. Das Geburtstagskind sitzt im Wintergarten.«

Georg hatte nichts gegen Martin, oder jedenfalls schon lange nicht mehr. Aber dass der Kollege seiner Frau sich hier immer als Hausherr aufspielte, auch schon in der Zeit, als Georg noch hier gewohnt hatte, das ging ihm jedes Mal wieder gegen den Strich.

»Oh, was für eine tolle Torte! Sieht ja superlecker aus. Komm, ich nehm sie dir ab«, bot Martin eilfertig an.

»Hallo, Georg.«

Astrid hatte wohl das Klingeln gehört und war auch im Flur erschienen. Sie trug ein meergrünes Strickkleid, das er noch nicht kannte und das sie fantastisch kleidete zu ihrem hellblonden Haar und den graublauen Augen. Er überreichte ihr den Strauß aus roten Rosen und weißen Fresien, den er Anja-Lena noch in letzter Minute hatte besorgen lassen. Rosen und Fresien hatte er immer zu Astrids Geburtstag geschenkt. Er umarmte seine Frau, während er alle möglichen Gemeinplätze an Geburtstagswünschen aussprach, und kam sich ausgesprochen dämlich vor. Zum Schluss drückte er ihr noch einen Kuss auf die Wange.

»Vielen Dank! Und die Fresien, wie die duften. Herrlich!«

Wieder vermeinte Georg hinter Astrids Lächeln eine ungewohnte Melancholie wahrzunehmen, wie schon vor ein paar Tagen. Oder bildete er sich das nur ein? Wahrscheinlich waren das nur seine eigenen gemischten Empfindungen, die sich da spiegelten, besonders wenn er an diesen Ort zurückkam, an dem er anderthalb Jahrzehnte fest verwurzelt war.

»Tatsächlich, du hast ja deinen alten Lodenmantel an.«

Astrid musterte ihn überrascht.

»Die Mädchen haben mir das gestern schon erzählt. Ich wollt das gar nicht glauben.«

Sie schüttelte den Kopf.

»Den kannst du doch wirklich nicht mehr tragen, Georg!«

Augenblicklich waren seine sentimentalen Anflüge verschwunden. Er zuckte mit der Achsel.

»Warum nicht? Er ist warm, nicht kaputt und er passt mir sogar noch. Ich fühl mich da drin wohl.«

»Schade, dass du erst jetzt kommst, Georg«, stellte Astrid fest und überging seine Antwort. »Meine Eltern sind leider schon wieder nach Hause gefahren. Die hätten dich gern wieder einmal gesehen. Aber Papa war so müde.«

»Ich hätte sie auch gern getroffen. Aber wir stecken mitten in einem Mordfall, und du weißt ja …«

»Ich weiß«, sagte Astrid knapp, und beiden war klar, dass sie dieses Thema lieber ruhen lassen sollten. Georgs zuweilen recht unregelmäßige Arbeitszeiten und die daraus resultierenden Probleme in der Organisation des familiären Alltags waren oft genug

Anlass für die zunehmenden Auseinandersetzungen in ihrer Beziehung gewesen.

»Aber ich freu mich, dass du da bist, Georg«, schlug Astrid wieder einen versöhnlichen Ton an.

»Essen und Trinken findest du in der Küche – wie immer. Alle haben was mitgebracht, das ist natürlich nicht wie immer«, lächelte seine Frau, wie ihm schien, entschuldigend. »Ich muss zurück zu den anderen. Wir waren mitten im Gespräch.«

Georg hatte jetzt wirklich Hunger. Nichts außer den beiden Fischbrötchen hatte er den ganzen langen Tag gegessen.

»Wo sind die Kinder?«

»Die sind schon wieder oben. Ich hab ihnen erlaubt, heute ihre Freundinnen Louise und Maike einzuladen.«

Nachdem er seine Töchter begrüßt hatte, die offensichtlich Wichtiges mit ihren Freundinnen zu besprechen hatten und sich sehr kurz angebunden zeigten, begab er sich zum Büffet. Es war bunt und etwas planlos gemischt. Unter anderem gab es zweimal Tomate mit Mozzarella und zweimal Tiramisu. In den Anblick der Speiseauswahl versunken, stand Angermüller da, bis ihm jemand kraftvoll auf die Schulter klopfte.

»Na, Schwager, wie geht's denn so?«

Mit einem breiten Grinsen begrüßte ihn Peter, der Mann von Astrids Schwester Gudrun. Er neigte sich zu Georg.

»Oder darf ich gar nicht mehr Schwager sagen?«
Als er einen etwas befremdeten Blick erntete, boxte er Georg kumpelhaft gegen den Arm.
»Na ja, du hast dich was getraut«, raunte Peter. »Den Weg zurück in die goldene Freiheit. Wir bewundern dich alle. Wir haben unsre Ischen immer noch aufm Buckel.«
Er zeigte mit dem Daumen hinter sich. Dann lachte er dröhnend und sagte laut:
»Darf ich vielleicht was empfehlen? Schieres Fleisch, schön mager für die schlanke Linie.«
Jetzt klopfte Peter auch noch auf den leicht gewölbten Bauch des Kommissars. »Und echt lecker!«
Georg warf einen angeekelten Blick auf die altbekannten Fix und Fertig-Hühnerbeine mit den weißen Papiermanschetten. Sie entstammten wieder einer der Gastronomie-Großpackungen, mit denen Schwager Peter bei diesen Gelegenheiten stets zu glänzen pflegte. Er und Gudrun führten ein Hotel in Niendorf, das nicht unbedingt für seine Küche bekannt war. Georg reagierte weiterhin ausgesprochen einsilbig auf Peters Kommunikationsversuche, sodass der schließlich wieder zu den anderen abzog und seinen Schwager der Auswahl am Büfet überließ.
Schwiegermutter Johanna hatte wie üblich ihre köstliche Lübecker Nusstorte beigesteuert. Und die aufgerissenen Plastikschalen mit mediterranen Spezialitäten waren bestimmt der Beitrag seiner Schwä-

gerin Sigrid. Als er hier noch die Regie führte, hatte es anders ausgesehen, stellte Georg nicht ohne Bedauern fest. Da hatte er sich meist den Tag vorher frei genommen, eingekauft und vorbereitet, gekocht, gebacken und dekoriert und die schönsten Themenbüffets auf die Beine gestellt.

Er stellte sich einen Teller nur mit den Sachen zusammen, die offensichtlich von den Spendern selbst hergestellt worden waren. Natürlich brauchte er eine Weile, bis er sich zu einem Sitzplatz am Esstisch im Wintergarten vorgekämpft hatte, da die meisten der Gäste ihn kannten, begrüßten und ein paar Worte wechseln wollten. Die Nachbarn waren da, auch Margret und Lars, Carola und Klas-Dieter natürlich, zwei von Astrids Kolleginnen und noch so einige andere mehr. Auch Schwager Jochen begrüßte Georg mit ungewohnter Herzlichkeit, begleitet von einem verschwörerischen Augenzwinkern. Schließlich fand er einen Platz neben seinem Freund Steffen, der allein gekommen war, da sein Partner einen Auftrag in Freiburg hatte. David war als viel gefragter Restaurator für Kirchenmalerei häufig irgendwo in Deutschland unterwegs.

Das Hackfleisch vom Blech mit seiner exotischen Note mundete Georg vorzüglich, auch der rohe Möhrensalat mit Nüssen und Rosinen war sehr erfrischend und gut angemacht.

»Und wie findest du meinen Kartoffelsalat?«, erkundigte sich Steffen.

»Er ist köstlich. Diese nussigen Kartoffeln und die Äpfel, das passt ganz wunderbar!«

»Erkennst du die Kartoffelsorte? Die kommen aus deiner Heimat, Schorsch!«

»Das sind Bamberger Hörnla, gell?«

Steffen nickte.

»Die besten Salatkartoffeln, finde ich. Schön festkochend und aromatisch. Drohten ja bis vor Kurzem noch auszusterben. Aber ich denke, so langsam kommen die Leute dahinter, dass es sich lohnt, diese alte Sorte zu erhalten.«

Martin servierte Georg ein Glas Rotspon, den er für diesen Abend besorgt hatte, und wartete gespannt auf sein Urteil.

»Hast du gut ausgesucht, Martin. Ist ein sehr gehaltvoller Stoff, schön samtig, dunkelbeerig und mit feiner Würze. Gefällt mir.«

Stolz ging Martin mit der Flasche zu den anderen Gästen, um nachzuschenken. Georgs anfängliche Befürchtung, der Abend in der vertrauten Umgebung könne unter den neuen Vorzeichen vielleicht peinliche Situationen und Begegnungen auslösen, verflüchtigte sich langsam. Bis auf Astrids Schwestern, bei denen eine gewisse Reserviertheit auszumachen war, fühlte er sich von allen Freunden nicht anders behandelt als früher. Welche Vorbehalte sollten sie auch ihm gegenüber hegen? Schließlich war ihre vorübergehende Trennung eine Sache, die nur ihn und Astrid etwas anging.

Dass Gudrun und Sigrid, die mit ihren Gatten in festgefahrenen, nicht gerade glücklichen Ehen steckten, damit nicht umgehen konnten, war nicht anders zu erwarten gewesen. Auf die quälend langweiligen familiären Zusammenkünfte, bei denen man schlecht aß und sich eigentlich nichts zu sagen hatte, außer den ewig gleichen Sprüchen, hätte Georg ohnehin schon lange verzichten können. Wenn dieser Teil der Familie ihn jetzt nicht mehr einladen würde, umso besser!

Höchstens seine Schwiegereltern, die würde er wohl vermissen. Doch die konnte er ja auch einfach allein besuchen. Dass er Schwiegermutter Johanna einmal so schätzen würde, hätte er sich noch vor kurzer Zeit nicht träumen lassen. Sie war eine strenge, echt lübsche Hanseatin und hatte als solche lange Jahre gebraucht, sich mit ihrem oberfränkischen Schwiegersohn abzufinden, dem man seine Herkunft aus dem Coburger Land immer noch anhörte und der es wohl nie weiter als bis zum Ersten Kriminalhauptkommissar bringen würde. Inzwischen aber schien eine gewisse Altersmilde über sie gekommen zu sein, und so brachten sie und Georg einander nun so etwas wie respektvolle Zuneigung entgegen.

Als Steffens Platz frei wurde, setzte sich Klas-Dieter neben Georg.

»Na, das Labskaus gestern gut überstanden?«

»Wunderbar, danke! Frühstück hab ich heute aber keines gebraucht.«

»Ja, ich war auch ganz schön satt. Sag mal, in der Zeitung konnte ich bis jetzt noch gar nichts finden über die Sache, die du gestern mit Carola besprochen hast.«

»Zum Glück. Wir sind immer ganz froh, wenn wir in Ruhe unseren Ermittlungen nachgehen können, weißt du. Erstens stört das, weil dann meist auch andere Reporter auftauchen und was wissen wollen. Und die Leute von der Zeitung mit den großen Buchstaben zum Beispiel, die können ganz schön lästig sein. Immer auf der Suche nach der absoluten Sensation«, erläuterte Georg und nahm einen Schluck Rotspon. »Und zweitens ist es auch besser, unsere Erkenntnisse nicht an die große Glocke zu hängen, damit wir in Ruhe arbeiten können und nichts an die Öffentlichkeit gerät, woraus der Täter Nutzen für sich ziehen könnte.«

»Und die Kollegen halten alle dicht?«

»Na, das hoff ich doch!«

Georg lachte.

»Aber morgen wirst du voraussichtlich in der Lübecker Zeitung was dazu lesen können. Die wissen schon seit Dienstag davon, haben aber gut mit uns kooperiert und bisher nichts gebracht.«

Die beiden redeten noch eine Weile. Seit Georg den Freund von Carola besser kennengelernt hatte, fand er ihn recht sympathisch. Außerdem hatte sich durch ihn vor allem auch Carola sehr zu ihrem Vorteil verändert, war viel weniger mäkelig und spielte sich mit ihrer Tätigkeit als Gastrokritikerin nicht mehr so unangenehm in den Vordergrund. Irgendwann stellte sich heraus, dass das exotische Hackfleisch vom Blech aus Klas-Dieters Küche stammte. Sie fachsimpelten eine Weile. Schließlich fragte Georg nach dem Rezept, da er die Würzung mit Chili, Zitronengras und Ingwer sehr reizvoll und nachahmenswert fand.

Mit Bedacht stellte sich Georg dann einen Teller mit Nachspeisen zusammen, den er am Küchentisch sitzend mit Genuss verspeiste. Steffen gesellte sich zu ihm und fragte nach dem Fortgang ihrer Arbeit. Sie nutzten den Moment allein und diskutierten ihre Sichtweisen des Hagebusch-Falles. Steffen war der B-Savarin-Almanach für Gastrosophie durchaus bekannt. Aber dass Hagebusch dahinter steckte, hatte auch er nicht gewusst.

»Der Mann war mir bis zu dem Augenblick, da ich ihn in dieser misslichen Lage untersuchen durfte, völlig unbekannt.«

»Zu behaupten, wir wären ein gutes Stück weiter, wäre leider total übertrieben«, schloss Georg schließlich eine kurze Zusammenfassung, die er seinem Freund gegeben hatte.

»Die jungen Männer mussten wir erst einmal gehen lassen, auch wenn beide ein überzeugendes Motiv haben. Aber je länger ich darüber nachdenke, desto öfter frage ich mich, ob die beiden überhaupt etwas mit der Tat zu tun haben können.«

»Ehrlich, Schorsch, auch wenn Motiv und Tatmuster passen: Das ist doch höchst merkwürdig, der Drohbrief im Briefkasten mit dicken Fingerabdrücken und DNA, und in der Wohnung dagegen kein Haar, kein Stäubchen. Da passt was nicht zusammen.«

»Mmh«, machte Georg nicht sehr glücklich. »Seh ich auch so.«

»Aber deine Mandeltorte ist einfach deliziös, wenn dich das tröstet, mein Freund!«, schwärmte Steffen. »Das reine Hüftgold, diese unverschämt fette Buttercreme, aber göttlich!«

»Ihr werdet doch nicht etwa Fachgespräche führen?«

Astrid war hereingekommen und drohte den beiden mit dem Finger.

»Über eure schrecklichen Geschäfte möchte ich heute Abend nichts hören!«

»Wie kannst du auch nur auf die Idee kommen?«, spielte Steffen den Empörten. »Nichts liegt uns ferner als das. Ich habe gerade gemeint, dass Schorsch auch eine Konditorei aufmachen könnte, wenn die Polizei ihn nicht mehr haben will. Seine Mandeltorte ist die reine Sünde!«

»Ich weiß. Die bekomme ich jedes Jahr von ihm zum Geburtstag«, freute sich Astrid. »Ohne Georgs Torte wäre es kein Geburtstag. Bekomme ich auch ein dickes Stück?«

Bis Mitternacht hatte sich die Mehrheit der

Geburtstagsgäste verabschiedet. Die meisten mussten am nächsten Morgen früh aufstehen. Georg natürlich auch. Aber ein kleines Grüppchen hatte sich in der Küche zusammengefunden und die Zeit vergessen. Immer wieder neue Gesprächsthemen fand die Runde, es wurde lebhaft diskutiert und gelacht, der Rotspon floss reichlich, und niemand wollte nach Hause gehen. Selbst die sonst so pflichtbewusste Astrid schien sich richtig wohlzufühlen, ließ immer wieder eine neue Flasche holen und war ausgesprochen fröhlich.

Außer Carola und Klas-Dieter saßen noch Steffen, Martin und Georg mit Astrid um den großen Tisch. Und plötzlich nahm sich Georg vor, nicht eher zu gehen als Martin. Eine völlig idiotische Idee eigentlich, aber das will ich jetzt einfach wissen, dachte er. Auch wenn es mir natürlich egal ist. Da er plötzlich wieder Appetit verspürte, holte er sich noch einen Teller mit Käse. Das tat richtig gut nach dem vielen Rotspon. Astrid, die neben ihm saß, streichelte ihm plötzlich über die Wange und sah ihn liebevoll an.

»Ach mein Schatz, du und dein Appetit! Das wird sich wohl nie ändern.«

Georg wusste gar nicht, was er sagen sollte. Normalerweise war sein ausgeprägtes Genießertum immer ein Ärgernis für seine Frau gewesen. Stets hatte sie versucht, ihn zur Mäßigung aufzurufen. Da gerade ein dickes Stück sahniger Brie in seinem Mund schmolz, konnte er ohnehin nichts tun als stumm zu lächeln. Es gab doch noch eine Menge Rätsel auf der Welt, sinnierte er.

»So«, Martin stand auf. »Es geht auf zwei Uhr. Ich muss jetzt mal nach Hause. Wollen wir Astrid noch ein bisschen aufräumen helfen?«

Wenig später standen alle auf der Straße. Wind war aufgekommen und hatte den Nebel vertrieben. Es war jetzt trocken, aber kalt. Man verabschiedete sich schnell. Alle gingen in verschiedene Richtungen auseinander.

Als Angermüller in seiner Wohnung ankam, hatte ihn die kalte Luft wieder munter gemacht. Trotzdem ging er sofort ins Bett, wo er noch eine ganze Weile wach lag, über Astrid, Martin und sich selbst nachdachte. Wie war er bloß auf die blöde Idee gekommen, Martin überwachen zu wollen? Außerdem, was ging es ihn an? Er lebte von seiner Frau getrennt. Klar, vorübergehend sagten sie beide. Aber glaubte er daran wirklich? Glaubte Astrid daran? Angermüller fand keine Antworten. Endlich fielen ihm die Augen zu, doch er schlief unruhig, träumte wild durcheinander, und als ihn um halb acht das Klingeln seines Handys aus dem Schlaf riss, brauchte er eine ganze Weile, um die Situation zu erfassen.

»Moin, Kollege!«

Das war Jansen. Er klang erschreckend munter.

»Es gibt Neuigkeiten von den IT-Leuten vom ZD. Die haben einen interessanten Fund gemacht.«

Angermüllers Kopf war wie in Watte gepackt und seine Stimme irgendwo verschwunden. Er hustete.
»Bin gleich da.«
Das kam irgendwo von ganz tief unten.
»Sach ma, wat hast du denn für ne Stimme? War wohl ein lustiger Abend gestern?«

KAPITEL IX

Man hört jemanden atmen. Eine behandschuhte Hand malt riesige Buchstaben an eine weiße Wand, die ein kleiner Scheinwerfer beleuchtet. Hier werden Tiere gequält, steht da zu lesen, mit drei Ausrufezeichen und: Tiere sind Lebewesen, genau wie du! Pass bloß auf! Mörder! Es scheint sich um eine Art Scheune oder Stall zu handeln. Jetzt leuchtet etwas silbrig im Lichtstrahl auf, ein großer Bolzenschneider. Zwei Gestalten in weißen Overalls machen sich damit an einem Tor zu schaffen. Metall klappert. Freudiges Geheul.

»Jööh! Wir sind drin!«

Das Atmen wird lauter, im Hintergrund vereinzeltes Gegacker.

»Der Gestank hier drinnen ist unvorstellbar. Es beißt in meinen Lungen. Ich atme Ammoniak pur«, erklärt hektisch eine weibliche Stimme. Immer schneller wird der Atem, geht stoßweise.

»Mir ist übel.«

Grobkörnige Schwarzweißbilder. Mehrere kleine Lichtkegel irrlichtern durch einen großen, dunklen Raum. Auf dem Boden bewegt sich etwas. Federvieh. Puten. Die Tiere liegen in verschmutztem Stroh. Dicht an dicht. Manche heben verwirrt die Köpfe ins Licht, andere öffnen höchstens kurz ein Auge, dann dämmern sie weiter. Dazwischen liegen auch Tierkörper, die sich gar nicht mehr bewegen. Dann wieder die Stimme:

»Hier wachsen Puten. Vor allem wachsen ihre Brüste, der eiweißreiche, angeblich gesunde Rohstoff für viele Wurst- und Fleischspezialitäten. In diesem Dreck, in dieser üblen Luft. Nie zuvor habe ich etwas Vergleichbares gesehen. Wie viele Tiere sind das? Hunderte, Tausende? Sie liegen eng nebeneinander, manchmal aufeinander. Es ist entsetzlich. Es ist noch viel schlimmer, als ich es mir vorgestellt habe.«

Die Kamera schwenkt über ein Gewimmel von Vögeln. Manche versuchen schwankend auf ihre viel zu dünnen Beine zu kommen, wenn das Licht sie erfasst. Ein paar haben es geschafft und waten durch die Masse der anderen, manchmal auch darüber. Viele aber sind zu schwach, um sich aufzustellen, brechen wieder zusammen. Eine der Personen im Overall – insgesamt sind drei zu sehen – bahnt sich vorsichtig einen Weg zwischen den Puten, deutet auf einzelne Tiere, hält ihre Extremitäten in die Kamera.

»Es gibt kaum ein Tier, das keine Geschwüre hat. An den Beinen oder am Kopf. Viele haben Verletzungen. Die Gefieder sind verklebt mit Kot. Es ist unheimlich dreckig hier drin, einfach ekelerregend. Und vor allem ist es unendlich grausam«, sagt jetzt die Frauenstimme. Man hört sie schwer atmen.

Jetzt hebt der Mensch vor der Kamera, dessen Gesicht halb von einem Mundschutz verdeckt wird, einen der Tierkörper hoch. Er ist voller blutiger Stellen und hängt schlaff und leblos in seiner Hand.

»Die Kranken und Schwachen werden von den kräftigeren Artgenossen tot gedrückt in dieser Enge. Sie verenden einfach zwischen den anderen, und anschließend kommt es dann häufig zu Kannibalismus unter den Tieren.«

Wahrscheinlich trägt die Sprecherin auch einen Mundschutz. Ihre Sprache dahinter ist ein wenig verwaschen.

Eine fedrige Gestalt liegt auf dem Boden. Nur ein schwaches Zucken zeigt, das noch Leben darin ist. Eine andere Pute hackt im Vorbeigehen ein paar Mal mit dem Schnabel auf ihren Artgenossen ein. Das am Boden liegende Tier hebt mit größter Anstrengung seinen Kopf. Behutsam streicht eine mit Latex behandschuhte Hand darüber. Erst duckt sich der Vogel ängstlich weg, dann schließt er nur noch matt die Augen und legt sich wieder auf den voll gekoteten Boden. Noch zwei-, dreimal zuckt sein Körper. Dann ist es vorbei. Das Tier ist gestorben.

»Oh Gott, ich ertrag das nicht mehr.«

Die Kamera schwenkt nach unten. Es ist nichts mehr zu erkennen. Das Bild wird dunkel. Man hört ersticktes Schluchzen.

Plötzlich Lärm und Geschrei, dann helles Licht. Eine neue Stimme aus dem Hintergrund, laut, aber unverständlich. Die Tiere beginnen aufgeregt zu gackern.

»Kai! Uwe! Kommt schnell, lasst uns hier abhauen! Du auch, Conny, komm!«

Die weibliche Stimme klingt jetzt ziemlich panisch. Die Kamera tanzt über den Boden. Der Atem der Frau, die sie in der Hand zu halten scheint, geht schnell und hastig. Offensichtlich ist sie auf der Flucht. Doch dann bleibt sie stehen, schon außerhalb der Halle, und reißt die Kamera wieder hoch. Schemenhaft sieht man die Umrisse eines Menschen im Lichteck der geöffneten Scheunentür. Er kommt aus der Tür gestürmt und schwingt drohend einen großen Knüppel. Er scheint etwas zu rufen, ist aber nicht zu verstehen. Dann wird der Bildschirm dunkel.

Einen Moment herrschte Stille in der kleinen Gruppe, die sich vor dem Computer drängte. Anja-Lena schüttelte sich und Jansen verzog das Gesicht mit Widerwillen. Auch Angermüller fand das Gesehene einfach nur abstoßend. Er war jetzt hellwach, allerdings schmerzte sein Kopf ziemlich heftig. Das war der Preis für die lange Nacht, den Wein, den Schnaps. Oh ja, den Vogelbeerbrand aus seinen alten Vorräten, die er beim Umzug vergessen hatte, den hatten sie auch noch ausgetrunken. Bevor er etwas fragen konnte, musste er erst einmal seine Stimmbänder frei kriegen.

»Und wo habt ihr das plötzlich her?«

Jansen schüttelte amüsiert den Kopf über die krächzende Stimme.

»Hat jemand vom ZD vorhin gebracht. Irgendwie war der Speicherstick zwischen all dem Material, das wir von Hagebusch mitgenommen haben, untergegangen. Und dann hat ein findiger Kollege den entdeckt, gesichtet und sich gedacht, der könnte vielleicht für uns von Interesse sein.«

»Da hat der Kollege ganz richtig gedacht«, bestätigte der Kriminalhauptkommissar, immer noch gegen seine Heiserkeit kämpfend. »Aber so was ist natürlich Mist, dass wir das erst heute zu sehen bekommen.«

Er nahm die Lesebrille ab und sah in die Runde.

»Tja, da haben wir ja eine Verbindung von Hagebusch zu den Tierschützern.«

»Sieht so aus, als wollte der da eine ganz große Geschichte draus machen«, meinte Thomas Niemann. »Mit diesem Video und dem ganzen Dossier, das Hagebusch über die Leute gesammelt hat. Das hat denen bestimmt nicht gefallen.«

»Mmh«, machte Angermüller, »aber da ist noch was ganz anderes. Du hast die Stimme doch auch erkannt, oder, Claus?«

»Die ja«, feixte der. »Wolln wir gleich los?«

»Sie lebe, sie lebe, sie lebe dreimal hoch, hoch, hoch! Sie lebe, sie lebe, sie lebe dreimal hoch!«

Fröhlich schallte der Gesang der Frauen durchs

Café. Nachdem sämtliche Zeilen der Geburtstagshymne abgesungen waren, klangen die Sektgläser aneinander, und dann fiel eine Freundin nach der anderen dem Geburtstagskind um den Hals.

»Alles Gute, liebe Monika!«

»Alles Liebe für dich!«

»Monika, meine allerherzlichsten Glückwünsche!«

Die Geburtstagsgesellschaft war wieder ein willkommenes Geschäft für Lina im geschäftlich sehr verhaltenen November. Im Dezember sah es dann wieder besser aus, mit Advents- und Weihnachtsfeiern und steigenden Touristenzahlen über die Feiertage bis ins neue Jahr. Gutgelaunt bereitete Lina die gewünschten Kaffees und Tees. Monika Harksen, die Gastgeberin, ließ sich nicht lumpen. Zehn Damen hatte sie zum Brunch eingeladen und nur vom Feinsten bestellt.

»Ist schließlich mein 60.«, hatte sie bei der Vorbesprechung gesagt. »Mal muss ich mir doch was gönnen. Kinder hab ich nich – und für wen soll ich sparen? Oder, Lina?«

Lina war das nur recht. Sie stellte zwei neue Flaschen Prosecco auf den Tisch und fragte, ob alles so in Ordnung sei. Der Tisch bog sich unter der Speisenvielfalt: Omelette mit Gemüsefüllung, Mozzarella-Auflauf, russische Lachspastetchen, zwei Salate, Makrelenmousse, Käseauswahl und noch mehr, nicht zu reden von einer hoch aufgetürmten Schokoladensahnetorte und zwei Kuchen – die Damen speisten hochzufrieden.

Monika Harksen sah blendend aus mit ihrer modischen Kurzhaarfrisur und den sportlichen Klamotten. Die Lippen hatte sie in einem frischen Rot geschminkt, passend zur Farbe ihrer Nägel. Na ja, es war vielleicht ein bisschen zu viel des Guten, aber wenn Lina dagegen an Dagmar dachte, die sogar zwei Jahre jünger war … Immer noch spürte sie das Erschrecken, als sie nach fast 18 Jahren gestern Abend ihrer Mutter gegenübergetreten war und eine alte Frau vorgefunden hatte. Im selben Moment waren ihr die Wut und der Hass, die sie all die Jahre beim Gedanken an ihre Mutter empfunden hatte, irgendwie unangebracht erschienen. Diese kranke, graue Frau war keine gleichwertige Gegnerin, gegen so jemanden brauchte sie nicht mehr kämpfen. Dagmar war schon längst besiegt, von sich selbst, von ihrem eigenen Leben. Sie kam Lina vor wie ein Vogel mit gestutzten Flügeln, der verängstigt im Nest hockte und aus eigener Kraft nicht mehr davonfliegen konnte. Nicht dass Lina jetzt ihrer Mutter die Gefühle einer Tochter entgegengebracht hätte, das konnte sie nicht. Vielleicht war es dafür nur zu früh, vielleicht aber würde sie das nie können, aber zumindest konnte sie Dagmar wieder begegnen und mit ihr reden, ganz normalen, menschlichen Umgang pflegen.

Natürlich hatte eine große Verlegenheit über dem

Beginn ihrer gestrigen Begegnung gelegen. Niemand hatte Lina beigebracht, wie sie sich in so einem Moment verhalten sollte, noch hatte sie selbst sich je Gedanken darüber gemacht, so unwahrscheinlich war ihr ein Wiedersehen erschienen. Zum Glück hatte Christa Baldauf mit ihrer bodenständigen Art die Situation etwas aufgelockert. Sie hatte einen Tee gekocht und sich dazugesetzt, im richtigen Moment die richtigen Fragen gestellt oder ein neues Thema angesprochen. Auch Teufel und Madame hatten mit ihrem Spieltrieb und ihrem Betteln um Aufmerksamkeit ihren Teil dazu beigetragen, peinliche Stille zu vermeiden. Und schließlich hatte die gemeinsame Sorge um Lorenzo alles andere überschattet. Sollten sie bei der Polizei anrufen, sollten sie einen Anwalt einschalten? Sie setzten sich eine Frist, nach der sie tätig werden wollten, sollten sie von Lorenzo bis dahin nichts gehört haben.

Doch dann meldete er sich über sein Handy und endlich, nach einer gefühlten Ewigkeit voller Ängste und Sorgen, kam er wieder nach Hause. Er sah geschafft aus, war aber unheimlich aufgedreht und schien sich sehr über Linas unerwartete Anwesenheit im Haus der Mutter zu freuen.

»Ihr wollt jetzt bestimmt mal unter euch sein«, bemerkte die Nachbarin irgendwann und zog sich diskret nach Hause zurück.

Dagmar war aus dem Bett aufgestanden, als ihr Sohn endlich heimgekommen war. Lorenzo wollte erst einmal nur reden, alles loswerden, über den Montagabend in Lübeck, über seine Stunden bei der Polizei. Auch wenn sich das alles etwas verrückt anhörte, was Fabian und Lorenzo zusammen verzapft hatten, der Drohbrief, die Hasskappen – Lina glaubte ihrem Bruder. Dagmar schien vieles von dem, was er sagte, gar nicht zu verstehen, Lina aber wurde langsam klar, wie krank ihre Mutter inzwischen tatsächlich war, ob von den vielen Psychopharmaka oder aus anderen Gründen. Als er alles erzählt hatte, verlangte Lorenzo nach Essen. Jetzt, wo der Stress von ihm abgefallen war, hatte er Hunger. Lina hatte die Vorräte durchsucht und schließlich Spaghetti gekocht und frische Butter darüber schmelzen lassen. Ein Stück Parmesan zum Darüberreiben fand sich auch noch im Kühlschrank, und so hatten sie zu dritt in der Küche gegessen. Wäre es nicht unter diesen Vorzeichen gewesen, hätte man fast von einem gemütlichen Abend reden können.

Lina versorgte die Damen der Geburtstagsgesellschaft mit neuen Getränken. Dann stand sie am Fenster und sah hinaus in den kalten Vormittag. Die Lübecker Zeitung hatte heute über Victors gewaltsamen Tod berichtet. Doch Genaueres über die Tat und irgendwelche Verdächtige war nicht erwähnt worden. Nur die langjährige Tätigkeit Victors für das Blatt hatten sie hervorgehoben. Hoffentlich hat das jetzt bald ein Ende, dachte Lina, dass wir uns auch noch nach seinem Tod ständig mit Victor auseinandersetzen müssen. Vielleicht würde seine Ermordung publizistisch noch ein paar Wellen schlagen, doch wenn er dann endlich unter der Erde war, dann war es wohl vorbei. Wer würde sich um seine Beerdigung kümmern? Dagmar etwa? Oder gab es noch andere Verwandte? Lina wusste es nicht.

Glänzende Wolkenschichten verbargen die Novembersonne, die den Horizont über der Ostsee rosa färbte. Der Strand lag einsam da. Bis auf zwei Männer, die langsam näher kamen, war auch auf der Promenade niemand unterwegs. Plötzlich brach die Sonne durch. Geblendet von der unerwarteten Helligkeit wandte Lina den Kopf. Die Tür vom ›Torten, Suppen, Meer‹ wurde geöffnet, und die zwei Männer von der Promenade betraten das Café. Der Kochrezepte sammelnde Kommissar grüßte freundlich, sein mürrischer Kollege nickte nur mit dem Kopf. Beide guckten sie so komisch an, fand Lina. Ihr schwante nichts Gutes. Es war doch noch nicht vorbei.

Keine fünf Minuten dauerte es, da erschien das junge Mädchen, das Angermüller und Jansen schon bei ihrem ersten Besuch im Café gesehen hatten.

»Okay, Dany, schreib einfach alle Getränke und Extras auf, die Frau Harksen und ihre Gäste bestellen. Ich mach die Abrechnung mit ihr dann morgen. Wenn du die Hunde so in zwei Stunden mal raus lässt, das reicht. Aber so lang wird das ja hoffentlich jetzt nicht dauern.«

Die Chefin vom ›Torten, Suppen, Meer‹ warf einen schnellen Seitenblick auf die Beamten.

»Den Schlüssel hast du ja auch, falls du doch abschließen musst, und wenn sonst noch was ist, Handy hab ich dabei. Und vielen Dank, Dany, dass du so spontan eingesprungen bist!«

Auf dem kurzen Weg zu dem Apartmenthaus, wo Lina Stucki in Kellenhusen lebte, beobachtete Angermüller die junge Frau im Rückspiegel. Ihre dunklen Locken hatte sie heute im Nacken zusammengebunden. Ihr Kopf war zur Seite gedreht, und sie hielt den Blick auf die Häuser rechts der Straße gerichtet. Äußerlich machte sie einen gefassten Eindruck, nur ihr schneller Lidschlag verriet, dass es in ihrem Inneren wohl etwas anders aussah. Noch im Café hatten die Beamten Lina Stucki den neongrünen Speicherstick präsentiert. Sie hatte nicht sehr überrascht gewirkt.

»Ja, der ist von mir. Aber der hat mit Victor nichts zu tun!«

»Tschuldigung?«, hatte Jansen ziemlich ungnädig protestiert. »Bei Hagebusch ham wir dat Ding doch gefunden!«

»Ich weiß.«

Die Caféchefin hatte unruhig zu ihren Gästen geschaut, die sich an der Geburtstagstafel scheinbar gut unterhielten.

»Ich meine doch nur, er hat nichts mit seinem Tod zu tun. Aber das ist eine längere Geschichte. Das kann ich Ihnen jetzt hier nicht erzählen.« Und ohne dass Angermüller oder Jansen noch etwas gesagt hätten, hatte sie sofort ihre Aushilfe angerufen.

Die kleine Wohnung lag zu ebener Erde, hatte zwei Zimmer, Küche, Bad, war sparsam und unspektakulär eingerichtet, wirkte dabei aber recht wohnlich. Im großen Raum, der offenbar als Wohn-, Arbeits- und Esszimmer diente, gab es einen Schreibtisch mit Computer, einen Esstisch sowie eine Couch und mehrere Sessel. Durch eine Tür konnte man in den Garten hinter dem Haus gelangen, der hauptsächlich aus Rasen und Büschen bestand. Zwei Amaryllen blühten auf der Fensterbank, und an der Wand hingen ein paar Plakate. Auf dem einen war eine Kuh zu sehen, über deren ganze Körperseite ein Scanner gedruckt war, darunter augenscheinlich der Titel eines Films namens ›Food Inc.‹, ein anderes forderte unter dem Abbild eines durchgekreuzten Tiefkühlhuhns zu einer Demonstration auf mit dem Motto ›Bauernhöfe statt Agrarfabriken‹. Sie nahmen am Esstisch Platz. Jansen legte den Datenstick vor Lena Stucki auf den Tisch.

»Na, denn vertelln Sie uns doch mal wat zu diesem Teil«, forderte er die junge Frau auf und schaltete das Diktiergerät ein. Er murmelte Ort, Datum, Uhrzeit und Anlass und verschränkte dann abwartend die Arme vor der Brust.

»Was möchten Sie denn wissen?«, kam es leise zurück. Man konnte Lina Stucki den Druck ansehen, unter dem sie zu stehen schien. Jansen stieß unmutig die Luft aus. Bevor sein Kollege die Zeugin mit seiner wenig zartfühlenden Art gänzlich abschrecken würde, schaltete Angermüller sich lieber selbst ein. Nach einer Kopfschmerztablette und reichlich Mineralwasser fühlte er sich wieder um einiges besser. Nur seine Stimme klang noch ziemlich angegriffen.

»Dieser Datenträger gehört also Ihnen und Sie wissen, was sich darauf befindet?«

»Ja«, Lina Stucki nickte. »Da ist das Video drauf, das wir auf dieser Geflügelfarm gedreht haben.«

»Vielleicht fangen Sie dann einfach damit an, uns zu erklären, wer diese Bilder aufgenommen hat und warum.«

»Also, einige Freunde und ich haben im letzten Jahr beschlossen, nicht immer nur über die schrecklichen Zustände in der tierquälerischen Fleischproduktion zu reden, sondern auch selbst was dagegen zu tun. Wir sind keine politische Gruppe oder so was, nicht einmal alle von uns sind Vegetarier oder Veganer,« sie unterbrach sich. »Wissen Sie, dass das ein total blödes Gefühl ist, wenn ich Ihnen das jetzt so erzähle? Ich komme mir vor wie eine Verräterin! Ich bin schuld, wenn meine Freunde jetzt Schwierigkeiten bekommen.«

»Ich glaube, ich weiß, was Sie meinen, Frau Stucki. Es ehrt Sie, dass Sie Ihre Freunde schützen wollten«, erwiderte Angermüller nicht ohne Verständnis. »Und ich kann Ihnen nicht widersprechen. Sie alle werden Schwierigkeiten bekommen. Wahrscheinlich wird es eine Anzeige gegen Sie und die anderen geben. Doch Sie wussten ja vorher, dass Sie sich strafbar machen. Aber wir ermitteln hier in einem Tötungsdelikt, und dieser Stick befand sich im Besitz des Opfers. Ich muss Sie also leider bitten, mit Ihrer Schilderung fortzufahren und nichts auszulassen.«

Die Zeugin holte tief Luft und schloss die Augen.

»Wir sind ein Kreis von Leuten, die sich schon lange kennen und einfach ein Unwohlsein empfinden beim Anblick der Billigfleischberge in den Supermärkten. Wir haben also angefangen, Informationen zu sammeln, wo in unserer Umgebung Tierfabriken stehen, wo die Tiere unter grausamen Bedingungen massenhaft gehalten werden und in welchen Läden solches Fleisch verkauft wird. Unsere Erkenntnisse haben wir ins Internet gestellt, manchmal haben wir auch Flugblätter verfasst und vor Lebensmittelmärkten und Discountern verteilt.«

»So was wie das hier?«, wollte Angermüller wissen und nahm ein Blatt von einem der Stapel, die neben ihnen im Regal lagen. Ein paar qualitativ nicht sehr hochwertige Fotos von krank aussehendem oder verendetem Federvieh waren neben einen Text gestellt.

»Guten Tag, mein Name tut hier nichts zur Sache, abgesehen davon, dass ich gar keinen habe«, las der

Kriminalhauptkommissar laut vor. »Ich erblickte das Licht der Welt vor ungefähr einem halben Jahr. Doch es war nicht die Sonne, in die ich blinzelte, es war das Kunstlicht in einer Brüterei. Und so weiter, und so weiter.«

Missmutig klopfte Claus Jansen mit dem Zeigefinger gegen seine Lippen. Die Zeugin ließ er nicht aus den Augen.

»Ja, genau. Solche Flugblätter haben wir unter den Leuten verteilt, wenn sie zum Einkaufen gingen«, bestätigte die junge Frau. Während sie die Motivation für ihr Engagement zu erklären versuchte, wurde sie zusehends ruhiger.

»Aber das und alles andere hat nicht viel gebracht. Es ist sehr schwer, die Aufmerksamkeit der Verbraucher auf diese Problematik zu lenken. Die horchen immer nur auf, wenn es einen neuen Lebensmittelskandal gibt. Dann ekeln sie sich oder haben Angst um ihre Gesundheit, essen eine Zeit lang kein Fleisch mehr, kaufen nur noch Bio-Eier und drei Wochen später ist alles wieder vergessen. Ja, da haben wir gedacht, unsere Aktionen müssten irgendwie spektakulärer werden.«

»Und da haben Sie dieses Video gedreht?«

»Ja, genau. Uwe, der wohnt in so einem kleinen Ort im Norden vom Ratzeburger See, und da in der Nähe liegt dieser Geflügelhof. Und da haben wir angefangen.«

»Wer war alles dabei bei dieser Aktion?«

Lina Stucki nannte die Namen von zwei Männern und einer Frau.

»Und was hat der Hagebusch da nu mit zu schaffen?«, ging Jansen ungeduldig dazwischen. »Is das auch einer von Ihren komischen Freunden, oder wie?«

»Quatsch! Was denken Sie denn?«, reagierte Lina Stucki gereizt. »Außerdem hab ich keine komischen Freunde!«

»Erzählen Sie bitte weiter, Frau Stucki«, bat Angermüller und stieß Jansen unter dem Tisch gegen das Schienbein. »Sie haben sich also nicht wegen finanzieller Hilfe für Ihr Café an Hagebusch gewandt?«

»Ich hatte keinen Kontakt zu Victor, bis ich ihm vor ein paar Wochen zufällig in Lübeck über den Weg gelaufen bin. Ich hab mich nicht gerade gefreut, ihn zu treffen, aber irgendwie war ich auch neugierig, wie er so drauf ist, nach all den Jahren. Er hat mich auf einen Kaffee eingeladen und sogar versucht, sich mit mir zu unterhalten. Er hat gefragt, wie's geht und was ich so mache, aber die meiste Zeit hat er geredet, erzählt, was für tolle Sachen er zu tun hat, für wen er alles arbeitet, welche Kontakte er hat, diesen ganzen Kram. Von seiner Gastrosophie-Seite im Internet hat er lang und breit berichtet. Da war er ganz der Alte. Vielleicht hat er mich mit etwas mehr Respekt behandelt, schließlich bin ich ja kein Kind mehr, aber im Grunde hat er mich als Person genauso wenig wahrgenommen wie früher. Doch zumindest etwas scheint er registriert zu haben, denn eines Tages rief er mich an und fragte nach unseren Aktionen gegen industrielle Massentierhaltung, von denen ich ihm ein bisschen was erzählt hatte. Ob wir da immer noch dran wären und so.«

»Wollte er sich Ihnen etwa anschließen?«, fragte Angermüller erstaunt.

»Nicht direkt. Er bot sich aber an, mithilfe seiner Medienkontakte für unsere Sache eine größere Öffentlichkeit zu schaffen. Ich hab ihm gesagt, da müsste ich erst einmal drüber nachdenken. Ehrlich gesagt konnte ich mir nicht vorstellen, was ausgerechnet jemand wie er plötzlich für die Sache der Tiere tun wollte. Ich erinnerte mich natürlich vor allem an seine Fressorgien früher, bei denen Berge von Fleisch auf den Tisch kamen.«

Sie schaute einen Moment nachdenklich vor sich hin.

»Dann hab ich gedacht, na ja, vielleicht hat er sich ja doch geändert. Auf seiner Feinschmeckerseite schrieb er ja auch viel über die Qualität der Lebensmittel, wie wichtig es sei, wie die Sachen produziert werden, wo man was einkauft und so. Das hat er auch mir gegenüber noch einmal betont. Er schien wirklich interessiert an sauberer Produktion, Nachhaltigkeit, artgerechter Tierhaltung und so, wie ja viele der großen Köche inzwischen auch. Meinen Freunden hab ich allerdings nichts von meinen Kontakten zu ihm erzählt. Ich wollte erst einmal sehen, wie sich das alles mit ihm entwickelt und was er wirklich für uns tun kann.«

Lina Stucki senkte den Kopf und seufzte.

»Ich muss wohl ziemlich naiv gewesen sein, jemandem wie Victor zu glauben, dass er sich für irgendeine gute Sache einsetzt. Er hat sich im Grunde ja immer nur für sich selbst interessiert. Empathie für irgendwen oder irgendwas war für ihn damals wie heute ein absolutes Fremdwort.«

»Wann und wie ist Ihnen klar geworden, dass Sie sich wahrscheinlich doch getäuscht haben?«

»Vergangenen Montagabend, als wir mal wieder ein Projekttreffen in Lübeck hatten.«

»Ach so, der Abend, als Sie bei den alten Freunden waren, die Sie nur mal so zum Quatschen und Feiern besucht haben wollten, wie Sie uns erzählt haben?«, stellte der Kriminalhauptkommissar leicht indigniert fest. Die junge Frau achtete auf seinen Einwurf gar nicht.

»Wir haben alle zusammen einen Film angeschaut über industrielle Agrarproduktion, Massentierhaltung und was alles so damit zusammenhängt. Der Film war sehr gut gemacht, sehr informativ, aber auch furchtbar grausam. Ich war völlig fertig danach.«

In einer nervösen Bewegung rieb sie sich mit der Hand über die Stirn.

»Eigentlich wollte ich den anderen an diesem Abend über meine Kontakte zu Victor berichten.

Ich hatte ihm inzwischen nämlich den Stick hier mit dem Video über unsere Aktion übergeben. Victor war extra hierher zu mir gekommen, um sich das Ding bei mir abzuholen. Er wolle da groß was draus machen, hatte er versprochen, er hätte beste Beziehungen zum *Stern* und so. Und das wollte ich meinen Freunden quasi als Überraschung präsentieren. Ich war auch ein bisschen stolz drauf. Tja …«

Lina Stucki hatte eine Strähne aus ihrem Haar gezogen und wickelte sich diese ein ums andere Mal um den Finger.

»Aber Uwe wollte uns an dem Abend unbedingt noch zeigen, was er über eine Firma in Meckpomm gesammelt hatte, die ausschließlich Produkte aus Geflügelfleisch herstellt. Und da hab ich es mitgekriegt.«

»Was haben Sie mitgekriegt?«

»Dass Victor genau für diese Leute arbeitete!«

»Meinen Sie die Feinkostmanufaktur Landglück?«

Etwas erstaunt bestätigte Lina Stucki Angermüllers Nachfrage.

»Genau. Uwe hatte da so einen Flyer über das Sortiment der Firma, und da stand ein von Victor namentlich gezeichneter Artikel über die köstlichen Landglück-Pasteten drin.«

Im Gesicht der Zeugin stand immer noch der Schrecken angesichts ihrer Erkenntnis.

»Ich war richtig geschockt. Wer weiß, was Victor mit dem Video anstellen würde, dachte ich! Vor allem, weil doch die Namen meiner Freunde da drin genannt werden und unsere Stimmen zu hören sind. Schließlich waren wir in den Stall eingebrochen und haben einigen Schaden verursacht. Ich hatte natürlich eine Riesenangst, weil es allein meine Schuld war, wenn wir jetzt Ärger mit den Bullen, also ich meine, mit der Polizei kriegen würden.«

»Ja, ja, immer die blöden Bullen. Und da wollten Sie sich das Video natürlich sofort von Hagebusch zurückholen«, stellte Jansen hämisch fest.

»Ja, hätt ich gern«, gab Lina Stucki aufgebracht zurück und warf dem Kommissar einen verärgerten Blick zu. Endlich ließ sie ihre Haarsträhne los.

»Aber die anderen sollten davon ja nichts wissen, und am Montagabend hatte mich Kai in seinem Auto nach Lübeck mitgenommen, also konnte ich da nicht mehr zu Victor.«

»Und Ihren Kumpels ham Sie also überhaupt nichts von Ihrem Deal mit Hagebusch erzählt? Obwohl Sie so ne Angst hatten, dass der dem Bauern wat steckt oder zur Polizei geht?«

Jansen schien Lina Stuckis Version nicht glauben zu wollen.

»Vielleicht waren Ihre Tierfreunde ja bei Hagebusch und wollten ihm den Stick wieder abnehmen.«

»Das ist doch Quatsch!«, wehrte sich die junge Frau. »Meine Freunde haben doch bis heute gar keine Ahnung, dass er das Video hatte. Und dann hätte ich ja nicht am nächsten Abend noch versucht, Victor zu besuchen, oder? Das ist die Wahrheit!«

»Beruhigen Sie sich, Frau Stucki. Erzählen Sie bitte weiter«, verlangte Angermüller in sachlichem Ton. »Wann haben Sie dann versucht, Hagebusch zu treffen?«

»Das wissen Sie doch schon.«

»Würden Sie es bitte trotzdem noch einmal schildern.«

»Den ganzen nächsten Tag über hab ich versucht, Victor telefonisch zu erreichen. Aber sein Handy war wohl abgeschaltet. Und da bin ich am Dienstagabend wieder nach Lübeck gefahren. Allein. Und das Weitere kennen Sie ja: Victor war nicht da, oder …«, sie stockte einen Moment. »An der Wohnungstür klebte dieses komische Siegel. Jedenfalls habe ich ihm nur eine Nachricht in den Briefkasten gesteckt. Und danach hab ich erst von meinem Bruder erfahren, dass Victor tot ist.«

Angermüller nickte.

»Und Ihr Bruder? Was hat der mit den Tierfreunden zu tun?«

»Wenn Sie damit meine Freunde meinen: Gar nichts. Lorenzo lebt ja schon lange in Italien und kommt nur ab und zu mal zu Besuch hierher. So weit ich weiß, hat er früher manchmal mit seiner WG bei Aktionen mitgemacht, aber in irgendeiner Gruppe ist er nicht, nie gewesen.«

»Sind Sie und Ihre Freunde öfter auf diesem Geflügelhof gewesen?«

»Nein. Ich war nur das eine Mal da. Ich muss das auch nicht noch mal haben, ehrlich gesagt. So was Schlimmes, wie da in dieser Halle, hatte ich noch nie vorher erlebt.«

Allein der Gedanke daran ließ sie offenbar schaudern.

»Und Ihre Freunde?«

Die junge Frau lehnte sich zurück und schlang die Arme um ihre Schultern, wie um sich zu wärmen. Es war ihr anzusehen, wie sehr ihr die Frage widerstrebte.

»Die wollten Dienstagabend noch einmal dorthin.«

»Mmh«, machte Angermüller und schaute Lina Stucki nachdenklich an. Dienstag? War das jetzt wieder nur Zufall? Schon die ganze Zeit merkte er, dass sich etwas an der Perspektive verschob.

»Sagen Sie, dieser Geflügelhof, wo genau liegt der noch mal?«, hakte er nach. »Hat der einen Namen oder wissen Sie, wem er gehört?«

Sie nannte den Namen eines kleinen Dorfes in der Nähe vom Ratzeburger See.

»Und der Hof liegt vielleicht einen halben Kilometer weg davon. Der Besitzer heißt Oswald. Oswalds

Qualitätsputen steht da auf so einem Schild am Zaun.«

Die Blicke der Kommissare kreuzten sich für einen kurzen Moment. Auch für Jansen schien die Auskunft der Zeugin eher eine Bestätigung als eine Überraschung zu sein.

»Hatten Sie Hagebusch eigentlich erzählt, auf welchem Hof Sie das Video gedreht haben?«, wollte Angermüller wissen.

»Ich denke schon, aber genau weiß ich das nicht mehr.«

»Haben Sie sich das Video zusammen mit Hagebusch angesehen? Hat er was dazu gesagt? Kannte er den Geflügelhof?«

»Ja, wir haben es zusammen angeschaut, aber ob er den Geflügelhof schon kannte, keine Ahnung. Victor sagte nur, die Aufnahmen wären gut gemacht und sehr aussagekräftig. Er wollte vielleicht sogar versuchen, das Ganze ins Fernsehen zu bringen. Er meinte nur noch, es wäre wichtig, dass wir das Firmenschild auch drin haben. Das hatten wir natürlich auch filmen wollen. Ich hab das nur vergessen, weil plötzlich dieser Mann aufgetaucht ist und wir so überstürzt abhauen mussten.«

»Verstehe«, nickte der Kriminalhauptkommissar.

Als Angermüller die Vernehmung schließlich für beendet erklärte, war die junge Frau sichtbar erleichtert, andererseits fragte sie besorgt: »Sagen Sie, wie geht das weiter? Ich meine, wegen der Einbrüche und so. Was machen Sie jetzt mit meinen Freunden?«

»Wir machen mit denen gar nichts, das fällt nicht in unsere Zuständigkeit. Aber früher oder später werden unsere Informationen weitergeleitet, und wenn der Besitzer des Geflügelhofes Anzeige erstattet, werden Sie das von unseren Kollegen erfahren.«

»Irgendwie hab ich von Anfang an gewusst, dass sie uns etwas verschwiegen hat. Aber nun konnte sie ja nicht mehr anders und ist endlich damit herausgerückt«, sagte Angermüller mit Nachdruck und einer gewissen Befriedigung. »Allerdings halte ich es für ziemlich unwahrscheinlich, dass sie und ihre Freunde etwas mit Hagebuschs Tod zu tun haben. Wie siehst du das?«

Er schaute Lina Stucki nach, wie sie zu ihrem Café eilte. Sie hatten die junge Frau zurückgefahren. Schnell war sie aus dem Auto gesprungen und hatte sich mit einem knappen Tschüss verabschiedet.

»Tscha, wenn ick dat man wüsste«, meinte Jansen mit Bedauern. »Und wat nu moken?«

In schnellem Rhythmus trommelten seine Finger aufs Lenkrad.

»Zu uns bestellen oder zu ihm tohuus?«

»Lass uns direkt dorthin fahren. Wie lange brauchen wir etwa?«

»Ich bring uns inner Dreiviertelstunde hin.«

Angermüller freute sich über die schnell getroffene

Entscheidung. Bei Weitem nicht immer herrschte zwischen seinem Kollegen und ihm solch unkomplizierte Einigkeit. Durch das Video hatten sie jetzt ein Bindeglied zwischen den Tierschützern und Hagebusch, zwar anders als ursprünglich angenommen, aber immerhin. Eine ungeduldige Erwartung lag in der Luft. Die beiden Männer sprachen kaum. Ab und zu nur durchbrach die Stimme aus dem Navi die angespannte Stille.

Vor ihnen kreuzte eine lebende Kette, aufgereiht aus Wildgänsen, über den Himmel. Erstaunlich, wie die Tiere immer wieder in ihre Formation zurückfanden, wenn sie einmal den Anschluss verloren hatten, ging es Angermüller durch den Kopf, bevor seine Gedanken wieder um ihren Fall zu kreisen begannen. In gewohnt sportlichem Fahrstil lenkte Jansen den Dienstwagen zügig in Richtung Süden. Die Bäume an den Rändern der Felder und Wiesen reckten ihre kahlen Äste wie filigrane Scherenschnitte ins Gegenlicht. Dahinter drehte sich ein ganzes Heer von Windrädern in der steifen Brise.

Schließlich wechselten sie von der A 1 auf die A 20 und bald schon nahmen sie die Ausfahrt Groß Sarau. Die Landstraße führte sie am ehemaligen Gut Tüschenbek vorbei, wo ihnen ein einziges Auto begegnete, sonst wirkte die Gegend wie ausgestorben. Nach ein paar Hundert Metern gelangten sie rechts über eine kleinere Straße zu einer schmalen Zufahrt und kurz darauf waren sie am Ziel.

Hier war nichts herausgeputzt oder einladend. Hinter einem schlichten Bauernhaus, das wahrscheinlich in den 60er-Jahren etwas lieblos modernisiert worden war, duckten sich drei große Hallen in die leicht hügelige Landschaft. Bis auf einige Oberlichter waren sie fensterlos.

Als sie näher kamen, erkannte Angermüller an der Wand die immer noch schwach unter übergepinselter weißer Farbe hervorschimmernden Buchstaben der Parolen der Tierschützer. Von der Straße aus betrachtet hätte es auch ein nicht mehr bewirtschaftetes Gelände sein können. Einzig drei auf dem schmucklosen, asphaltierten Hof abgestellte Autos wiesen auf Leben hin. Vor der einen Halle standen ein größerer und ein kleiner Lieferwagen, beide weiß lackiert mit einem dicken, blauen Streifen mit der Firmenbezeichnung versehen, sowie ein ziemlich alter, mattgrüner Mercedes-PKW. Das gesamte Anwesen erweckte den Eindruck, möglichst wenig Aufmerksamkeit auf sich ziehen zu wollen.

»Guten Tag!«

Überrascht, aber nicht unfreundlich empfing sie an der Haustür eine vielleicht 50-jährige Frau in Jeans und Sweatshirt, über die sie eine Schürze gebunden hatte.

»Ach, haben Sie was herausgefunden über diese Leute, die bei uns in den Ställen randaliert haben? Das wird meinen Mann aber freuen. Kommen Sie doch rein bitte!«, lud sie die Kommissare ein, nachdem die sich vorgestellt hatten.

»Ist Ihr Mann denn da?«

»Der muss jede Minute kommen. Bei uns gibt's gleich Mittag.«

Sie nestelte an ihrer Schürze, als ob sie diese für den unerwarteten Besuch ablegen wollte.

»Sehn Sie, da kommt er ja schon!«

Mit energischen Schritten kam ein Mann in Gummistiefeln und einem grünen Overall über den Hof gestapft.

»Moin«, sagte er nicht gerade erfreut. »Was gibt's denn? Ham Sie etwa die Kerle erwischt?«

»Guten Tag, Herr Oswald. Wir müssten Sie mal sprechen. Wir haben hier nämlich was Interessantes, das wir Ihnen zeigen wollen.«

Angermüller deutete auf den Laptop, den Jansen unterm Arm hatte.

»Gehn Sie schon mal vor. Viel Zeit hab ich nich. Aber ich komm gleich.«

Oswald zog sich im Windfang vor der Haustür die Gummistiefel aus. In dem teils aus Glasbausteinen gemauerten Eingang standen eine Reihe schmutziger Arbeitsschuhe und Gummistiefel, und an den Haken darüber hingen Regenjacken und Overalls.

»Das sieht wieder aus hier! Ich bin die Woche noch gar nicht zum Aufräumen gekommen«, entschuldigte sich Frau Oswald. »Kommen Sie doch bitte in die Stube!«

Sie strich sich eine Strähne ihres rotbraun gefärbten Haares aus dem Gesicht. Am Ansatz der praktisch kurz und gerade geschnittenen Frisur schimmerte es grau hervor. Die Frau führte sie durch den Flur, wo Angermüller auf einem Schränkchen die Lübecker Zeitung liegen sah. ›Journalist Victor Hagebusch tot – Mitarbeiter der Lübecker Zeitung wurde ermordet‹, prangte die Überschrift über Hagebuschs Porträtfoto auf der Titelseite.

Gardinen mit akkuratem Faltenwurf hinderten das Licht, das geräumige Wohnzimmer wirklich zu erhellen. Den altrosa Teppichboden, der die Farbe der sorgsam drapierten Übervorhänge aufnahm, bedeckten zusätzlich Teppiche mit Orientmustern, und ziemlich viele Möbelstücke, auf alt getrimmt und mit auffallenden Messingbeschlägen versehen, standen drum herum. Eine wuchtige Ledergarnitur befand sich gegenüber von einem großen Fernseher. In den Glasschränken und auf dem Sofa war eine Sammlung von Puppen in festlichen Kleidchen arrangiert, blühende Orchideen schmückten die Fensterbänke, und Sträuße und Sträußchen aus Kunstblumen waren allenthalben verteilt. Eine offen stehende Schiebetür gab den Blick in einen weiteren Raum frei, der in ähnlichem Stil eingerichtet wohl als Esszimmer diente.

»Vielleicht können wir uns dort an den Tisch setzen?«, fragte Angermüller.

»Bitte, gern. Wir essen sowieso in der Küche.«

Die Kommissare nahmen Platz. Jansen fuhr den Laptop hoch und holte den Stick aus der Tasche. In der gleichen blauen Arbeitshose und seinem dicken Troyer, wie am Mittwoch bei der Feinkostmanufaktur Landglück, erschien Oswald jetzt in Hausschuhen an der Tür. Er wirkte irgendwie unentschlossen.

»Ja, Herr Oswald, dann kommen Sie doch mal«, forderte Angermüller den Bauern auf. »Und wir müssten bitte mit Ihrem Mann allein sprechen, Frau Oswald«, wandte er sich an die Frau, die abwartend neben dem Tisch stehen geblieben war.

»Ja, ja, kein Problem! Ich muss mich ja sowieso noch um mein Mittag kümmern«, sagte sie schnell und ging zur Tür. Ihr Gesichtsausdruck verriet, dass sie wohl lieber dabeigeblieben wäre.

Zwar war dies sein Zuhause, trotzdem wirkte Oswald irgendwie eingeschüchtert. Vorsichtig setzte sich der große, kräftige Mann mit dem rotblonden Schopf auf einen der Stühle. Die Umgebung voller Rüschen, Blümchen und Messing wollte einfach nicht zu ihm passen.

»Mit wie vielen Leuten führen Sie eigentlich Ihren Betrieb hier?«, fragte Angermüller erst einmal, um die Situation zu entspannen, während Jansen das Diktiergerät auspackte.

»Dat is eigentlich fast nur Familie, meine Frau und unser Ältester, und ab und zu mal eine Aushilfe. Der jüngere Sohn geht noch zur Schule.«

»Und wie läuft es so bei Ihnen?«

»Schlecht. Die Verarbeitungsbetriebe wollen immer weniger für unsere Tiere bezahlen, weil alles immer billiger werden muss. Schon lange wollten wir eine eigene Schlachtanlage haben, aber für die Investition langt dat nich. Und dann noch die Tierschützer, die ganzen Schauergeschichten im Fernsehen. Nee, dat mokt keen Spaß mehr.«

Der Bauer schüttelte resigniert den Kopf.

»Ja, Herr Oswald. Wir hatten Ihnen ja gesagt, wir melden uns, wenn wir bei unseren Ermittlungen auf Hinweise zu den Einbrüchen bei Ihnen stoßen. Und genau deshalb sind wir heute hier. Mein Kollege zeichnet unser Gespräch auf«, Angermüller zeigte auf den kleinen Recorder. »Dann wollen wir uns jetzt erstmal was zusammen anschauen, ja?«

Der Angesprochene nickte kaum merklich. Die Neugier, was ihn wohl jetzt erwartete, war ihm deutlich anzusehen. Jansen startete das Video. Aufmerksam beobachteten die Beamten den Bauern, während die Bilder der Tierschützer und der gequälten Kreaturen über den Bildschirm liefen, mit Lina Stuckis Kommentar im Hintergrund. Oswald atmete schwer, aber das war wohl seinem Übergewicht zuzuschreiben. Auch das gerötete Gesicht hing sicherlich eher mit seiner Konstitution als mit irgendeiner Scham über das Gesehene zusammen. Bis auf den Anfang, als die Parolen an den Hallenwänden auftauchten, blieb der Putenzüchter, den sie als polternden Choleriker kennengelernt hatten, erstaunlicherweise die ganze Zeit, während das Video lief, ruhig und gab keinen einzigen Kommentar dazu ab. Erst wieder am Ende des Films, als die nicht klar erkennbare Person mit dem Knüppel drohte, da schnaufte Oswald plötzlich noch ein bisschen lauter.

»Nun, was sagen Sie dazu?«

»Wat soll ich sagen? Dat is mein Hof. Und dat sind ja wohl die Burschen, die hier eingebrochen sind«, grummelte er achselzuckend.

»Wussten Sie, dass die Leute hier bei Ihnen gefilmt haben?«, fragte Angermüller den Bauern. »Der Mann mit dem Knüppel, der am Ende des Videos zu sehen ist, das sind ja wohl Sie?«

»Ja, dat bin ich. Und dat is ja wohl mein gutes Recht, mein Haus und Hof gegen diese Verbrecher zu verteidigen, oder nich?«, brauste Oswald auf.

»Dahin zielt meine Frage nicht. Ich wollte nur von Ihnen wissen, ob Sie mitbekommen haben, dass die Tierschützer in Ihrer Halle gefilmt haben.«

»Tierschützer! Wenn ich dat schon höre!«

Oswald sah die Beamten kaum an. Mit leicht gesenktem Kopf stieß er seine ganze Wut in Richtung Teppich heraus. Inzwischen war seine Gesichtsfarbe zu Purpurrot gewechselt. Puterrot, das passt ja, dachte Angermüller.

»Dat is allns rechtens, wie wir dat hier machen mit den Viechern. Dat wird überall woanders ganz genauso gemacht. Und dat is nu man kein Streichelzoo! Und ich kann Ihnen sagen, dat is harte Arbeit für meine Familie und mich. Und reich wirst damit auch nich.«

»Herr Oswald! Herr Oswald!«, rief Angermüller laut, um dem Geschimpfe des Mannes Einhalt zu gebieten. »Ich wollte etwas anderes von Ihnen wissen!«

»Nee, dat wusst ich nich, dat die Idioten hier gefilmt haben«, gab Oswald endlich Auskunft und fiel kraftlos auf seinen Stuhl zurück.

»Sagt Ihnen der Name Victor Hagebusch etwas?«

»Kenn ich nich«, kam prompt die Antwort.

»Ach, haben Sie heute noch nicht in die Zeitung gesehen? Das Bild auf der Titelseite?«

»Ach so, der is dat. Ja, hab ich gelesen«, murmelte Oswald ohne aufzusehen. »Kenn ich aber trotzdem nich.«

»Im Rahmen unserer Ermittlungen haben wir bei Victor Hagebusch dieses Video mit den Bildern aus Ihrem Stall gefunden.«

Stur hielt der Bauer den Kopf gesenkt.

»Tscha, wat soll ich dazu sagen?«

»Überrascht Sie das denn gar nicht?«

»Von mir hat er's bestimmt nich«, war die trotzige Reaktion. Der Teppich bekam dazu einen Tritt.

»Außerdem sollten Sie jetzt vielleicht lieber mal die Kerle verhaften, die bei mir eingebrochen sind!«

»Tut mir leid, Herr Oswald, dafür sind wir nicht zuständig. Aber Sie brauchen nur eine Anzeige gegen

Unbekannt zu stellen, wenn Sie's noch nicht getan haben, dann geht das seinen Gang, und die Kollegen nehmen die Ermittlungen auf.«

»Und dann passiert widder nix! Ich weiß doch, wie dat lööpt!«, begann sich der Mann immer weiter aufzuspulen.

»Wo waren Sie Montagabend, Herr Oswald?«

Die Frage schien er nicht erwartet zu haben. Er stutzte kurz und sah hoch.

»Wieso?«

»Jetzt langt mir das«, brach es plötzlich aus Jansen heraus, der die ganze Zeit stumm daneben gesessen hatte, mit immer schneller wippendem Bein und wachsendem Unmut, wie Angermüller schon aufgefallen war.

»Wir sind nicht zum Spaß hier, Herr Oswald. Wir ermitteln in einem Tötungsdelikt, und wenn Sie erlauben, dann stellen wir hier die Fragen, die wir für richtig halten, ob Ihnen dat passt oder nich! Sagen Sie uns jetzt mal, was Sie Montagabend gemacht haben?«

Der scharfe Ton des Kommissars zeigte Wirkung.

»Also Montag?«, überlegte Oswald. Er schien intensiv nachzudenken.

»Da bin ich den ganzen Abend hier gewesen«, sagte er dann.

»Hier zu Hause?«

»Na, ich war wohl erst noch 'n büschen in den Ställen zu Gange, hab Futter gemischt, Bestellungen vorbereitet, den Hänger fertig gemacht. Und dann hab ich ferngesehen.«

»Kann das jemand bestätigen?«

»Weiß nich. Mein Sohn oder meine Frau.«

»Gut, das klären wir gleich.«

Angermüller sah fragend zu seinem Kollegen.

»Vielen Dank, das war's erstmal, Herr Oswald«, beendete er dann die Vernehmung und erhob sich. »Wir reden nur noch kurz mit Ihrer Frau. Allein.«

Aus der Küche roch es intensiv nach Essen, ziemlich würzig nach angebratenem Fleisch und irgendwie auch nach Kohl. Die Beamten klopften kurz, bevor sie eintraten. Auf dem Herd dampfte es aus verschiedenen Töpfen. Mit gerötetem Gesicht stand Frau Oswald daneben, eine große Packung Kartoffelflocken in der Hand.

»Ach, sind Sie schon fertig? Dann kann ich ja jetzt mein Kartoffelpüree machen.«

»Wir haben nur noch eine kurze Frage an Sie, Frau Oswald.«

»An mich?«, fragte die Frau verunsichert, stellte das Paket mit dem Püree neben den Herd und strich sich die Hände an der Schürze ab.

»Setzen Sie sich doch, bitte.«

»Danke, so lang dauert's nicht. Kommen Ihre Söhne heute nicht zum Essen?«, fragte Angermüller mit Blick auf die zwei aufgedeckten Teller auf dem Küchentisch.

»Der Große wohnt schon lange nicht mehr hier. Der geht zurzeit immer zu seiner Frau nach Hause zum Essen. Die beiden haben vor vier Wochen ein kleines Mädchen bekommen. Und Lennart, unser Kleiner, kommt erst später aus der Schule.«

»Wie alt ist denn Ihr Kleiner?«

»Na ja, der ist auch schon 17.«

»Wir wollten eigentlich nur wissen, wo Ihr Mann Montagabend gewesen ist, Frau Oswald.«

»Montag?«, sie schaute ein wenig überrascht, dann sagte sie: »Montag, da hatt ich mein Treffen von den Landfrauen. Die Margit hatte Geburtstag, und wir haben 'n büschen gefeiert. Ich war wohl so bei halb zwölf wieder hier. Da hat Jan Otto noch vorm Fernseher gesessen.«

»Und Ihr Sohn Lennart? Wo war der?«

»Der war ganz bestimmt auch hier. Wahrscheinlich vorm Computer oben in seinem Zimmer.«

»Na gut. Das war's schon, danke Ihnen. Und guten Appetit!«

Angermüller deutete auf die Töpfe.

»Was gibt's denn?«

»Putengulasch, Kartoffelpüree und Rosenkohl.«

KAPITEL X

»Was hältst du davon, jetzt eine Pause einzulegen?«

»Hast Hunger gekriegt? Auf leckeres Putengulasch, oder wat?«

Jansen konnte es einfach nicht lassen.

»Quatsch. Das wär wirklich das Letzte, was ich essen wollte! Und nicht erst seit dem Video heute morgen. Ob Hähnchen oder Pute, solches geschmackloses Billiggeflügel aus Massentierhaltung rühr ich schon seit Jahren nicht mehr an«, wehrte sich Angermüller. »Aber ich denke, wir sollten mal in Ruhe über alles sprechen, was sich so Neues ergeben hat.«

Der Kriminalhauptkommissar drehte sich zum Seitenfenster, vor dem die Braun- und Umbratöne der Novemberlandschaft vorbeizogen. Das in den letzten Stunden Gehörte und Gesehene schien sich in seinem Kopf fortwährend zu drehen. Auf einem leuchtend grünen Feld standen drei Rehe und taten sich an der frisch aufgegangenen Saat gütlich, für alle sichtbar und gar nicht weit von der Straße.

»Hunger hab ich allerdings auch. Und wenn ich Hunger hab, kann ich nicht richtig denken. Bin heute Morgen ja ohne Frühstück losgestürzt, nachdem du mich angerufen hattest.«

»Ich könnt auch was zwischen die Kiemen vertragen. Aber hier in der Pampa finden wir bestimmt nix Ordentliches.«

»Weißt du was, lass uns über Groß Grönau fahren. Da im Bistro im Forsthaus können wir eine Kleinigkeit essen und in Ruhe über alles reden.«

»Dat is aber nix mit weißen Tischdecken, Kellnern in langen Schürzen und so wat?«

Das Bistro gab sich schon als ein etwas besseres Restaurant, doch nachdem Jansen das panierte Schnitzel mit Pommes frites auf der Speisekarte entdeckt hatte, war er zufrieden. Angermüller orderte Bratheringe in Sauer mit Bratkartoffeln. Im Vorraum hatte er die Lübecker Zeitung erspäht und den Artikel zu Hagebusch überflogen. Er war recht knapp gehalten, und Details darüber, wie der Mann zu Tode gekommen war, fehlten unter Hinweis auf die laufenden polizeilichen Ermittlungen. Abgesehen davon, dass sie ja auch keine Informationen nach draußen gegeben hatten, fand Angermüller diese Zurückhaltung sehr erfreulich.

»Wie siehst du das denn inzwischen? Bleiben wir an Lorenzo Calese und seinem Freund dran?«

»Wenn ich dat man wüsste, phh«, machte Jansen unentschlossen.

»Also, gestern Abend hab ich Steffen getroffen, weißt schon, unsern Rechtsmediziner. Und der meinte, die beiden Jungs mit ihrem Drohbrief – ein Motiv hätten die ja und auch das Tatmuster könnte passen. Aber das kommt ihm höchst unwahrscheinlich vor, dass die am Tatort so gut wie keine Spur hinterlassen, aber so einen Zettel voll mit Fingerabdrücken und DNA in den Kasten schmeißen. Ich find das auch ziemlich unlogisch, muss ich sagen.«

Jansen nahm einen großen Schluck von seinem Spezi. Dass ihn die Aussage seines Kollegen nicht freute, war ihm deutlich anzusehen.

»Tscha, dat is wohl so, wie du sechst. Aber das können natürlich auch ganz andere Leute aus der Szene gewesen sein, die den Hagebusch erledigt haben.«

»Möglich. Aber nach dem, was wir heute erfahren haben, sollten wir erst einmal Folgendes herausfinden: Wollte der Hagebusch seiner Stieftochter Alina und ihren Tierschützern wirklich helfen? Oder wollte er sie drankriegen und ihre illegalen Aktionen anprangern?«

»Der hat doch bestimmt nur überlegt, wat die dickere Schlagzeile bringt.«

Angermüller wiegte seinen Kopf.

»Ja, wahrscheinlich. Aber ich weiß nicht, Claus. Mir geht da inzwischen noch was ganz anderes im Kopf rum.«

Die Bedienung brachte das Essen. Die Portionen waren großzügig bemessen und sehr appetitlich angerichtet. Jansen stürzte sich sofort mit Heißhunger auf sein Schnitzel. Sein Kollege aß mit Ruhe und Bedacht und genoss einen Bissen nach dem anderen von dem würzigen Fischgericht und den knusprigen

Bratkartoffeln. Er schien vollkommen von einer stillen Freude an den Köstlichkeiten auf seinem Teller absorbiert.

Doch plötzlich sagte er: »Weißt du noch, der Chef von der Ulmenschenke, was der über Hagebusch erzählt hat?«

»Dat der ihn in die Pfanne gehauen hat, als er nicht mehr so wollte wie der Hagebusch«, nuschelte Jansen mit vollen Backen.

Sorgsam sortierte sich Angermüller ein weiteres Stück Brathering mit goldbraun gebratenen Kartoffeln auf die Gabel und schob sie sich in den Mund. Jansen hatte sein Mahl inzwischen schon beendet.

»Genau. Weil der Hagebusch grundsätzlich mit so was nicht umgehen konnte. Ich meine, es bedeutete ja nicht einmal eine finanzielle Einbuße für ihn. Er konnte nur nicht mehr als der wohl informierte Insider auftreten, der in der Ulmenschenke hofiert und gepäppelt wurde. Und das durfte der Mann mit seinem übermächtigen Narzissmus natürlich nicht zulassen.«

Der nächste Happen des sauren Bratfischs wurde genüsslich verspeist.

»Narzissmus? Glaubst du, der war krank der Hagebusch, oder wat?«

»Direkt krank vielleicht nicht. Ich bin kein Fachmann, aber nach allem, was wir über den gehört haben, denke ich schon, dass er in die Richtung gestört war. Selbstüberschätzung, Verkennung der Realität, Aggression bei mangelnder Anerkennung. Das ist ein weites Feld. Immer wenn jemand nicht mehr mit ihm zusammenarbeiten wollte, seine Kompetenz anzweifelte, ihn sozusagen aus seinem Kreis verstieß, fühlte sich der Hagebusch persönlich gekränkt, in seiner Ehre verletzt, was weiß ich. Darüber konnte der nicht einfach so hinwegsehen.«

Während Angermüller die letzten Reste seiner Mahlzeit auf die Gabel sortierte, fuhr er fort:

»Ja, und der Petermann hat aber so getan, als ob es überhaupt kein Problem war, die Zusammenarbeit mit Hagebusch von einem Tag auf den anderen zu beenden. Da frage ich mich doch, warum sollte einer wie Hagebusch das plötzlich einfach so hinnehmen? Da ist doch irgendwas schief.«

»Und dann hat die Stucki das von ihren Aktionen bei den Puten erzählt, und da hat der Hagebusch gedacht, holla, das passt«, führte Jansen den Gedanken weiter, »denn die Puten von dem Oswald sind die Grundlage für die vielen leckeren Sachen, die der Petermann in seiner Klitsche da zusammenrührt. Da könnt ich dem ordentlich einen überbraten.«

Der Kriminalhauptkommissar nickte. Zufrieden legte er das Besteck zusammen und wischte sich mit der Serviette um den Mund. Die Bedienung trat heran, um die leeren Teller abzuräumen, und erkundigte sich nach der Zufriedenheit ihrer Gäste.

»Das war genau das Richtige jetzt. Ganz wunderbar!«, kommentierte Angermüller und bestellte noch einen Espresso.

»Glaubst du eigentlich, der Oswald hat vielleicht nicht die Wahrheit gesagt und den Hagebusch doch gekannt?«

»Weiß nich. Dat der irgendwie nervös is, weil die Polizei zu ihm kommt, kannst ja nich grade behaupten. Der hat ja eher so den Bullerkopp gemacht, der Oswald.«

»Auffallend ruhig war er nur, als er das Video gesehen hat – warum auch immer.«

»Und die Ansage, dat er den Hagebusch nich kannte, die kam wie aus der Pistole geschossen. Das fand ich irgendwie komisch.«

Beide schwiegen.

»Noch mal zurück zu Hagebusch und seiner gekränkten Ehre«, fing Angermüller dann wieder an. »Ich kann mir irgendwie nicht vorstellen, dass der Mann plötzlich zu einem engagierten Tierschützer geworden ist. Aber mit dem Video hatte er eben auf einmal richtig was in der Hand. Damit hätte er nicht nur dem Oswald, sondern vor allem dem Petermann so richtig Ärger machen können.«

»Na klar. Dat Video im Fernsehen mit einem kleinen Hinweis auf seine Firma hätt dem Petermann bestimmt nich gefallen.«

»Ich denke, da kann uns nur der Herr Petermann selbst weiterhelfen. Dann fahren wir doch gleich mal hin und zeigen ihm dieses Werbefilmchen über seine hochwertigen Rohstoffe.«

»Dat machen wir glatt.«

Sie bezahlten ihre Rechnung, und Angermüller trank schnell seinen Espresso.

»Weißt wat, wir sind aber auch Dösbaddel!«, stellte Jansen plötzlich fest. »Die ganzen Botten, die da im Hauseingang standen, Mensch! Wir müssten da eigentlich noch mal hin, bevor wir zu Petermann fahren.«

»Meinst du, das bringt uns was? Glaubst du denn, der Oswald könnte direkt was mit der Geschichte zu tun haben?«

»Weiß nich. Einfach der Vollständigkeit wegen. Das gehört zumindest zu unserer Ermittlungssorgfalt.«

»Ermittlungssorgfalt! Tsss«, Angermüller musste grinsen. »Du redest ja schon wie unser verehrter Kriminaldirektor!«

»Außerdem is dat ja wohl kein Alibi, wenn er angeblich zu Hause war und seine Frau, die das bestätigen soll, gar nich da gewesen ist. Und ob der Sohn dat besser kann, müssen wir erst noch abchecken.«

»Du hast recht. Kann nicht schaden, noch einmal dort vorbeizuschauen. Auch wenn ich nicht glaube, dass jemand die Klamotten, die er bei einem Verbrechen getragen hat, einfach so in seinen Hausflur packt. Aber wir machen das, was dein Pflichtgefühl verlangt. Liegt ja fast am Weg.«

»Okay. Ich verschwinde noch mal – und denn lass uns los.«

Auch Angermüller stand von seinem Stuhl auf und ging nach draußen zum Wagen. Dankbar knöpfte er seinen alten Lodenmantel zu, der ihn perfekt gegen die zunehmende Kälte schützte. Und Astrid hätte das gute Stück am liebsten zur Altkleidersammlung gegeben! An den entblätterten Büschen neben dem mit nur wenigen Autos belegten Parkplatz schrumpelten die Hagebuttenfrüchte im fahlen Herbstlicht. Der Kommissar sah zum Himmel, über den sich blauviolette Schlieren zogen. Ob es heute vielleicht schon den ersten Schnee geben würde? Sein Handy sandte das Signal für eine eingehende SMS. Anita schlug vor, sich heute Abend in der Bar des großen Hotels am Holstenhafen zu treffen. War das ein unerwarteter Anflug von Romantik bei ihr? Auf der Terrasse dort hatte er mit ihr den Abend vor ihrer ersten gemeinsamen Nacht verbracht, erinnerte sich Angermüller. Aber Romantik, das passte nicht zu ihr.

Ach ja, Anita. Irgendwie war er plötzlich unschlüssig, ob er ihr Interesse an seiner Person weiterhin einfach als angenehme Abwechslung genießen wollte. Die kapriziöse, junge Rechtsmedizinerin war völlig anders als Astrid, viel lockerer, nicht immer so unglaublich ernsthaft und vernünftig. Charakteristisch für Anita war aber auch eine gewisse Unverbindlichkeit, zumindest was ihr Privatleben anbetraf. Sesshaftigkeit und Konstanz waren ihre Sache nicht.

Andererseits schien sie manchmal genau darunter zu leiden. Auch Kinder waren in ihrem Lebensentwurf nicht vorgesehen. Sie wollte frei und unabhängig bleiben, betonte sie immer. Nur bezüglich ihrer Karriere sah das anders aus, dafür nahm sie manche Einschränkung ihrer individuellen Freiheit in Kauf. Wenn Angermüller ehrlich war, lagen ihm viele von Anitas Vorstellungen ziemlich fern, und im Grunde suchte er für sich nach etwas ganz anderem. Bevor er die Betrachtung seiner Lebensphilosophie vertiefen konnte, tauchte Jansen wieder auf. Da Angermüller mit der zierlichen Tastatur seines Handys ohnehin auf Kriegsfuß stand, schickte er Anita nur ein simples ›Okay‹ zurück.

»Ach, was gibt's denn noch?«

Frau Oswald, jetzt ohne Schürze, schaute überrascht, als die Kommissare nur eine Stunde später schon wieder vor ihrer Tür standen.

»Mein Mann ist aber nicht da.«

»Wir wollten ihn gar nicht unbedingt sprechen.« Angermüller sah sich in dem Windfang um.

»Ach, Sie haben inzwischen aufgeräumt? Hier standen doch vorhin so viele Gummistiefel herum.«

»Wissen Sie, wenn Sie zwei Männer im Haus haben, manchmal drei sogar! Da kannst reden und machen und tun – dat geht nich in die Köppe rein. Die lernen einfach nicht, was Ordnung heißt.«

Frau Oswald schüttelte empört den Kopf.

»Und immer Freitag räum ich denn gründlich auf, steck alles in die Waschmaschine. Ist ja man nich so, dat meine Jungs zu wenig Botten und Klamotten hätten. Die haben genug zum Wechseln, die machen's nur nich von allein.«

»Ja, ich versteh«, nickte Angermüller. »Sagen Sie, welche Schuhgröße hat eigentlich Ihr Mann, Frau Oswald?«

»Jan Otto hat 46,5. Der tut auf großem Fuß leben, und die Kinder kommen auch nach ihm. Der Große hat 46, und Lennart is mit 43 auch schon gut dabei. Und dat kost ein Geld, wenn die Füße so schnell wachsen, dat glaubst nich! Alle paar Monate neue Schuhe.«

Plötzlich unterbrach die Frau ihr Lamento.

»Aber sagen Sie mal, warum wollen Sie das eigentlich alles wissen? Wieso interessieren Sie sich für die Schuhe meines Mannes? Hat das auch was mit der Bande zu tun, die hier immer einbricht?«

Ihr misstrauischer Blick streifte die Beamten.

»Indirekt ja«, bestätigte Angermüller.

So richtig zufrieden war Frau Oswald nicht mit der Auskunft.

»Hören Sie, wenn Sie denken, mein Mann hat was mit dem Tod von diesem Zeitungsmenschen zu tun!«

»Wie kommen Sie jetzt darauf?«

»Jan Otto hat mir doch vorhin erzählt, dass Sie ihn nach dem gefragt haben, von dem heute das in der Lübecker steht. Jan Otto kennt den Mann doch gar nicht! Warum soll er dem was tun? Und außerdem is er doch kein Verbrecher!«

»Das hat auch niemand behauptet, Frau Oswald.«

»Ja, ja«, antwortete die Bäuerin missmutig, ohne jede Überzeugung.

»Wo ist Ihr Mann eigentlich jetzt?«

»Der musste noch mal zu einem Kunden. Sehen Sie, es ist Freitagnachmittag, kein Mensch arbeitet mehr um diese Uhrzeit. Aber wir dummen Bauern, wir müssen ran, wenn der Kunde das verlangt. Wochenende? Kennen wir nich! Die Arbeit hier hat kein Ende, aber was dabei rumkommt, kannst vergessen. So is dat!«

Die Frau schien den Moment für günstig zu halten, sich die ganze Verbitterung über ihr unglückliches Dasein von der Seele zu reden. Dass die beiden Polizisten an diesem Freitagnachmittag auch noch im Dienst waren, übersah sie dabei. Sie war aber noch nicht am Ende:

»Und dann tauchen auch noch diese Idioten von Tierschützern auf und machen uns zusätzlich das Leben schwer. Dat is doch allns ... Ein oller Schietkram is dat!«

Sie fingerte aus der Tasche ihrer Jeans ein Papiertaschentuch. Ihr Ausbruch war eine Mischung aus Wut und Verzweiflung. Es fehlt nicht viel und sie fängt an zu heulen, mutmaßte Angermüller.

»Zu welchem Kunden musste Ihr Mann denn?«, fragte er schnell.

»Na, zu dem Petermann schon wieder. Der glaubt wohl auch, weil er unser größter Kunde is, er brauch nur pfeifen und Jan Otto springt sofort.«

»Muss Ihr Mann da öfter hin?«

»Ach, ich weiß nich.«

Sie machte eine unmutige Geste.

»Der Jan Otto hofft natürlich auch, dass der Petermann uns irgendwie helfen kann wegen dieser Einbrüche. Aber ich hab ihm gesagt, sei vorsichtig, wir sind schon abhängig genug von dem Mann als unserem größten Abnehmer. Und umsonst hilft der Petermann dir bestimmt nich!«

Als Frau Oswald erneut die Klage über ihr schweres Los als Frau eines Bauern anstimmen wollte, bedankten sich die Kommissare schnell für ihre Auskünfte. Angermüller fragte noch nach dem jüngsten Sohn. Doch Lennart war noch nicht wieder zu Hause, also machten sie sich auf den Weg zur Feinkostmanufaktur Landglück.

»Tscha, dat warn Schuss in Ofen. Die Schuhgröße passt schon ma nich zu der Spur, die Ameise gefunden hat.«

»Mmh.«

»Mit dem Jungen sollten wir später aber trotzdem noch mal schnacken, um das Alibi von dem Oswald abzuchecken.«

»Mmh.«

»Mann, warum sachst du nix?«

»Machst du doch schon. Ich stimme dir uneingeschränkt zu.«

Angermüller war wieder einmal dabei, in seinem Kopf die Fakten zu sortieren. Er versuchte zum wiederholten Mal, die Beziehungen Hagebuschs zu allen bisher an diesem Fall Beteiligten zu bewerten, nach ihrer Wichtigkeit, ihrer Nähe zuzuordnen, um konkrete Anknüpfungspunkte herauszufinden. Doch der Weg zur Petermann'schen Fabrik dauerte keine Viertelstunde und reichte ihm nicht aus, um zu einem Ergebnis zu kommen. Als sie in die Zufahrt zum Firmengelände einbogen, kam ihnen vom anderen Ende ein Wagen entgegen. Für die schmale Straße fuhr er mit einer viel zu hohen Geschwindigkeit.

»Sach ma, hat der sie noch alle?«, regte Jansen sich auf und riss das Steuer nach rechts, während der weiße Lieferwagen mit blauem Streifen links haarscharf an ihnen vorbeizischte.

»Hey, hast du dat gesehen? Dat war doch der Lieferwagen von dem Oswald! Wat is mit dem denn los?«

»Der scheint ja völlig aus dem Häuschen! Aber das kennen wir ja, dass der sich schnell aufregt. Ist wohl irgendwas mit Petermann nicht so gelaufen, wie er sich das vorgestellt hat. Das werden wir ja gleich hören.«

»Nee, wat'n Wutkopp!«

Sie fanden für den Dienstwagen einen Parkplatz, weit entfernt vom Eingang des Reetdachhauses, da heute Nachmittag neben mehreren Reisebussen auch eine Menge Privatwagen hier abgestellt waren. In Laden und Restaurant herrschte Hochbetrieb. Die adretten, jungen Damen in ihren blauweißen Bauernkleidern waren um drei weitere verstärkt worden und hatten reichlich zu tun, am Verkaufstresen und mit der Bedienung an den Restauranttischen. Trotzdem bemühten sie sich sofort ausnehmend freundlich um die Beamten und meldeten diese bei ihrem Chef an.

Angermüller hatte schlicht nach Herrn Petermann gefragt, und es war der Seniorchef, der kurz darauf die Treppe herunterkam. Wie schon vor ein paar Tagen strahlte er wieder die Eleganz eines Grandseigneurs aus, in seinem tadellos sitzenden Anzug und den glänzenden schwarzen Lederschuhen.

»Soso, die Kriminalpolizei wieder einmal«, meinte er aufgeräumt. »Ich grüße Sie, meine Herren! Was kann ich für Sie tun? Geht es immer noch um den armen Hagebusch?«

»Guten Tag, Herr Petermann«, erwiderte Angermüller. »Wir müssten eigentlich mit Ihrem Sohn sprechen. Wäre das möglich?«

»Ich bedaure. Der ist vorhin zu einer Geschäftsreise nach Frankreich aufgebrochen. Er will unsere Produkte auf einer Messe für Feinkost in Straßburg vorstellen. Leider müssen Sie mit mir vorlieb nehmen.«

Der Seniorchef war untröstlich.

»Das tut mir wirklich leid. Wären Sie vor einer Stunde gekommen, hätten Sie ihn noch hier angetroffen. Seine Handynummer haben Sie?«

»Haben wir. Ist er mit dem Wagen unterwegs?«

»Ja, allein wegen der Musterkoffer und Werbegeschenke ist das praktischer, als zu fliegen. Hätte er früher davon erfahren, dann hätte er die Sachen mit der Spedition vorgeschickt, aber er ist wohl erst sehr kurzfristig dazu eingeladen worden.«

»Ja, schade. Wann erwarten Sie ihn denn zurück?«

»Frühestens Dienstag, wahrscheinlich eher Mittwoch. Aber da fällt mir ein, vielleicht erwischen Sie ihn noch zu Hause. Wenn ich richtig verstanden habe, musste er noch sein Gepäck abholen. Ich kann gleich für Sie anrufen, ob er noch dort ist.«

»Vielen Dank, lassen Sie nur. Wir versuchen es einfach bei ihm zu Hause«, bedankte sich Angermüller. »Aber eine Frage noch: War Jan Otto Oswald eben hier bei Ihnen?«

Die Miene des sonst so verbindlichen alten Herrn verfinsterte sich. Er nickte.

»Der Mann wird langsam lästig. Und ein Benehmen hat er, das ist unerhört!«

Obwohl ziemlich echauffiert, gelang es dem Seniorchef weiterhin, mit vornehm gedämpfter Stimme zu sprechen.

»Was wollte er denn von Ihnen?«

»Von mir wollte er nichts. Er verlangte wieder, meinen Sohn zu sprechen und zwar auf sehr ungezogene Art und Weise. Ich weiß ja, dass er uns wegen dieser Einbrüche immer wieder belästigt. Aber was sollen wir da tun? Das ist ja wohl sein Problem. Als ihm gesagt wurde, dass Jörn auf Geschäftsreise ist, stürmte er laut fluchend davon. Sehr unangenehm das alles, und dann noch vor unserer Kundschaft.«

»Gut, Herr Petermann, dann vielen Dank für Ihre Auskünfte.«

»Nichts zu danken, meine Herren. Sollte ich Ihnen irgendwie weiterhelfen können, stehe ich Ihnen selbstverständlich jederzeit zur Verfügung.«

»Auch dafür vielen Dank. Im Falle eines Falles melden wir uns wieder bei Ihnen. Auf Wiedersehen.«

»Auf Wiedersehen und ein angenehmes Wochenende für Sie.«

Kurz bevor sie das pompöse weiße Anwesen des Juniorchefs erreichten, kam ihnen wieder der Lieferwagen des Geflügelzüchters entgegen und raste in einem unglaublichen Tempo an ihnen vorbei.

»Dat war doch eben wieder der Oswald«, rief Jansen ergrimmt. »Ich glaub, der is kurz vorm Überschnappen!«

Niemand öffnete, als sie am Eingang der Nobelvilla klingelten. Zwei der drei Garagentore waren geöffnet und der Raum dahinter jeweils leer. Sie gingen ums Haus herum, hinter dem sich ein im asiatischen Stil angelegter Garten befand, inklusive Teich und einer Brücke mit einem weißen Torbogen, den die gleichen glänzendroten Ziegel zierten, wie das Dach des Hauses.

»Und wo sind nu die teuren Fische?«, fragte Jansen und spähte interessiert in den Teich.

»Du meinst, die haben Koi Karpfen hier?«

Auch Angermüller warf einen Blick ins Wasser.

»Stimmt, das würde zu den Leuten passen.«

Aber in dem Gewässer bewegte sich nichts. Auch in der Villa schien niemand zu Hause zu sein.

Sie wollten gerade in ihren Dienstwagen steigen, da bog der weiße Mini auf den Hof. Heute in einem schwarzen Mäntelchen, schwang die Frau des Juniorchefs ihre in hochhackigen roten Stiefeln steckenden Beine aus dem Auto.

»Falls Sie meinen Mann sprechen wollen, der ist nicht da«, rief sie den Kommissaren zu und entnahm dem Wagen eine ganze Reihe von Einkaufstüten, auf denen die Labels edler Designer prangten.

»Er hat mich vorhin angerufen, da war ich noch in Hamburg, und mir gesagt, dass er geschäftlich nach Frankreich muss.«

In einer lässigen Bewegung schloss sie mit der Fernbedienung den Wagen ab und ging an den Kommissaren vorbei in Richtung Haus. Ihre hochgesteckten blonden Locken wippten auf und ab. So richtig interessiert schien sie nicht an den beiden oder an ihrem Anliegen.

»Die Geschäftsreise Ihres Mannes hat sich erst so kurzfristig ergeben?«, fragte Angermüller hinter ihrem Rücken.

Erstaunt drehte sie sich nach ihm um.

»Keine Ahnung«, sagte sie gelangweilt. »Ich rede nicht mit Jörn über seine Geschäfte. Aber wenn das so wichtig ist, rufen Sie ihn doch einfach an. Er hat ja bestimmt sein Handy dabei.«

Damit war für Frau Petermann die Unterhaltung beendet. Sie verschwand ohne ein weiteres Wort im Haus.

»Wat war dat denn?«, meinte Jansen etwas perplex. »Sieht ja ganz scharf aus, die Torte, aber die redet nich mit jedem. Bei der hast nix zu lachen, dat sech ich dir.«

»Du hast ja richtig Menschenkenntnis, Claus. Aber anstatt jetzt über deine Vorstellung einer Idealfrau zu diskutieren, hab ich einen anderen Vorschlag: Wir sollten noch einmal zu Oswald fahren und ihn fragen, worüber er sich so aufgeregt hat, dass er wie ein Verrückter hier durch die Gegend gefahren ist. Vielleicht steckt da irgendwas dahinter, was mit unserer Sache zu tun hat.«

Auf dem Oswaldschen Hof trafen sie nur die mittlerweile gar nicht mehr freundliche Bäuerin an.

»Ich hab Ihnen doch vorhin schon gesagt, dat Jan Otto nich hier is!«

»Wann erwarten Sie ihn denn zurück?«

»Keine Ahnung, was der heute Nachmittag noch vorhat. Spätestens zum Abendbrot um sieben wird er wohl wieder da sein. Und jetzt hab ich keine Zeit mehr zum Schnacken. Unsereins muss nämlich arbeiten.«

Den Kommissaren blieb kaum Zeit, sich zu verabschieden, da Frau Oswald mit einer heftigen Bewegung einfach die Haustür vor ihnen zudrückte. So stiegen sie unverrichteter Dinge wieder in ihren Dienstwagen, um sich auf den Weg zurück nach Lübeck zu machen. Während sie zügig über den schmalen asphaltierten Streifen rollten, der kerzengerade durch die Landschaft verlief, hing jeder der Polizisten seinen Gedanken nach.

Angermüllers Blick schweifte zu den kahlen Baumkronen an den Feldrainen. An den Ästen hielten sich nur noch wenige gelbe Blätter fest. Dazwischen kamen hier und da verlassene Vogelnester ans Licht, die im Sommer gut geschützt hinter dichtem Grün verborgen gewesen waren. Wann würde sich in ihrem Fall endlich das Dunkel lichten? Gehörten die Tierschützer immer noch zu den Hauptverdächtigen? Die Inszenierung am Tatort, der Drohbrief, das Video – auch wenn unterschiedliche Personen dahinter standen, alles schien immer wieder auf die Tierschützerszene hinzudeuten. Wenn aber nun jemand nur den Verdacht auf die Tierschützer hatte lenken wollen? Das Video war der Dreh- und Angelpunkt. Es verband Hagebusch mit den Tierschützern ebenso wie mit Oswald. Hatten die beiden doch irgendetwas miteinander zu tun gehabt?

Plötzlich quietschten die Reifen, und Angermüllers Oberkörper wurde bei dem abrupten Bremsmanöver vom Sicherheitsgurt unsanft daran gehindert, weiter nach vorn in Richtung Windschutzscheibe zu fliehen. Im nächsten Moment prallte der Kopf des Kriminalhauptkommissars nach hinten gegen die Kopfstütze.

»Sage mal, spinnst du?«, empörte sich Angermüller.

»Stand der eben auch schon da?«, fragte Jansen nur und zeigte mit dem Finger zu einem kleinen Wäldchen. Ein Feldweg führte daran entlang.

»Dat is doch seiner, oder?«

Ein Kastenwagen stand dort auf dem Weg. An der weißen Lackierung mit dem auffälligen, blauen Streifen unschwer als Oswalds kleiner Lieferwagen zu erkennen.

»Ja, stimmt, das ist er. Der ist mir auf dem Hinweg gar nicht aufgefallen.«

»Wenn du aus der anderen Richtung kommst, is er auch nich zu entdecken da hinter den Bäumen. Vielleicht war er vorhin auch noch gar nich da. Aber wat macht der da? Pinkelpause?«

Langsam ließ Jansen den Wagen wieder anfahren

und bog ebenfalls in den unbefestigten Feldweg ein. In einigem Abstand zu Oswalds Lieferwagen hielt er an. Von hier aus war klar zu erkennen, dass jemand hinterm Steuer saß.

»Dann kann er uns ja jetzt mal selbst erklären, wat da los war. Warum er wie so 'n Bekloppter durch die Gegend gefahren ist.«

Jansen schwang sich aus dem Wagen.

»Der sitzt da völlig bewegungslos am Lenkrad«, sagte Angermüller leise, während auch er ausstieg. Die ganze Zeit über ließ er die Augen auf den weißen Wagen mit dem blauen Streifen gerichtet.

»Irgendwie find ich das komisch. Ich denke nicht, dass der hier seinen Mittagsschlaf macht.«

Schritt für Schritt überwanden sie die vielleicht 20 Meter bis zu Oswalds Fahrzeug, bis sie sich nicht mehr weit von seiner Rückfront befanden. Jetzt war deutlich zu sehen, dass es Jan Otto Oswald war, der auf dem Fahrersitz saß.

»Herr Oswald?«

Keine Reaktion.

Die Kommissare warfen sich einen fragenden Blick zu. Jansen umfasste mit der Hand seine Kehle und verdrehte die Augen. Aber Angermüller antwortete mit einem entschiedenen Kopfschütteln, obwohl auch er die Situation ziemlich befremdlich fand. Jetzt waren sie am Auto angekommen.

»Herr Oswald, hören Sie mich?«, rief Angermüller noch einmal. »Wir sind's, Angermüller und Jansen von der Kripo Lübeck. Wir würden gern noch mal mit Ihnen reden.«

Stille, nur das Rauschen der Bäume im Wind. Im Auto keine Regung. Jansen ging, etwas gebückt, schrittweise an der Beifahrerseite entlang, Angermüller glitt ebenso vorsichtig zur Fahrertür. Die Augen starr geradeaus gerichtet, saß Jan Otto Oswald am Steuer und bewegte sich nicht. Angermüller zweifelte nun doch einen kurzen Moment, ob der Mann überhaupt noch lebte. Behutsam klopfte er gegen die geschlossene Seitenscheibe.

»Herr Oswald?«

Da, ganz langsam, drehte der Angesprochene seinen Kopf zu Angermüller. Er schaute ihn an, ohne ihn wahrzunehmen, wie es schien. Erst in diesem Moment sah der Kriminalhauptkommissar die Doppelflinte, die Oswald quer über seinem Schoß liegen hatte. Fast gleichzeitig rissen Angermüller und Jansen die Türen des Lieferwagens auf. Jansen hatte blitzschnell seine Dienstwaffe gezogen.

»Oswald, Hände über den Kopf! Nehmen Sie sofort die Arme hoch! Oswald, hören Sie mich! Oswald!«

Während Jansen schrie und immer weiter schrie, griff Angermüller nach der Waffe des Mannes. Offensichtlich begriff Oswald in diesem Moment gar nicht, was um ihn herum vorging. Er hatte den Kopf wieder nach vorn gedreht, immer noch diesen leeren Ausdruck im Gesicht, nahm weder die Arme hoch, wie

Jansen von ihm gefordert hatte, noch versuchte er Angermüller daran zu hindern, die Doppelflinte aus dem Wagen zu ziehen. Jansen hörte auf zu schreien. Der Kriminalhauptkommissar entlud die Waffe und sicherte sie. Plötzlich stöhnte Oswald laut auf und sackte in sich zusammen. Sein Kopf fiel auf die Arme, die er über das Lenkrad gebreitet hatte, sein ganzer Körper bebte. Waren das Weinkrämpfe? Jansens ratloser Blick traf seinen Kollegen.

»Kommen Sie mit erhobenen Händen raus, Oswald«, befahl er dann ohne Erfolg.

Angermüller bedeutete Jansen, die Plätze zu tauschen. Der gab ihm stumm zu verstehen, dass er den Mann erst auf weitere Waffen durchsuchen wollte. Aber Angermüller schüttelte nur den Kopf, wechselte auf die andere Seite des Wagens und übergab Jansen das Jagdgewehr.

»Herr Oswald, was ist denn passiert?«, fragte der Kriminalhauptkommissar dann und schob sich in das Auto auf den Beifahrersitz.

»Sie wissen, wer ich bin, oder? Kommissar Angermüller, wir sind doch erst heute Mittag bei Ihnen auf dem Hof gewesen.«

Angermüller sprach ganz ruhig und mit zurückgenommener Lautstärke. Oswald hing immer noch über dem Lenkrad. Er atmete schwer. Aber langsam schien er sich zu beruhigen.

»Erzählen Sie mir doch einfach mal, was los ist. Vielleicht kann ich Ihnen ja helfen.«

Da endlich hob der Bauer seinen Kopf. Es schien, als ob die ganze Energie, die er vor nicht allzu langer Zeit noch ausgestrahlt hatte, aus seinem kräftigen Körper gewichen war. In seinem Gesicht stand die pure Hoffnungslosigkeit geschrieben.

»Mir kann keiner helfen.«

Er schüttelte den Kopf.

»Erst wollt ich ihn abknallen und dann war ich nah dran, selbst Schluss zu machen. Aber nich mal das hab ich hingekriegt.«

»Sie wollten jemanden umbringen? Wen denn? Und Schluss machen wollten Sie? Das klingt aber gar nicht gut. Wollen Sie mir erzählen, warum, Herr Oswald? Vielleicht kann ich ja doch irgendwas für Sie tun. Es gibt immer einen Ausweg.«

»Sehen Sie das da?«

Oswald wies mit der Hand nach vorn durch die Scheibe. Zwischen den leicht geschwungenen Hügeln waren die Dächer der Tierhallen und das Bauernhaus zu erkennen.

»Der Hof gehört schon seit fast 100 Jahren meiner Familie. Ich bin dort geboren und aufgewachsen, genau wie mein Vater. Und meine zwei Söhne sind auch dort groß geworden.«

Er verstummte. Seine Augen schienen an dem heimatlichen Panorama wie festgesaugt.

»Ja«, sagte Angermüller nach einer Weile, »Sie haben schon neulich erzählt, dass bereits Ihr Großvater eine Geflügelfarm besessen hat.«

»Dat is jetzt allns to End«, stellte Oswald fest, mehr für sich selbst als für seinen Nachbarn.

»Und warum glauben Sie das, wenn ich fragen darf?«

»Ich bin pleite, so einfach is dat. Und dieses Schwein ist schuld!«

»Ganz so einfach find ich das jetzt nicht. Wer ist schuld, dass Sie pleite sind? Können Sie mir das vielleicht ein bisschen genauer erklären?«

»Wozu? Sie können da ja auch nix machen.«

»Manchmal tut reden einfach gut.«

Jansen, der das Jagdgewehr in ihrem Dienstwagen verstaut hatte, war zurückgekommen und stellte sich neben die Fahrertür.

»Wissen Sie, freie Bauern sind wir schon lange nicht mehr«, begann Oswald nach längerem Schweigen. »Wir Züchter sind abhängig von den Betrieben, die unsere Ware abnehmen, und von den Preisen, die die zahlen.«

Der Mann sprach langsam und leicht zögernd.

»Ich hab den Fehler gemacht, mich fast zu 100 Prozent in die Abhängigkeit eines Mannes zu begeben.«

Wieder unterbrach er sich, schien über das Gesagte nachzudenken.

»Natürlich hat der mir das Blaue vom Himmel versprochen. Schnacken, dat kann er.«

»Wer denn, Herr Oswald? Von wem reden Sie?«

»Na, von dem Petermann, diesem Halsabschneider!«, rief der Geflügelbauer aufgebracht. Sein altes, leicht erregbares Wesen schimmerte jetzt wieder durch. Wenigstens das, dachte Angermüller.

»Anfangs lief das auch sehr gut. Doch dann hatten wir mehrere Krankheiten unter unseren Tieren, und kurz darauf sanken plötzlich überall die Geflügelpreise. Wir hatten uns grade wieder aufgerappelt, da kam die Vogelgrippe und wir mussten Tausende Tiere töten. Hinterher hat sich herausgestellt, das war völlig überflüssig gewesen. Entschädigung? Da kannst nur drüber lachen. Und dann hat der Petermann die Preisschraube immer mehr angezogen, hat gesagt, wenn sie konkurrenzfähig bleiben wollen, können sie uns nicht mehr zahlen.«

Bekümmert sah er vor sich hin.

»Was sollt ich machen? Alternativen gibt es für uns Erzeuger auch keine. Kein Abnehmer will mehr bezahlen. Und die Discounter machen den Leuten vor, es geht immer noch mehr billig-billig. So is dat.«

Sein Reden war immer flüssiger geworden, und es schien so, als wolle Oswald sein ganzes Elend endlich einmal loswerden.

»Anfang dieses Jahres stand ich schon einmal kurz vor der Pleite. Da hat mir der Petermann mit dem ersten Kredit ausgeholfen. Tscha.«

Jan Otto Oswald schnaufte vernehmlich. Langsam wurde er immer lauter und heftiger.

»Im Frühsommer dann noch mal. Er hat sich die

Kredite als Hypothek eintragen lassen. Ich hab mir nichts dabei gedacht. Er hatte mir ja versprochen, die fälligen Hypothekenzinsen zu stunden, wenn ich nicht zahlen kann. Und heute hab ich einen Anruf von seinem Anwalt gekriegt. Wenn ich nicht sofort die Zinsen zahle, wird die ganze Summe sofort fällig. Das Geld hab ich natürlich nicht. Dabei hatte mir's der Petermann in die Hand versprochen, dass er wartet!«

Oswald haute mit der Faust auf das Lenkrad, dass der ganze Wagen wackelte.

»Dieser Petermann ist ein gewissenloses Schwein! Ich weiß das. Der schreckt vor nix zurück! Wenn Sie das mitgekriegt hätten, was ich mit dem erlebt habe …«, er brach ab. »Dabei hab ich doch alles gemacht, wie er es von mir verlangt hat.«

Er schüttelte seinen Kopf.

»Meine Frau, die hat mich schon immer vor dem gewarnt. Wenn du von dem Hilfe annimmst, dat is, wie wenn du dem Düvel deine Seele verkaufen tätst.«

Das kurze Lachen, das er hören ließ, wollte zu der Verbitterung, die aus seinen Worten sprach, überhaupt nicht passen.

»Wenn Sie wüssten, wie recht meine Frau hatte.«

KAPITEL XI

Bereits zum vierten Mal an diesem Tag standen die beiden Beamten wieder vor der Haustür auf dem Geflügelhof. Mit mürrischem Gesicht öffnete ihnen Frau Oswald und wollte sogleich anfangen zu schimpfen, da fiel ihr Blick auf ihren Mann.

»Hallo, Annegret«, sagte der mit einem schiefen Lächeln.

»Jan Otto!«, erschrocken riss die Frau die Augen auf. »Was ist denn los? Ist was passiert?«

Sie schaute fassungslos zwischen Angermüller und Jansen hin und her. Ihr Mann blieb stumm und senkte den Kopf.

»Keine Angst, es ist nichts passiert, Frau Oswald«, beschwichtigte sie der Kriminalhauptkommissar.

»Ja, aber warum...«, begann Frau Oswald. »Wieso bringt dich die Polizei nach Hause? Was hast du gemacht?«

»Vielleicht setzen Sie zwei sich jetzt mal bei einer Tasse Tee zusammen, und Ihr Mann erzählt Ihnen alles«, schlug Angermüller vor und fuhr fort, an Jan Otto Oswald gerichtet: »Ihr Eigentum können Sie sich bei uns in Lübeck irgendwann abholen. Ich nehme an, Sie brauchen es momentan nicht.«

»Danke«, sagte Oswald nur, ohne aufzusehen.

Die Kommissare ließen die beiden allein zurück.

»Ja, der feine Herr Petermann«, meinte Angermüller, während Jansen den Dienstwagen langsam durch den kalten Novembernachmittag lenkte. »Reißt sich so nebenbei den Hof von dem armen Teufel unter den Nagel. Kalt lächelnd.«

»Lackaffe, hab ich ja gleich gesagt«, brummte Jansen. »Und der braucht die Kohle für seine Olsch, der Petermann. Ist doch klar!«

»Mit der Einschätzung liegst du bestimmt nicht falsch«, bestätigte Angermüller. »Schade, dass wir den jetzt nicht gleich zur Rede stellen können, ob der was über Hagebusch und das Video weiß.«

»Allerdings«, nickte Jansen. »Dat kannst wohl laut sagen.«

»Ich möchte jetzt ja nicht in der Haut von dem Oswald stecken. Hof weg, ein Berg voll Schulden. Keine schöne Perspektive«, sinnierte der Kriminalhauptkommissar nach einer Weile. »Aber irgendwie hatte ich das Gefühl, da war noch was anderes hinter seiner Wut auf den Petermann. Der Oswald hat den ja geradezu dämonisiert! Das würd ich wirklich gern wissen, wie das zwischen den beiden da genau abgelaufen ist, mit welchen unfeinen Methoden der Petermann gearbeitet hat.«

»Mmh.«

Auch Jansen machte nur ein ratloses Gesicht.

Das Außenthermometer zeigte null Grad. Der Himmel hatte so eine eigentümliche, graublau gefärbte Wolkenschicht. Es war Anfang November, etwas zu früh für den Winter, aber die Luft draußen roch irgendwie nach Schnee. Auf der langen, schmalen Straße kam ihnen ein Zweirad entgegen.

»Schau mal, der Junge da auf dem Mofa! Das ist bestimmt der jüngere Sohn von Oswalds, Lennart hieß der doch, oder? Halt mal an, Claus!«

Die Eltern des Jungen saßen am Küchentisch und waren völlig überrascht, als hinter ihrem Sohn auch wieder die zwei Kriminalbeamten hereinkamen.

»Hallo, Papa«, sagte Lennart ein wenig schuldbewusst. »Die Polizei hat gefragt, wo du Montagabend warst, und ich hab gesagt, dass du spätabends, als ich noch mal runtergekommen bin, ferngesehen hast. Stimmt doch, oder?«

Jan Otto Oswald zuckte nur mit der Schulter.

»Wo hast du dich denn bis dahin an dem Abend aufgehalten, Lennart?«, fragte Angermüller.

»Na, in meinem Zimmer.«

»Und wo ist das?«

Das Zimmer lag oben unterm Dach, von der Hofseite abgewandt. Lennart hatte Computerspiele gespielt und seine Lieblingsmusik gehört, Punk, und zwar total laut. Erst nach halb zwölf war er noch einmal nach unten zu seinem Vater gegangen und hatte ihn im Wohnzimmer vor dem Fernseher vorgefunden, gerade als seine Mutter von ihrem Landfrauentreffen nach Hause gekommen war. Oswalds Alibi war im Grunde gar kein Alibi. Der Bauer sah zu Boden und zuckte wieder nur mit den Schultern, als Jansen ihm diese Erkenntnis vorhielt. Angermüller musste an etwas ganz anderes denken.

»Herr Oswald, Sie hatten vorhin irgendetwas erwähnt, was der Petermann gemacht hat, bei dem Sie mitbekommen haben, wie skrupellos er wirklich ist. Woran haben Sie dabei denn gedacht?«, fragte er.

Plötzlich war zu spüren, wie in Oswalds Innerem etwas in Bewegung kam. Hektisch wanderten seine Augen in der Küche umher, ohne dass er jemanden ansah.

»Weiß gar nicht mehr, was ich da vorhin alles geredet habe«, murmelte er und senkte dabei wieder seinen Blick. In dem Moment merkte Angermüller ganz deutlich, dass er den richtigen Punkt getroffen hatte.

»So weit ich mich erinnere, haben Sie gesagt, der Petermann würde vor nix zurückschrecken. Was genau haben Sie damit gemeint?«, bohrte er nach. Frau Oswald und der Junge folgten wie gebannt dem Geschehen. Wahrscheinlich verstanden sie gar nicht, was die Polizisten hier eigentlich wollten. Auch Jansen war nicht entgangen, dass Angermüller etwas angestoßen hatte, und beobachtete höchst gespannt, wie Oswald sich unter den forschenden Fragen seines Kollegen wand.

Es schien eine Ewigkeit vergangen, da bat der Bauer plötzlich: »Ich würde Sie gern einmal allein sprechen.«

Den Blickkontakt zu seinen Angehörigen vermied Oswald dabei. Als Frau und Sohn die Küche verlassen hatten, ziemlich verunsichert und durcheinander, hielt er dem Kriminalhauptkommissar auf einmal seine Hände entgegen.

Natürlich hatte Angermüller etwas geahnt, als er begonnen hatte, dieser Fährte nachzugehen, als er genau wissen wollte, was Oswald denn so Abstoßendes mit Petermann erlebt hatte. Aber dass dieser Weg so schnell ans Ziel führen würde, hatte er bestimmt nicht geglaubt. Deshalb verstand er im ersten Moment gar nicht so richtig, was der Mann von ihm wollte, bis der auf einmal sagte: »Und jetzt können Sie mich verhaften.«

Eine Stunde später saßen sie zu dritt in einem der Vernehmungsräume im siebten Stock der Lübecker Bezirkskriminalinspektion. Jan Otto Oswald wollte reden. Er hielt den Druck einfach nicht mehr aus. Er schien direkt erleichtert, nun in Angermüller und Jansen geduldige Zuhörer für seine Geschichte gefunden zu haben.

»Nach dem ersten Überfall von diesen Tierschützern hat Petermann mir eröffnet, dass er mit mir nicht mehr zusammenarbeiten kann, wenn so was noch einmal vorkommt. Schließlich hätte seine Firma einen Ruf zu verlieren, und er könne seine Rohware von keinem Geflügelhof beziehen, der mit unsauberen Produktionsmethoden und Tierquälerei in Verbindung gebracht wird. Das war für mich natürlich eine unglaubliche Drohung.«

Noch jetzt war Oswald anzumerken, wie ihm in diesem Moment der Boden unter seinen Füßen weggerutscht sein musste.

»Was kann ich dafür, wenn diese Idioten sich ausgerechnet meinen Hof aussuchen! Wir verstoßen gegen keine Vorschriften, wir haben das schon immer so gemacht, und die anderen machen es auch nicht anders. Aber Petermann hat gesagt, das interessiert ihn nicht. Diese Tierschützer sind nun mal auf meinem Hof gewesen, und nur das zählt. Und wenn das an die Öffentlichkeit kommt, sind wir sofort geschiedene Leute.«

Dass er seinem Geflügelzüchter die Existenzgrundlage zerstörte, interessierte den Juniorchef der Feinkostmanufaktur nicht im Geringsten.

»Ein paar Tage später rief Petermann an und eröffnete mir, jetzt wäre es so weit. Die hätten bei ihrem Überfall nämlich ein Video über die unhaltbaren Zustände in unseren Ställen gedreht. Unhaltbare Zustände!«, erregte sich Oswald. »Genau so hat er es gesagt! Dabei wusste der Petermann doch immer schon, wie das bei allen seinen Lieferanten läuft, auch wenn er noch so sehr auf vornehmen Unternehmer macht! Dass das heutzutage kein Spaß mehr ist, unter diesen harten Konkurrenzbedingungen Tiere zu züchten. Da sehen Sie nicht mehr das Lebewesen. Dat geht gar nicht! Da sehen Sie nur die Kosten und den Ertrag, den das Ganze bringen muss, sonst können Sie gleich aufhören bei den niedrigen Geflügelpreisen. Jedenfalls gäbe es da jemanden, sagte der Petermann, der wolle das Video von meinem Hof ins Fernsehen bringen. Er kenne den Mann, der würde das bestimmt auch tun, und ich wüsste ja, was das für mich bedeutet.«

Bevor er fortfuhr, trank Oswald einen Schluck von dem Wasser, um das er die Beamten gebeten hatte.

»Zum Schluss meinte er dann, es gäbe allerdings eine Möglichkeit, die Veröffentlichung des Films zu verhindern. Und ich sollte auch an das viele Geld denken, das ich ihm schulde. Er könne aber nicht am Telefon darüber reden, er käme vorbei.«

Oswald unterbrach sich erneut. Die Kommissare ließen ihn seine Pausen machen. Gleich von Anfang an hatte der Mann ausführlich erzählt, sich bemüht, die Angaben zu Zeit und Ort so genau wie möglich zu machen und nichts auszulassen. Es war ihm ein echtes Bedürfnis, endlich seine Geschichte herauszulassen, über die er bisher zu niemandem hatte sprechen können. Und dann berichtete er den Beamten, wie Petermann zu ihm kam und ihm einen detaillierten Plan unterbreitete.

»Und am Montagabend, nachdem meine Frau zu ihrem Landfrauentreffen gegangen war, bin ich dann los. Unser jüngster Sohn war oben in seinem Zimmer, und ich wusste, der kümmert sich sowieso nicht drum, wo ich bin. Auf einem großen Parkplatz bei einem Baumarkt an der Ratzeburger Allee haben wir uns getroffen. Dort habe ich meinen Wagen stehen gelassen, und wir sind mit Petermanns Auto bis zum Brink gefahren. Wir haben da geparkt und uns umgezogen. Er hatte alles vorbereitet. Overalls, Gummistiefel, Handschuhe und Gesichtsmasken. Das waren solche Teufelsmasken. Wegen Halloween sagte er, dann fallen wir gar nicht auf. Und einen Rucksack hatte er noch dabei. Und dann sind wir zu der Wohnung von dem Mann. Ich kannte den ja gar nicht.«

Schwer atmend saß Oswald auf seinem Stuhl. Die Erinnerung an jenen Abend schien recht quälend für ihn zu sein.

»Petermann hat geklingelt. Der Mann, Hagebusch oder wie der hieß, war natürlich sehr überrascht, als er uns in unserer Verkleidung da stehen sah. Petermann hat ihn sofort in die Wohnung gedrängt. Der andere hat erst versucht, sich zu wehren, aber wir zwei waren stärker. Er fragte immer nur, was wir denn wollten, und als er um Hilfe schreien wollte, haben wir ihm Klebeband über den Mund geklebt. Wir haben ihm seinen Morgenmantel ausgezogen, ihn in einem Zimmer auf einen Stuhl gesetzt und gefesselt. Dann hat Petermann seinen Rucksack ausgepackt. Er hatte so ein Rohr dabei mit einem Trichter und einige Dosen von irgendeiner Pastete aus seinem Laden.«

Oswald hörte auf zu reden und starrte ins Leere. Zum ersten Mal mischte sich Angermüller ein.

»Was war dann, Herr Oswald, wie ging es weiter?«

Der Mann war völlig gefangen in seiner Erinnerung und brauchte einen Moment, bis er weiter reden konnte.

»Ich hatte da vorher gar nicht richtig über nachgedacht, was zum Beispiel wäre, wenn der uns erkennt und so«, antwortete er langsam. »Petermann hatte gesagt, wir überfallen den Mann, machen dem ein bisschen Angst und nehmen dem das Video ab. Das ist alles. Jedenfalls nimmt der Petermann plötzlich dieses Stopfrohr da, macht eine von den Dosen auf, reißt dem Mann das Klebeband vom Mund und steckt ihm das Rohr in den Hals. Und dann fängt er tatsächlich auch noch an, mit dem zu sprechen! Er sagt, so Hagebusch, du magst das Pastetchen doch so gern. Hier schluck das! In dem Moment hab ich gedacht, der Petermann, der spinnt doch! Jetzt ist doch klar, dass der Journalist ihn erkennt und zur Polizei rennt!«

Kopfschüttelnd verstummte Oswald, um sodann seine Schilderung wieder aufzunehmen.

»Ich hab rumgestikuliert wie ein Wilder, dass er die Klappe halten soll, ihm einen Vogel gezeigt, aber der hat gar nicht zu mir hingesehen. Er schiebt ihm mit dem Stopfer immer mehr von dem Zeug da rein. Na, alter Schmierfink, schmeckt's, fragt er und lacht wie verrückt, als dieser Hagebusch würgt und stöhnt. In dem Augenblick hab ich begriffen, dass der Petermann was ganz anderes vorhatte.«

Noch immer entsetzt über seine damalige Erkenntnis brach Oswald ab.

»Können Sie bitte berichten, wie es weiterging, Herr Oswald«, forderte Angermüller in geduldigem Ton, als der Mann weiterhin schwieg.

»Ich hab dann gedacht, jetzt ist es auch egal.«

Es ging nun etwas stockend weiter, aber Oswald nahm den Faden wieder auf.

»Ich hab dann auch einfach angefangen zu sprechen und zu Petermann gesagt, er soll damit aufhören, dem Mann die Pastete reinzustopfen. Er soll lieber nach dem Video fragen. In dem Moment hat es kurz an der Tür geklingelt. Ich hab so einen Schreck gekriegt, das kann ich Ihnen gar nicht beschreiben! Aber ihn hat das alles gar nicht interessiert, der war wie in Trance oder so. Zum Glück hat's nicht noch mal geklingelt. Petermann hatte inzwischen nämlich ein Glas roter Tinte auf dem Schreibtisch entdeckt. Das hat er genommen und über den Mann gespritzt. Der röchelte inzwischen so ganz komisch, aber Petermann wollte nicht aufhören, dem schien das Spaß zu machen. Ein Sofakissen hat er dann auch noch aufgeschlitzt und die Federn rausgeschüttelt. Und wie verrückt gelacht hat er wieder …«

Oswald schüttelte seinen Kopf.

»Da hab ich Panik gekriegt und bin rausgerannt.«

»Ist Ihnen dabei jemand begegnet?«, fragte Angermüller interessiert nach.

»Im Flur bin ich im Dunkeln mit irgendjemandem

zusammengestoßen. Aber sonst hat mich niemand gesehen. Ich bin zurück zum Auto gelaufen und hab auf Petermann gewartet. Nach ein paar Minuten kam er auch. Ich hab nach dem Video gefragt. Er hat gesagt, das wär nicht mehr so wichtig, der Hagebusch könnte sein Gift jetzt sowieso nicht mehr verspritzen.«

»Gleich haben wir es geschafft«, beruhigte Angermüller den Mann, der vor Anspannung immer schwerer atmete.

»Wie ging es dann weiter, Herr Oswald?«

»Wir haben Overalls, Stiefel und alles ausgezogen und in einen blauen Müllsack gesteckt, auch den Rucksack und die leeren Dosen. Aus dem Handy von dem Mann hat der Petermann gleich den Akku rausgenommen und es auch zum Müll gepackt. Dann sind wir zu meinem abgestellten Auto gefahren und haben uns getrennt. Petermann ist nach Hannover weiter.«

»Wann war das?«

»So bei elf rum, denk ich. Den Müllsack wollte er unterwegs auf der Autobahn entsorgen. Ich bräuchte nich die Büx voll haben, hat er noch gemeint. Er hätte sich alles gut überlegt. Die Polizei würde sowieso denken, die Tierschützer waren das.«

Er ließ den Kopf hängen und sagte leise: »Ich bin dann nach Hause gefahren.«

»Hatten Sie nach dem Abend noch weiteren Kontakt zu Petermann?«

Oswald nickte.

»Ja. Nachdem Dienstagnacht wieder diese Tierschützer bei uns randaliert haben, da wollte ich natürlich, dass er mir hilft, aber er kam später aus Hannover zurück als geplant. Ich dachte schon, er wäre sonst wohin abgehauen. Das war am Mittwoch, als Sie beim alten Petermann waren. Ich hab seinen Sohn an dem Abend noch getroffen. Er sagte, er könne mir auch nicht helfen. Ich sollte immer dran denken, dass ich in der Sache genauso drin hänge wie er und ja keinem Menschen was davon erzählen. Und ich sollte ihn gefälligst in Ruhe lassen. Zu enger Kontakt zwischen uns, das würde nur auffallen.«

»Und da haben Sie sich daran gehalten?«

»Ja. So lange, bis heute dieser Anwalt bei mir angerufen hat und dann auch noch Sie zu mir auf den Hof gekommen sind. Da habe ich ihn angerufen und ein Treffen verlangt. Und den Rest kennen Sie ja.«

Jan Otto Oswald verbarg sein Gesicht in beiden Händen, ob vor Scham oder Verzweiflung war nicht auszumachen. Wie er da so saß, in seiner alten Arbeitshose, dem verfilzten Pullover und den dreckigen Arbeitsschuhen, völlig in sich zusammengesunken, war nichts mehr von dem kräftigen Landmann übrig, den die Beamten vor ein paar Tagen kennengelernt hatten. Schließlich hob er seinen Kopf.

»Bitte, glauben Sie mir«, sagte er mit brüchiger Stimme. »Ich hab das wirklich nicht so gewollt. Ich dachte nur an meinen Hof und meine Familie und hab dem Petermann geglaubt, dass wir dem Mann nur einen Schrecken einjagen und ihm dieses verdammte Video wegnehmen. Ich hab da vorher überhaupt nicht über nachgedacht, wie das alles gehen soll.«

Die Beamten hörten ihm geduldig zu.

»Ich war so dumm. Ich dachte, danach wird alles besser, ich rette meinen Hof, kann für meine Familie sorgen«, er schüttelte wieder seinen Kopf. »Und jetzt?«

Weder Angermüller noch Jansen konnten ihm diese Frage beantworten, aber Oswald schien gar keine Antwort zu erwarten. Der Erleichterung, endlich alles losgeworden zu sein, was sein Gewissen über die Grenze des Erträglichen belastet hatte, schien jetzt die Ernüchterung zu folgen. Als man ihm seine Festnahme verkündete, da er der Beihilfe zu einem Mord dringend verdächtig sei, sank er nur kraftlos in sich zusammen. Die Kommissare veranlassten seine Vorführung vor dem Haftrichter, und Angermüller wies die Kollegen eindringlich auf die erhöhte Suizidgefahr bei dem Festgenommenen hin.

Petermanns Alibi erwies sich bei erneuter Überprüfung als perfekt zusammengebastelt. Einen längeren Stau hatte die Verkehrspolizei auf der Strecke nach Hannover um die angegebene Uhrzeit nicht verzeichnet, und ins Hotel hatte er eine Stunde später eingecheckt als behauptet. Dass seine Frau, die ohnehin nur an sich selbst interessiert war, einfach seine Angaben irgendwie bestätigen würde, davon hatte er ausgehen können. Nachdem Oswald den Beamten erste Hinweise auf die Tat und Petermann gegeben hatte, noch auf dem Weg in die Bezirkskriminalinspektion, hatte Jansen bereits die Fahndung nach dem Juniorchef der Feinkostmanufaktur einleiten lassen. Auch Flughäfen und Grenzen sollten überwacht werden, da die Beamten davon ausgingen, dass die angebliche Geschäftsreise nur eine getarnte Flucht darstellte. Vorläufig war die Suche nach Petermann allerdings erfolglos verlaufen.

Der leitende Kriminaldirektor kam zu Angermüller und Jansen geeilt. Bevor er sich zu einer Vernissage ins Rathaus begab, wollte er schnell noch seiner Zufriedenheit über ihr Ermittlungsergebnis Ausdruck verleihen. Außerdem wies er sie an, sogleich die Pressestelle über ihren Erfolg zu informieren. Anschließend verfassten die beiden Kommissare ihre Berichte, und dann war es auch schon nach 19 Uhr. Angermüllers Handy klingelte.

»Hallo, Papa«, meldete sich Julia. »Wann kommst du denn? Du hast doch gesagt, heute machen wir Eierpfannkuchen und Apfelmus. Ich hab schon eine große Tüte von Omas Äpfeln eingepackt.«

»Ja, natürlich, Julia. Klar machen wir das! Weißt du, mir ist im Dienst heute was Wichtiges dazwischengekommen. Aber spätestens in einer halben Stunde bin ich da! Sagst du das bitte der Mama?«

Mist, Mist, Mist! Das war wieder einmal Wasser auf Astrids Mühle! Und da hatte es auch gar keinen

Sinn, ihr zu erklären, was für ein Tag heute hinter ihm lag. Der altbekannte Ärger über seine eigene Unzuverlässigkeit stieg wieder einmal in ihm auf. Er gesellte sich zu dem ohnehin schalen Gefühl, das die Festnahme des Bauern bei ihm hinterlassen hatte. Der, der jetzt in Untersuchungshaft sitzen würde, war ein bedauernswerter Mensch. Natürlich hatte er sich schuldig gemacht, doch im Grunde war auch er ein Opfer. Der andere hatte dessen Notlage skrupellos für seine eigenen Interessen ausgenutzt. Und selbst wenn Oswald bei einem Richter mit Menschenkenntnis mit einem einigermaßen milden Urteil davonkommen würde – wer weiß, wie es für seine Familie weiterging. Angermüller seufzte und sah aus dem Fenster. Im Licht, das aus dem Büro nach draußen fiel, taumelten zarte Flocken vom Himmel.

»Was ist los? Bist du nicht zufrieden mit uns?«, kam es aus Jansens Büro. Dem Kollegen entging einfach nichts.

»Und wer hat's von Anfang an gerochen?«

Angermüller musste grinsen.

»Du natürlich, wie immer«, bestätigte er nach nebenan. Dabei war ihnen beiden klar, dass Jansens Ahnungen so konkret nie gewesen waren.

»Ich muss die Mädels abholen. Sag, könntest du uns rumfahren oder wartet Vanessa?«

»Klar, mach ich dat. Ich hab dieses Wochenende mal frei genommen von Vanessa.«

»Lass mich mal, Papa, lass mich mal!«, rief Judith begeistert. »Ich kann das auch!«

Sie griff mit beiden Händen nach der schweren Eisenpfanne und bewegte sie mit einem kurzen Ruck nach oben. Schwupp, der Eierpfannkuchen flog bestimmt einen halben Meter hoch und landete sicher auf der anderen Seite wieder in der Pfanne.

»Hast du gesehen? Ich kann es, ich kann es!«, jubelte sie.

Im ganzen Raum duftete es köstlich nach gebräunter Butter und nach gekochten Äpfeln. Julia las am Küchentisch irgendein spannendes Buch und beteiligte sich nicht am Pfannkuchenbacken. Sie hatte das Apfelmus vorbereitet. Als die Türglocke ging, sprang sie auf, um zu öffnen.

»Da ist irgendeine Frau, die will zu dir, Papa«, verkündete sie beim Zurückkommen und widmete sich wieder ihrer Lektüre.

»Ach du Schiete«, entfuhr es Georg, und er machte, dass er an die Tür kam.

»Na, Herr Kommissar?«

Ein spöttischer Blick aus braunen Augen glitt über Georg, der in seiner Schürze herbeigeeilt war und in der Hand noch den Pfannenwender hielt.

»Sie haben mich wohl vergessen?«

»Anita, das tut mir wirklich leid«, setzte Georg an, doch Anita fiel ihm ins Wort.

»Du bist nicht zu unserer Verabredung gekommen, du gehst nicht an dein Handy. Da dachte ich, bei deinem Job schau ich vielleicht besser nach, ob du noch lebst oder schon auf dem Weg auf meinen Tisch bist.«

Er konnte nicht erkennen, ob sie hinter ihrer amüsierten Gelassenheit vielleicht doch sauer auf ihn war.

»Weißt du, der Tag heute war ziemlich aufregend. Ich kann das jetzt nicht so schnell erklären. Und ich hatte ganz vergessen, dass ich heute für meine Töchter …«

»Ist schon okay. Wir sehen uns. Ciao, Commissario!«

»Aber warum willst du nicht reinkommen und mit uns essen? Wir backen gerade Pfannkuchen.«

Neben Angermüller tauchte Judiths Kopf auf. Mit kritischem Gesichtsausdruck musterte sie die junge Rechtsmedizinerin.

»Danke für die freundliche Einladung. Ich glaube, Pfannkuchen im Familienkreis sind heute nicht so ganz mein Ding. Ich wünsche guten Appetit!«

»Wer war das denn?«, platzte Judith heraus, kaum dass sich die Tür hinter Anita geschlossen hatte.

»Wie die angezogen war! So der kurze Rock und die Stiefel! Und voll geschminkt und so!«

»Ach, das war nur eine Kollegin«, sagte Angermüller leichthin. »Und jetzt wollen wir endlich essen.«

KAPITEL XII

Der eisige Wind war erbarmungslos. Er trieb das bisschen Schnee, welches sich auf dem Sand gesammelt hatte, vor sich her, er kniff einem in die Wangen und ließ die Ohren schmerzen. Er türmte die oft so gemütliche Ostsee zu hohen, grauen Wellen, denen er weiße Schaumkämme frisierte. Das Wasser machte er toben und brodeln, sodass man sein eigenes Wort nicht mehr verstand. Ein wildes, ein ungestümes Wetter. Lina mochte das. Sie spürte die Kälte nicht. Während sie mit den Hunden über den Strand um die Wette rannte, fühlte sie sich frei und voller Energie, wie lange nicht mehr.

In ihrem Leben war Vieles passiert, das sie sich noch vor wenigen Wochen nie hätte vorstellen können. Wenn sie eines dabei gelernt hatte, dann, dass man nie nie sagen sollte, dass Unvorstellbares möglich war, dass es immer noch einen Weg gab, dass man einfach offen sein sollte für alles.

Es war ihr nicht leichtgefallen, aber natürlich hatte sie ihren Freunden beichten müssen, welche Riesendummheit sie gemacht hatte. Sie hatte die ganze Geschichte erzählt, von Victor, dem Video, seinem Tod, dem Putenzüchter und diesem Geflügelwurstproduzenten, der wohl der Haupttäter und flüchtig war. Natürlich hatten die meisten ganz schön sauer reagiert wegen ihres Alleingangs. Manche hatten ihr Vertrauensmissbrauch vorgeworfen. Und sie hatten ja recht, wie sie sich selbst eingestand. Aber Lina und ihre Mitstreiter hatten Glück, wenn man das so bezeichnen konnte, denn der Geflügelbauer saß in U-Haft und hatte ganz andere Probleme, als ausgerechnet die Tierschützer anzuzeigen, die bei ihm eingebrochen waren. Im Hinblick auf den weihnachtlichen Gänsebraten hatten die Freunde einige fantasievolle Aktionen gegen tierquälerische Massentierhaltung vorbereitet – offiziell angemeldete Aktionen – und Lina freute sich, dass man ihr verziehen hatte und auch sie wieder dabei sein sollte.

An einem trüben Novembertag, wie er charakteristischer für diesen Monat nicht hätte sein können, hatten sie Victor beerdigt. Natürlich war Lina die Vorstellung, für die letzte Ehre ihres Stiefvaters zu sorgen, irgendwie absurd vorgekommen, und anfangs hatte sie sich auch strikt geweigert, diesen Zirkus mitzumachen. Noch absurder war ihr erschienen, dass ausgerechnet Lorenzo sie dazu drängen wollte, sich daran zu beteiligen.

»Wenn jemand unter Victor zu leiden hatte, dann doch du!«

Für einen Augenblick schaute Lorenzo sie nur an.

»Und wenn mir damals jemand hätte helfen können, dann doch du, große Schwester«, sagte er daraufhin leise. Lina fühlte Bestürzung. So sah er das also. Nicht nur seine enge Beziehung zu Dagmar hatte immer zwischen ihnen gestanden. Er hatte sich von ihr als seiner Schwester im Stich gelassen gefühlt.

»Ich war allein, Lorenzo, ganz allein. Als Victor zu uns kam, war ich sieben Jahre alt. Ich hatte genug damit zu tun, mich selbst gegen ihn zu wehren. Du hattest wenigstens eine Mutter, die sich liebevoll um dich kümmerte, dich tröstete und pamperte. Ich war doch immer nur eine lästige Unruhestifterin für Dagmar, dieses widerborstige Mädchen, das ihrem glorifizierten harmonischen Familienleben im Wege stand. Bei dir hat sie wenigstens versucht, wieder auszubügeln, was ihr Herr und Gebieter angerichtet hatte. Aber dass du dich jetzt berufen fühlst, diesen Mann zu beerdigen, find ich echt daneben!«

»Ich verstehe gar nicht, was du hast«, widersprach er. »Schließlich hast du doch wieder Kontakt mit Victor aufgenommen und sogar mit ihm zusammengearbeitet!«

»Ich bin ihm zufällig begegnet, wie du weißt. Außerdem ging es nicht um ihn, sondern nur um die Sache der Tiere, die er mit seinen Medienkontakten gut hätte unterstützen können! Aber dass ausgerechnet du, der diesen Mann als ein echtes Monster verabscheut hat, dass du nun von mir forderst, ich soll an seinem Grab stehen und trauern, ist ja wohl der Gipfel der Inkonsequenz!«, regte sie sich auf.

»Ach, Lina! Ist dir noch nie aufgefallen, dass

deine strikte Konsequenz manchmal ganz schön unmenschlich sein kann?«

Lorenzo hatte plötzlich seinen Arm um sie gelegt.

»So hartherzig bist du doch gar nicht, Schwesterchen. Dass du um ihn trauern sollst, verlangt ja auch niemand von dir oder mir. Und schließlich machen wir das nicht für Victor, sondern unserer Mutter zuliebe«, war Lorenzos nächstes Argument. Als Lina genau dagegen aufbegehren wollte, ließ er sie nicht zu Wort kommen.

»Und ich mache das vor allem auch für mich selbst. Ich sehe das als Schlusspunkt eines finsteren Kapitels in meinem Leben. Ich will nicht trauern, sondern etwas endgültig ad acta legen. Und ich glaube, das kann eine echte Befreiung sein.«

So hatte Lina schließlich eingewilligt. Gemeinsam hatten sie alles für die Beerdigung vorbereitet, da Dagmar damit ohnehin völlig überfordert gewesen wäre. Der Pastor hatte eine kurze Trauerrede gehalten, basierend auf Dagmars Auskünften zu Victor, die natürlich alle aus der Vergangenheit stammten. Die sehr übersichtliche Trauergemeinde, der sich neben Christa Baldauf mit ihrem Mann nur noch eine etwas spröde wirkende Bekannte Victors aus der Lübecker Zeitung zugesellt hatte, war dem Sarg im strömenden Regen gefolgt. Auch Olaf war mitgekommen, was Lina ihm hoch anrechnete. Er hatte sie letztendlich überzeugt, dass diese Beerdigung ein wichtiger Abschluss sein könnte – von vielerlei Dingen, auch für sie. Und er schien recht zu behalten.

Es war tatsächlich ein gutes Gefühl, als alles vorbei war, so als hätte man endlich seine Wohnung aufgeräumt, Altes aussortiert und die Dinge, die irgendwo herumlagen, in Kartons gepackt und an die richtigen Plätze gestellt. Lina griff nach einem Ast, den die stürmische See angeschwemmt hatte, zeigte ihn den Hunden und warf ihn mit dem Wind weit über den Strand. Teufel und Madame schossen davon, dem Ast hinterher. Als sie ihn erreicht hatten, balgten sie sich spielerisch darum, bellten und vollführten wahre Bocksprünge.

Sie musste plötzlich an Dagmar denken.

»Warum bist du so unbarmherzig mit ihr?«, hatte Lorenzo neulich auch gefragt. »Mit Victor scheinst du komischerweise weniger Probleme gehabt zu haben, während du ihr immer noch Vorwürfe machst. Aber Mama hat auch unter Victor gelitten, wenn auch anders als wir, und sie hat noch mehr gelitten, als er sie verlassen hat. Findest du nicht, sie kann einem nur leidtun?«

Natürlich hatte Lina inzwischen begriffen, dass ihre Mutter eine kranke Frau war, schon immer gewesen war. Ihre Ablehnung hatte ja eh schon begonnen, sich in Mitleid zu verwandeln. Trotzdem würde sie für Dagmar wohl nie so uneingeschränkte Zuneigung empfinden können wie Lorenzo. Es fehlte das Verbindende, sie waren wohl einfach zu verschieden.

Und nichts hatte mehr Schatten auf ihr eigenes Leben geworfen als Dagmars hilfloses Versagen.

Immerhin gab es zurzeit eine gewisse emotionale Annäherung zwischen ihnen, auch wenn diese sich auf den Hund beschränkte, den Lina für Dagmar besorgt hatte, da Lorenzo sich mit Tieren überhaupt nicht auskannte. Dagmar hatte sich ein süßes, kleines Hundebaby vorgestellt, doch Lina hatte eine Mischlingshündin aus dem Tierheim geholt, da sie es für sinnvoller hielt, einem solchen Tier ein neues Zuhause und seine Fürsorge zu geben. Sally hieß die Hündin, war vielleicht ein Jahr alt, mittelgroß, mit hübschem, schwarzweißem Fell und offenem Blick. Sofort waren Dagmar und ihre neue Gefährtin ein Herz und eine Seele gewesen.

Trotz dieser kleinen positiven Zeichen sah Lina dem Weihnachtsfest mit großer Skepsis entgegen. Es war ein Experiment. Lorenzo wollte aus Italien kommen, und sie wollten sich Heiligabend bei Dagmar treffen, auch Olaf würde dabei sein. Es sollte ein richtiges kleines Familienfest werden, aber noch hatte das Wort Familie für Lina einen eher negativen Klang.

Auch manches andere war in Gang gekommen. Olaf hatte mit seinen Eltern gesprochen und ihnen seine Pläne für das Bio-Hotel offenbart. Und er hatte klargemacht, dass er nur unter diesen Bedingungen die Nachfolge im Familienbetrieb – schon wieder dieses Wort! – übernehmen würde, gemeinsam mit

Lina. Und sie würden nicht heiraten, aber zusammenleben. Natürlich mussten Olafs Eltern erst einmal schlucken, aber Olaf war ihr einziges Kind, und so vertrauten sie ihm und ließen ihn machen.

Lina rannte hoch zur Promenade. Jetzt hatte sie genug von der kalten, frischen Luft getankt. Ein neuer Arbeitstag im ›Torten, Suppen, Meer‹ wartete auf sie. Teufel und Madame tobten um sie herum. Nur noch drei Wochen bis Silvester. Lina war sehr gespannt. Auf Weihnachten, auf das neue Jahr, auf die Zukunft.

Leise summte Angermüller vor sich hin, während er Käse auf einem großen Holzbrett arrangierte, einige Feigen und ein Bündel Weintrauben dazwischen legte und sich dann ans Dekorieren einer Platte mit holsteinischen Wurstwaren machte. Eine Auswahl Räucherfisch und ein Schälchen selbstgemachter Sahnemeerrettich standen bereits servierfertig im Kühlschrank. Georg freute sich auf den heutigen Abend. Endlich hatte er seine Freunde zur lange angekündigten Einweihungsparty in seine neue Wohnung eingeladen.

Bereits am Vortag hatte er früher seinen Dienst beendet und mit den Vorbereitungen angefangen, hatte gebacken und gekocht. Heute Morgen hatte er Fisch, Wurst und Käse frisch auf dem kleinen Markt Am Brink besorgt und anschließend noch weiter am Herd gestanden. Keine Anstrengung war ihm zu groß, denn es gab keine schönere Tätigkeit für ihn, als in seiner Küche aus besten Zutaten schmackhafte Köstlichkeiten zu erschaffen.

In einer großen Schüssel hatte er einen Rosenkohlsalat mit Walnüssen und geschmorten Champignons angerichtet. Das Besondere daran war das Dressing mit Walnussöl. Er hatte es schon am Vormittag untergemischt, und nun war der Salat richtig gut durchgezogen. Das aromatische Nussöl verband sich mit dem bissfest gegarten Rosenkohl, der eine leichte Süße hatte, und den Pilzen zu einem wunderbar sanften, harmonischen Geschmack. Schon jetzt sah Georg die verzauberten Mienen seiner Gäste vor sich, wenn sie sich an all den kulinarischen Genüssen erfreuen würden, die er für sie ausgesucht und zubereitet hatte.

Die Düfte, die durch seine Küche zogen, ließen seinen Magen nicht unbewegt. Georg schnitt sich ein Stück von dem krustigen Weißbrot ab, um seinen Hunger wenigstens ein bisschen zu dämpfen. Aus dem Ofen roch es nach herzhaftem Kasseler, das er eingeschnitten und zwischen den Scheiben mit einer Mischung aus Honig, Knoblauch, Chili und anderen Gewürzen eingestrichen hatte. Außerdem lagen auf einem geölten Blech Pastinaken und Süßkartoffeln in kleinen Schnitzen bereit, um im Ofen gegart zu werden. Zum Schluss würde er mit Meersalz und schwarzem Pfeffer würzen und noch ein paar Lauchzwiebelringe darüber geben. In einer weiteren Schüssel duftete ein Salat aus halb gar gekochten Möhren nach orientalischen Gewürzen, in einer anderen eine Variante aus kleinen, schwarzen Linsen und Kürbis, schön mit Ingwer geschärft. Bei dieser winterlichen Kälte taten die kräftigen exotischen Gewürze besonders gut, fand Georg. Sie wärmten Leib und Seele.

Der Wein stammte natürlich aus seiner fränkischen Heimat. Von der kleinen Landbrauerei bei Neumünster hatte ihm Klas-Dieter das Bier besorgt, das sie vor ein paar Wochen erst zusammen gekostet hatten. Natürlich durfte Süßes zum Nachtisch nicht fehlen. Er hatte einen Kalten Hund vorbereitet, so wie es ihn früher auf Kindergeburtstagen gegeben hatte und den seine Freunde liebten. Mit einem Löffel Schlagsahne schmeckte die gut gekühlte Schoko-Kaffee-Füllung mit ihrem Hauch von Rum einfach wunderbar. Natürlich gab es auch eine große Schüssel Rote Grütze und dazu Vanillesauce, und wer wollte, der griff zu einem Stück seiner gerührten Linzer Torte. Als alles bereitstand, betrachtete der Meister zufrieden und nicht ohne Stolz das verlockende, bunte Stillleben auf dem Büffet.

Ab 19 Uhr hatte Georg bei der Einladung gesagt, und nun trudelte ein Gast nach dem anderen ein. Auf die Verwandtschaft hatte er bei diesem Ereignis verzichtet, bis auf Astrid natürlich. Er würde seine Schwiegereltern am nächsten Adventssonntag zu Kaffee und Kuchen empfangen. Ob er seine

Schwägerinnen mit ihren Familien auch dazu bitten würde, hatte er noch nicht entschieden. Zum ersten Mal war auch sein Kollege bei ihm zu einer privaten Feier eingeladen, ausdrücklich mit seiner Freundin Vanessa. Aber Jansen erschien allein. Er war gutgelaunt, drückte Georg eine unverpackte Flasche Schnaps in die Hand und erwähnte Vanessa mit keinem Wort. Angermüller fragte sich schon, was das zu bedeuten hatte, kam aber wegen seiner Verpflichtungen als Gastgeber nicht dazu, ihn einmal für ein vertrauliches Gespräch beiseite zu nehmen.

Astrid hatte anfangs ein wenig befangen gewirkt, nach Georgs Eindruck. Doch nachdem so gut wie nur die gemeinsamen Freunde sich hier versammelten, war sie langsam aufgetaut und schien sich nun richtig gut zu unterhalten. Martin war natürlich auch unter den Gästen. Neben seinen guten Wünschen brachte er Georg einen der teuersten Champagner zum Einzug mit.

»Hach Georg, du verführst uns ja wieder mit Genüssen! Einfach göttlich!«, hatte Carola glücklich gestöhnt, die sich nicht zurückhalten konnte, vorab das Büffet in der Küche zu begutachten und mit ihren lackierten Nägeln ein paar Probierhappen zu greifen. John und Hedi, die alten Nachbarn, auch Margret und Lars, alle waren schon versammelt, als es wieder klingelte und ein neuer Gast auftauchte. Sowohl vom Alter her, wie auch durch ihren ganz speziellen Chic unterschied sich die junge

Dame von den anderen Anwesenden. Georg übersah das wissende Grinsen im Gesicht seines Kollegen. Anita wirkte wie ein eleganter Paradiesvogel unter all den eher lässig gekleideten Freunden. Er brachte ihr etwas zu trinken und sofort spürte er, so richtig wohl fühlte sie sich nicht. Bestimmt würde sie nicht lange bleiben. Er hatte gewusst, es war ein Risiko, Anita hierher zu bitten. Sie setzte sich auf die Lehne eines Sessels, was in ihrem engen, kurzen Kleidchen ganz reizend aussah und dabei noch etwas mehr von ihren wohlgeformten Beinen freigab. Mit geneigtem Kopf, der ihr den Pony neckisch ins Gesicht fallen ließ, und ihrem leicht spöttischen Lächeln musterte sie die Runde um sie herum. Georg konnte förmlich sehen, wie sie einen nach dem anderen in ihrem Kopf abhakte und aussortierte. Verstohlen beobachtete er Astrid, die mit Martin im Gespräch in einer Ecke stand und immer wieder betont unauffällig in seine und Anitas Richtung spähte. Es war wohl doch eine blöde Idee gewesen, Anita hierher einzuladen, dachte er und merkte, wie er sich plötzlich irgendwie gestresst fühlte.

Endlich tauchten David und Steffen auf, die wie gewöhnlich schon bei ihrer Begrüßungsrunde unter allen Anwesenden gute Laune verbreiteten. Nun hatte auch Anita in Steffen einen vertrauten Gesprächspartner gefunden, und Georg konnte sich wieder um seine anderen Gäste kümmern. Er entspannte sich etwas. Schließlich eröffnete er das Büffet. Alle taten sich an seinen Köstlichkeiten gütlich. Wie gewöhnlich überschütteten ihn die Freunde mit Komplimenten für seine Kochkünste.

»Ich hab gehört, der Täter im Fall Hagebusch ist euch ins Netz gegangen«, sprach Steffen seinen Freund an, als sie beim Essen saßen. »Glückwunsch, Schorsch!«

»Danke, aber so direkt waren wir gar nicht beteiligt. Petermann wurde in Amsterdam festgenommen, nachdem europaweit nach ihm gefahndet worden war. Er hatte zuvor sämtliche Privat- und Firmenkonten abgeräumt und wollte wohl in die Karibik abhauen. Was die Leute manchmal für Vorstellungen haben! Er hatte natürlich seine finanziellen Ressourcen für ein Leben in der Illegalität total überschätzt. Als er sich mit falschen Papieren ein Flugticket besorgen wollte, wurde er erwischt. Da hatte er vielleicht noch knapp 150.000 Euro übrig. Lange wäre er damit nicht ausgekommen. Es sei denn, er hat noch auf irgendwelchen unbekannten Konten Geld gebunkert.«

»Und ist er geständig?«

»Er hat zwei teure Anwälte engagiert und versucht, dem Oswald alles in die Schuhe zu schieben. Wird eine langwierige Geschichte werden.«

»Wann ist denn der Prozess?«

»Das dauert natürlich wieder, kennst du ja«, meinte Georg unzufrieden. »Wird wahrscheinlich erst im März sein. Petermann sitzt so lange in U-Haft. Um seinen alten Herrn tut es mir irgendwie leid, der hatte wohl wirklich keine Ahnung, was sein Sohn für ein schlimmer Finger ist.«

»Nun ja, nichts wissen zu wollen ist manchmal auch nur das Verschließen der Augen vor der Realität.«

»Da hast du natürlich auch wieder recht«, nickte Georg.

Es klingelte.

»Nanu, wer kann das denn jetzt sein? Eigentlich sind doch alle, die ich eingeladen habe, schon gekommen.«

Georg wollte aufstehen, um zu öffnen, aber Steffen kam ihm zuvor.

»Bleib nur sitzen, ich geh schon. Wir haben unverschämterweise einfach noch einen Überraschungsgast zu dir eingeladen, lieber Schorsch«, verkündete Steffen mit einem verschmitzten Lächeln und eilte davon. Nicht nur Georg sah gespannt zur Tür, als sein Freund gemeinsam mit David den neuen Gast hereinführte.

»Voilà, du schaffst es ja offensichtlich nicht von allein, dich einmal bei dieser Dame zu melden.«

Steffen und sein Partner strahlten.

»Hallo, Georg! Ich gratuliere zum Einzug!«

Zwei Küsschen wurden auf Georgs Wangen gehaucht. Ein blumiger Duft umgab ihn, und eine Kaskade von Worten ging auf ihn nieder.

»So sieht man sich wieder! Aber du glaubst nicht,

wie beschäftigt ich war in den letzten Monaten. Du doch bestimmt auch, oder? Das Leben rauscht wieder mal in Lichtgeschwindigkeit an mir vorbei. Das war doch eine tolle Idee von Steffen, nicht?«

Irgendwann muss sie doch einmal Luft holen, dachte Angermüller. Doch da war sie mit ihrer Begrüßungsrede auch fast schon zu Ende.

»Ach ja, hier hab ich noch was für dich, Georg. Viel Glück in der neuen Wohnung!«

Sie überreichte ihm ein kleines Päckchen. Ihre Wangen unter den kastanienroten Locken hatten einen rötlichen Schimmer angenommen, ob von der langen Rede oder den Blicken, die sich von allen Seiten auf sie richteten, war nicht ganz klar. Es stand ihr in jedem Fall gut zu Gesicht.

»Derya! Das ist ja wirklich eine Überraschung«, rief Georg und umarmte sie noch einmal. »Und eine große Freude!«, fügte er etwas leiser an. Steffen und David schauten fröhlich und ein bisschen stolz der Begrüßung zu, Anita blickte spöttisch, Astrid erstaunt und die anderen interessiert bis neugierig.

»Du musst gleich mein Geschenk auspacken!«, sagte Derya schnell und machte sich los. Auch wenn sie um Worte normalerweise nie verlegen war, so im Mittelpunkt der Aufmerksamkeit zu stehen, schien ihr doch unangenehm zu sein. Georg riss das Papier auseinander. Ein runder Anhänger aus Glas in unterschiedlichen Blautönen und etwa handtellergroß kam zum Vorschein.

»Ein Nazar!«

Georg musste lächeln.

»Dieser Talisman soll dir Glück bringen und dich vor dem bösen Blick schützen«, sagte Derya mit feierlichem Ernst und sah ihn an. Als sie merkte, dass plötzlich alle still waren, begann sie zu lachen. Sie klatschte in die Hände und rief lebhaft:

»Gibt es hier eigentlich nichts zu trinken?«

ENDE

ANHANG

DAS SERVIERT LINA IM CAFÉ »TORTEN, SUPPEN, MEER«

Rote Bete Suppe mit Ingwer

Zutaten für 4 Personen:
500 g Rote Bete, gewaschen, geputzt, gewürfelt
50 g Ingwer, geschält, gerieben
1 Bund Suppengrün, gewaschen, geputzt, gehackt
2 mittelgroße Zwiebeln, geschält, gehackt
2 Knoblauchzehen
1 Chilischote
Öl
2 EL brauner Zucker
1 l (Gemüse-) Brühe
1 Lorbeerblatt
4 Pfefferkörner
4 Pimentkörner
1 MSP gemahlene Nelken
Salz
frisch gemahlener schwarzer Pfeffer
2–3 EL weißer Balsamico
1 unbehandelte Orange
80 g Cashewkerne, geröstet, gehackt

geschlagene, süße Sahne
Korianderblättchen

In einem ausreichend großen Topf die Rote Bete mit dem Suppengrün, den Zwiebeln, dem zerdrückten Knoblauch, dem Ingwer und der Chilischote in Öl anschmoren. Anschließend die Chilischote entfernen. Den Zucker zugeben und mit der Brühe ablöschen. Ungefähr 20 min köcheln lassen, das Lorbeerblatt, Pfefferkörner, Piment und Nelken zugeben und alles 30–40 min auf kleiner Flamme weiter kochen lassen. Von der gewaschenen Orange die Schale abreiben, anschließend den Saft auspressen und beides zur Suppe geben. Mit Salz, Pfeffer und Essig abschmecken, gegebenenfalls noch Zucker zufügen und heiß servieren.

Wer möchte, kann die Suppe auch pürieren. Ich mag's lieber stückig. Mit einem Klecks geschlagener Sahne, gerösteten Cashewkernen und frischen Korianderblättchen dekorieren.

Lauchsalat mit Rosinen und Orangen

Zutaten für eine große Schüssel fürs Büffet:
  1 kg Lauch, gewaschen, geputzt und in ca. 3 cm lange Stücke geschnitten, bissfest gegart
  2 Orangen, geschält und in ca. 2–3 cm großen Stückchen

1 Orange, geschält, in sauberen Spalten
100 g Rosinen
4 EL Olivenöl
1 EL weißer Essig
4 EL frisch gepresster Orangensaft
1 TL Honigsenf
1 TL Baharat – arabische Gewürzmischung u.a. mit Pfeffer, Zimt, Koriander, Kreuzkümmel, Nelken, Kardamom (gibt's z. B. im Bioladen) Salz
Pfeffer
1 EL Ahornsirup (oder mehr, nach Geschmack)
150 g Mandeln, enthäutet, geröstet, 30 Stück im Ganzen, der Rest sehr grob zerkleinert

Lauch, Orangen und Rosinen in eine Schüssel geben, aus den angegebenen Zutaten das Dressing herstellen, abschmecken und unter den Salat geben. An einem kühlen Ort mindestens 3 Stunden durchziehen lassen. Kurz vor dem Servieren die gehackten Mandeln unterziehen, mit den Orangenspalten und den ganzen Mandeln dekorieren. Als Beilage für 4 Personen nehmen Sie das halbe Rezept.

Geschärfter Bulgur mit Halloumi

Zutaten für 4 Personen:
  1 Zwiebel, gehackt
  1 – 2 Chilischoten nach Geschmack, entkernt, fein geschnitten (am besten mit Handschuhen arbeiten)
  Öl
  250 g Bulgur
  Salz
  150 g Tomaten, geschält, entkernt, in Stückchen geschnitten, abgetropft
  ½ Tasse großblättrige Petersilie, grob gehackt
  1 Halloumi Brat- und Grillkäse von 250 g
  Öl
  1 Prise Thymian
  1 Prise Oregano

Zwiebel in Öl glasig werden lassen, dann die Chilischoten kurz mit anrösten. Den Bulgur hinzugeben, 1 min andünsten, mit 250 ml Wasser aufgießen, eine Prise Salz einstreuen, kurz aufkochen und dann 15 Minuten mit geschlossenem Deckel neben dem Herd ziehen lassen. Wenn der Bulgur gar ist, die Tomatenstückchen zugeben und wenn nötig, noch einmal kurz unter Rühren erwärmen. Vor dem Servieren die Petersilie unterrühren.

Den Halloumi in schmale Scheiben schneiden, dünn mit Öl bepinseln und mit Thymian und Oregano bestreuen. In der Pfanne oder unter dem Grill in wenigen Minuten beidseitig braun braten. Auf dem Bulgur servieren.

Halloumi, oder anderen Brat- und Grillkäse finden Sie im Bioladen, das Original zyprischen oder libanesischen Ursprungs, auf jeden Fall im türkischen Supermarkt. Da er beim Erhitzen seine Form nicht verliert, ist dieser Käse eine tolle Alternative zu Fleisch und bietet eine Vielzahl von Zubereitungsmöglichkeiten: Gewürfelt, in Öl mit Kräutern mariniert, dann in der Pfanne gebraten mit Zwiebeln, Knoblauch, Auberginen und anderen mediterranen Gemüsen, oder auf Spießchen gegrillt mit schwarzen Oliven und Paprika, oder gebraten als Füllung im Fladenbrot mit Tomaten, Salat, Zwiebeln und scharfer Sauce. – Probieren Sie es aus, bestimmt fallen Ihnen noch viele andere Möglichkeiten ein.

Pizza Lina

Zutaten für den Teig für 4 Pizzen:
 400 g Weizenmehl 550
 100 g Hartweizengrieß
 200 ml Wasser
 1 TL Salz
 20 g Hefe
 3–4 EL Olivenöl

Zutaten für den Belag:
 500 g Tomaten, geschält, gehackt oder 1 Dose Tomatenpolpa à 400 g, beides abgetropft
 1 Zwiebel in feine Ringe geschnitten
 1–2 Knoblauchzehen feingehackt
 3 EL Olivenöl
 1 TL Salz
 200 g Feta-Schafkäse
 1 Handvoll schwarze Oliven
 Oregano

Einen richtig guten Pizzateig erhalten Sie vor allem mit Geduld: Schon am Vortag die Hälfte von Mehl und Grieß in ein Gefäß geben, in eine Kuhle 10 g Hefe bröseln und mit 3–5 EL Wasser vermischen. Etwa 10 min ruhen lassen, dann knapp 150 ml Wasser zufügen und alles gut miteinander verrühren, sodass ein dicker Brei entsteht. Diesen Vorteig, in Italien ›Biga‹ genannt, mit einem Tuch bedecken und bei Zimmertemperatur bis zum Backtag stehen lassen (max. 24 Stunden).

Am nächsten Tag mit der zweiten Hälfte Mehl, Grieß und Hefe wie oben beginnen und nach 10 min die restlichen Teigzutaten sowie den Vorteig zugeben und alles verkneten, sodass ein elastischer, nicht klebender Teig entsteht. Sollte er kleben, noch etwas Mehl zufügen. Den Teigballen mit einem Tuch bedeckt bei Zimmertemperatur 1,5 bis 2 Stunden gehen lassen. Danach den Teig in

4 gleichgroße Kugeln teilen, ein ausreichend großes Brett mit etwas Hartweizengrieß bestreuen und mit dem Nudelholz Fladen von 2 bis 3 mm Dicke und ca. 25 cm Durchmesser ausrollen, dabei öfter wenden.

Für den Belag die Tomaten mit Zwiebel, Knoblauch, Olivenöl und Salz vermischen und für ein paar Stunden durchziehen lassen. Dann gleichmäßig auf den Teigfladen verteilen, den Feta darüberbröseln, mit Oliven belegen und reichlich mit Oregano bestreuen. Auf einem Backblech im gut vorgeheizten Ofen bei 220° ungefähr 10–15 min backen und anschließend eine würzige, knusprige Pizza genießen.

Und hier noch ein paar Tipps für andere, vegetarische Beläge:

Sabine empfiehlt Tonis Pizza Verdure: Je 1 Aubergine und Zucchini in längliche, dünne Scheiben schneiden, Paprika und große Champignons in Streifen. Die Gemüse grillen – Grillpfanne oder Backofengrill, auf einen Teller geben – Paprika separat – mit Olivenöl, Salz, Knoblauch marinieren. Zur Paprika Oregano geben, zum anderen Gemüse gehackte Petersilie. Auf dem ausgerollten Pizzaboden Tomatensauce und Büffel Mozzarella (gerieben oder geschnitten) verteilen, die Gemüse drauf geben und ab in den Ofen – schmeckt toll, sagt Sabine.

Yannick schwört auf gegrillte Aubergine und

Gorgonzola. Wie wäre es mit Ziegenkäse, frischen Champignons, Walnüssen und Rucola (letzteres nach dem Backen)? Auch Paprika, Champignons und Zwiebeln, kurz angeschmort, mit reichlich scharfem *Pecorino* al peperoncino bestreut, schmecken hervorragend auf der Pizza. Oder rollen Sie den Teig ca. 1 bis 1,5 cm dick aus, stechen mit einer Gabel ein paar Mal ein, streichen ihn mit Olivenöl ein, bestreuen mit Rosmarinnadeln und grobem Salz, und Sie haben das beste Pizzabrot.

Beim Zusammenstellen des Belages (Unterlage ist immer eine Tomatensauce, bis auf das Pizzabrot, gewürzt wird mit Oregano) können Sie Ihrer Kreativität wieder einmal so richtig freien Lauf lassen.

Brownies – nach dem Rezept von Jo Ann aus Minnesota

Zutaten für den Teig:
125 g weiche Butter
1 Tasse Zucker
1 Päckchen Vanillezucker
½ TL Salz
4 Eier, zimmerwarm
ca. 450 g Hersheys Schokoladensirup
1 Tasse Mehl
1 Tasse Haselnüsse, gemahlen

Zutaten für den Guss:
- 100 g weiche Butter
- 6 EL Milch
- 1 ½ Tassen Zucker
- ½ Tasse Bitterschokolade in kleinen Stückchen

Butter mit Zucker, Vanillezucker und Salz schaumig rühren, die Eier und den Schokoladensirup hinzufügen und schließlich mit Mehl und Nüssen zu einem glatten Teig vermischen. Ein Backblech buttern und bemehlen und den Teig darauf streichen. Bei ca. 180° im Backofen ungefähr 20 bis 30 min backen.

Für den Guss die Butter, gemischt mit Milch und Zucker nur ganz kurz einmal aufkochen lassen. Vom Feuer nehmen und die Schokolade dazugeben und mit dem Schneebesen rühren, so lange bis sie sich aufgelöst hat. Noch warm über das Gebäck geben. Nach dem Erkalten die Brownies in Vierecke gewünschter Größe schneiden.

Variante: Zusätzlich noch ½ Tasse Bitterschokoladenstückchen zugeben oder statt der Haselnüsse grob gehackte Pecannüsse nehmen, dann evtl. etwas mehr Mehl verwenden. Als Guss auch einmal den Schokoladenüberzug aus dem folgenden Rezept ausprobieren.

Ingrids dunkle Weihnachtstorte

Zutaten:
- 200 g weiche Butter
- 180 g Zucker
- 4 Eier, zimmerwarm
- 150 g Mehl
- 125 g Mandeln, gehobelt
- 150 g dunkle Schokolade, gehackt
- 1 Päckchen Backpulver
- 2–3 EL Kakao
- 1 gute Prise Salz
- 1 TL Zimtpulver
- ½ TL Nelken, gemahlen
- 1 MSP Vanillepulver
- 2 TL Rum
- 1 Glas Kirschen (750 ml), abgetropft

für den Überzug:
- 150 g dunkle Kuvertüre
- 100 g weiche Butter
- Rohmarzipan

Butter und Zucker schaumig rühren und die 4 Eier dazu geben. Anschließend das mit dem Backpulver gemischte Mehl unterziehen und sämtliche weitere Zutaten zugeben. Zum Schluss die Kirschen im Teig verteilen. In eine mit Butter ausgestrichene, bemehlte Springform geben und im 175° warmen Ofen 45 bis 60 min backen. Öfter kontrollieren –

jeder Backofen ist anders! Nach dem Backen aus der Form nehmen und auskühlen lassen.

Die Kuvertüre in einer Schüssel im Wasserbad schmelzen lassen, die Schüssel herausnehmen und die weiche Butter untermischen. Die Torte damit überziehen. Das Rohmarzipan ca. 3–5 mm dünn ausrollen, Sterne ausstechen und auf dem Schokoüberzug verteilen.

WENN ANGERMÜLLER KOCHT UND BÄCKT ...

Rosenkohl Salat

Zutaten für eine große Schüssel fürs Büffet:
　1 kg Rosenkohl, geputzt, gewaschen
　2 – 3 EL fein gehackte Petersilie
　500 g Champignons, geputzt, gewaschen
　Butter
　150 g Walnüsse, in der Pfanne geröstet
　für das Dressing:
　5 EL Walnussöl
　2 – 3 El weißer Essig
　1 – 2 EL Ahornsirup nach Geschmack
　Salz
　weißer Pfeffer

Den Rosenkohl in Salzwasser bissfest garen und die Pilze in etwas Butter anschmoren, leicht salzen. Das abgetropfte Gemüse und die Pilze mitsamt der ausgetretenen Flüssigkeit in eine große Schüssel geben. Aus Walnussöl, Essig, Ahornsirup, Salz und Pfeffer ein mildes Dressing mixen, mit Rosenkohl und Pilzen gut vermischen und ein paar Stunden durchziehen lassen. Kurz vor dem Servieren die grob gehackten Walnüsse unter den möglichst zimmerwarmen Salat heben. Schmecken lassen!

Georgs Krautnudeln

Zutaten für 4 Portionen:
Butter- oder Schweineschmalz
1 mittelgroße Zwiebel, gewürfelt
100 g Rohschinkenwürfel (kann man auch weglassen)
1 kleiner Spitzkohl (ca. 600 g), geputzt, gewaschen, halbiert, ohne Strunk
1 EL Zucker
1 EL Essig
1 Knoblauchzehe, zerdrückt
½ TL Kümmel
1 Prise Salz
1 Becher saure Sahne
100 g Emmentaler, gerieben (wer möchte)
400 g breite Bandnudeln (z. B. Papardelle)
Salz

Schmalz in einem ausreichend großen Topf auslassen und darin Zwiebel und Schinkenwürfel kurz anschwitzen, bis die Zwiebeln glasig sind. Den Spitzkohl in ca. 3 cm breite Streifen schneiden, ab in den Topf damit, den Zucker dazu und ein paar Minuten bei mittlerer Hitze anschmoren. Nun mit Essig ablöschen, Hitze um die Hälfte reduzieren, Knoblauch und Kümmel beifügen und den Kohl im zugedeckten Topf in ca. 20 min weich schmoren. Anschließend salzen und die saure Sahne unterrühren. Papardelle in ausreichend Salzwasser kochen. Die abgetropften Nudeln mit dem Gemüse mischen und, wenn gewünscht, vor dem Genießen mit Emmentaler bestreuen.

Bratäpfel

Zutaten für 4 Personen:
4 säuerliche Äpfel (Cox Orange oder Boskop)
Rohmarzipan
Rosinen
Haselnüsse, grob gehackt
Butter
4 EL brauner Zucker
½ TL Zimt

Die Äpfel waschen und das Kerngehäuse ausstechen. Den so entstandenen Hohlraum mit Marzipan, Rosinen und Nüssen füllen und die Äpfel in eine gebutterte Auflaufform stellen und auf jeden Apfel ein haselnussgroßes Butterstückchen legen. Im Backofen bei ca. 180° ungefähr 30 min braten lassen. Nach der Hälfte der Zeit den mit Zimt vermischten Zucker über die Äpfel streuen.
Pur genießen oder mit geschlagener Sahne oder Vanilleeis oder Vanillesauce.
Sie können sich natürlich auch andere Füllungen ausdenken, mit Marmelade, Mandeln, getrockne-

ten Cranberrys oder Krokant, oder die Äpfel ganz ohne Füllung garen. Das Beste finde ich sowieso immer die karamellisierte Mischung aus Butter, Zimt und Zucker am Boden …

Weiße Mandeltorte
(die bäckt Georg immer für seine Frau zum Geburtstag)

Zutaten für die Tortenböden:
 Mürbeteig:
 100g Mehl
 65g kalte Butter
 30g Zucker
 1 Vanillezucker

Alle Zutaten mit den Händen schnell zu einem glatten Teig verkneten, in Folie wickeln und eine halbe Stunde im Kühlschrank ruhen lassen. Anschließend auf einem leicht bemehlten Brett glatt ausrollen, auf den Boden einer mit Backpapier ausgelegten Springform geben und mit einer Gabel mehrmals einstechen. Im vorgeheizten Backofen bei 150–175 Grad 12 bis 15 Minuten backen. Nach dem Abkühlen auf eine Tortenplatte legen.

Mandelteig:
  6 Eier, getrennt
  250 g Mandeln, ohne Schale fein gemahlen
  250 g Zucker
  1–2 EL Mehl

Eiweiß steif schlagen, Eigelb mit dem Zucker zu einer schaumigen Creme rühren. Das Eiweiß auf die Creme geben, ebenso Mandeln und Mehl und alles sehr vorsichtig miteinander vermengen. In eine gefettete, bemehlte Tortenform füllen und bei ca. 160° zwischen 30 und 45 Minuten backen. Nach dem Abkühlen aus der Form nehmen und in drei dünne Böden teilen (den Biskuitboden drehen und rundherum mittig mit dem Messer bis zur Mitte einschneiden).

Zutaten für Füllung und Guss:
  250 g zimmerwarme Butter
  1 Päckchen Mandelpudding für ½ l Milch
  150 g Mandeln, gemahlen
  Zucker nach Geschmack
  4–5 EL Johannisbeergelee
  250 g Puderzucker
  ca. 6 EL Rum
  100 g abgezogene, ganze Mandeln

Den Pudding nach Vorschrift kochen, auf Zimmertemperatur abkühlen lassen und dabei öfter umrühren, damit sich keine Haut bildet. Butter,

Pudding und Mandeln, Zucker nach Geschmack, miteinander zu einer Creme vermischen. Den Mürbeboden dünn mit Johannisbeergelee bestreichen, darüber einen Mandelboden legen, die eine Hälfte Buttercreme darauf verteilen, den zweiten Mandelboden darüber geben, die restliche Creme darauf streichen und mit dem dritten Mandelboden bedecken. Im Kühlschrank fest werden lassen. Dann den Puderzucker mit dem Rum glatt verrühren und die Torte damit überziehen. Mit den ganzen Mandeln dekorieren.

Die Torte schmeckt am besten, wenn sie mindestens 24 Stunden im Kühlschrank durchgezogen ist. Und wem es zuviel Aufwand ist: Den Knetteigboden kann man auch weglassen.

REZEPTE VON ANGERMÜLLERS FREUNDEN

Das Labskaus nach Gerrit R.

Gerrit sagt dazu: Über das Labskaus kursieren, besonders südlich der Mainlinie, zahlreiche Vermutungen wie »Was drin ist, weiß allein der Koch und der liebe Gott«, »Gedrängte Wochenübersicht« und »Echtes Seemannsessen – Schmeckt rauf wie runter«.

Im Norden gibt es zwei Hauptvarianten der Zubereitung: Die eine dreht alles durch den Wolf zu einem Einheitsbrei, bei der anderen werden nur Zwiebeln, Kartoffeln und Fleisch zusammengekocht, der Rest wird als Beilage gegeben. Gekrönt wird alles durch ein Spiegelei. Hier finden Sie die auch in den Restaurants sich durchsetzende und gebräuchliche zweite Variante, weil sie dekorativer ist und auch Fischallergiker unkompliziert mitessen können.

Zutaten für 4 Personen:
  400 g Corned Beef
  1200 g Pellkartoffeln
  4 mittelgroße Zwiebeln
  100 ml Milch
  Salz
  Pfeffer
  1 Glas eingelegte Rote Bete (375 ml, Kugeln oder Scheiben) inkl. Flüssigkeit
  Gewürz-Gurken und/oder Silberzwiebeln
  4 Spiegeleier (oder mehr, nach Wunsch)
  4 Rollmops und/oder Matjes (oder mehr, nach Wunsch)

Die Labskaus-Grundmasse wird als Eintopf aus Corned Beef und Pellkartoffeln im Gewichtsverhältnis 1:3 und einer mittelgroßen Zwiebel pro Person hergestellt.

Pellkartoffeln kochen und noch warm schälen und in kleine Stücke schneiden. Die fein gehackten Zwiebeln in Butter andünsten und dann mit der Milch, den Kartoffeln und dem Corned Beef vermengen und zu einem Brei zerdrücken. Mit Salz und Pfeffer sowie dem Rote Bete Saft abschmecken, um eine rosa Farbe zu erzielen. Einmal kurz kochen lassen, dann bei geringer Hitze unter Rühren so lange auf dem Feuer lassen, bis alles zerfallen und eine homogene Masse ist (max. 10 bis 15 min). In der Zwischenzeit Spiegeleier in Butter braten, salzen.

Serviert wird das Labskaus mittig auf einem großen Teller, daneben der Fisch, rundum dekoriert mit Gürkchen, Silberzwiebeln und Rote Bete. Das Spiegelei wird auf dem Labskaus platziert. Dazu empfiehlt Gerrit ein kühles Bier.

Hausgemachte Kürbis Gnocchi an tomatisierten Steinpilzen mit Parmesansplittern – vegetarisches Pasta-Rezept von Toni aus Kellenhusen

Zutaten für 4 Personen:
 1 kg Kürbisfleisch (am besten Muskatkürbis, geschält, ohne Kerne)
 200 g Mehl Typ 405
 1 ganzes Ei
 1 Eigelb
 1 TL Salz

4 frische Steinpilze (alternativ 1 Tasse getrocknete, mindestens 1 Stunde in lauwarmem Wasser geweicht)
4 frische enthäutete Tomaten
1 EL Olivenöl
Salz
frisch gemahlener schwarzer Pfeffer
Parmesan am Stück

Kürbis in Würfel schneiden, mit etwas Salz bestreuen und in den auf 200 Grad vorgeheizten Ofen schieben. Etwa 1 Stunde garen lassen. Anschließend im Mixer pürieren und dann durch ein Sieb streichen. Mit dem Mehl, dem ganzen Ei und dem Eigelb zu einem glatten Teig verarbeiten. 10 min ruhen lassen und dann den Teig zu zwei Rollen von 2 cm Durchmesser formen, leicht mit Mehl bestäuben, etwas flach klopfen und in etwa 1 cm große Stücke schneiden. Die Gnocchi einzeln über eine Gemüseraspel rollen, sodass ein dekoratives Gittermuster entsteht. Nun in sprudelnd kochendes Salzwasser einlegen und die Hitze sogleich reduzieren. Sobald sie an die Oberfläche steigen, sind die Gnocchi gar.

Mit einem Schaumlöffel herausnehmen und gut abtropfen lassen.

Die geputzten, gewaschenen frischen Steinpilze (oder die eingeweichten und abgetropften) in Streifen schneiden und in einer Pfanne mit etwas Olivenöl anbraten. Die gewürfelten, enthäuteten

Tomaten dazugeben. Für 3 Minuten köcheln lassen, dann mit Salz und Pfeffer aus der Mühle abschmecken. Vom Feuer nehmen, die Gnocchi dazu geben und auf einem Teller anrichten. Mit einem großen Messer längliche Splitter vom Parmesankäse abbrechen und über das Gericht dekorieren.

Buon Appetito!

Hack vom Blech – von Klas-Dieter exotisch gewürzt

Zutaten für 1 Backblech:
 1 kg gemischtes Hack
 1-2 TL Salz
 1 mittelgroße Zwiebel, sehr fein gehackt
 3 Knoblauchzehen, geschält
 50 g Ingwer, geschält
 2 Chilischoten, entkernt
 5 cm Zitronengras
 1 kleines Bund Koriander, gewaschen, feingehackt
 2 EL süße Chilisauce
 3 EL Fischsauce
 3 Eier
 1 altbackenes Brötchen, in etwas Milch eingeweicht
 Kokosraspeln

Knoblauch, Ingwer, Chilis und Zitronengras im Mörser oder Mixer zu einer Paste zerkleinern und mit Chili- und Fischsauce verrühren. Diese Mischung sowie Salz, Zwiebel, Koriander, die ganzen Eier und das ausgedrückte Brötchen mit dem Hackfleisch zu einem relativ festen Fleischteig verkneten. Sollte der Teig zu matschig sein, etwas Semmelmehl dazugeben. Wenn alles gut vermischt ist, etwa 3 cm hoch auf ein geöltes, bemehltes Backblech streichen und mit Kokosraspeln bestreuen. Bei 200° im Ofen ca. 30 min backen. Anschließend in portionsgerechte Quadrate oder Rauten schneiden. Schmeckt warm oder kalt.

Hack vom Blech eignet sich prima für ein Büfet, auch zum Mitbringen, und die Herstellung ist nicht so zeitraubend wie Boulettenbraten. Natürlich können Sie auch in ganz andere Richtungen würzen, z. B. mit Paprika- und Zwiebelstückchen anreichern und etwas angebratenen Speck daruntermischen, oder Käsestückchen, oder eher mediterran mit Oregano und Cumin würzen, oder Rosinen und Haselnüsse unter den mit Cayennepfeffer geschärften Fleischteig geben – ganz nach Ihrem Geschmack!

Ella Danz
Ballaststoff
978-3-8392-1112-0

»Der sechste Fall für Kommissar und Genießer Georg Angermüller.«

An einem traumhaften Sommertag in der Lübecker Bucht liegt Kurt Staroske tot auf dem Golfplatz. Sind die Rockmusiker Holger und Peggy deshalb so nervös? Was hat der Greenkeeper Rob Higgins damit zu tun? Will Ökobauer Henning vor seiner Frau Gesche etwas verbergen? Und sagt Kurts Chef, der Biomarktbesitzer Hauke Bohm, die ganze Wahrheit?

Bei ihren Nachforschungen stoßen der Lübecker Kommissar Angermüller und sein Kollege Jansen auf so manch einen, der ein Geheimnis mit sich herumschleppt. Und auch die unermüdlichen Ermittler haben privat so manches Päckchen zu tragen …

Wir machen's spannend

Ella Danz
Rosenwahn
978-3-8392-1056-7

»Der fünfte Fall für Kommissar und Genießer Georg Angermüller.«

Unter einer betörend duftenden Rosa alba im Garten eines leer stehenden Hauses bei Eutin wird ein Skelett gefunden. Zwar wissen Hauptkommissar Georg Angermüller und seine Kollegen schon bald, dass es sich um die sterblichen Überreste einer jungen Türkin handelt, doch von der Lösung des mysteriösen Falls sind sie weit entfernt. Und es kommt noch schlimmer: Als ein heftiger Regen am Neustädter Binnenwasser etwas ans Tageslicht spült, beginnt auch Angermüller sich ernsthafte Sorgen zu machen ...

Wir machen's spannend

Ella Danz
Kochwut
978-3-89977-797-0

»Der vierte Fall für Kommissar und Genießer Georg Angermüller.«

Ein entsetzlicher Fund auf Gut Güldenbrook: In der Kühlkammer liegt Christian von Güldenbrook – kalt und tot. Auf dem ansehnlichen Herrensitz im Hinterland der Lübecker Bucht lebt und arbeitet der berühmte Meisterkoch Pierre Lebouton, Star der beliebten Kochsendung »Voilà Lebouton!«.

Bei seinen Ermittlungen stößt Kommissar Georg Angermüller auf Konkurrenz und Feindschaft unter den Mitarbeitern, Show-Kandidaten und den Bewohnern des Gutes. Auch Lebouton rückt in den Fokus der Ermittlungen, zumal er kein überzeugendes Alibi hat. Bis plötzlich jede Spur von ihm fehlt …

Wir machen's spannend

Ella Danz
Nebelschleier
978-3-8392-754-3

»Der dritte Fall für Kommissar und Genießer Georg Angermüller.«

Leblos liegt Bernhard Steinlein in der Felsengrotte im Park des romantischen Schlösschens Rosenau. Ermordet und unter seinem Rollstuhl begraben.

Der Lübecker Kommissar und Feinschmecker Georg Angermüller hatte sich eigentlich auf ein paar entspannte Tage in seiner oberfränkischen Heimat gefreut. Doch nun wird er durch drei alte Jugendfreundinnen – die Töchter des Mordopfers – unfreiwillig in den Fall hineingezogen. Gleich die erste heiße Spur schmeckt dem gaumenverwöhnten Angermüller gar nicht: Der alte Steinlein war der größte Grundbesitzer im Umkreis und wollte seine Felder angeblich einem Saatgutkonzern für Gentechnikversuche verkaufen …

Wir machen's spannend

Ella Danz
Steilufer
978-3-89977-707-9

»Der zweite Fall für Kommissar und Genießer Georg Angermüller.«

An einem verregneten Sommertag wird in der Lübecker Bucht ein Toter gefunden. Sein Gesicht ist vollkommen zerstört – die Identifizierung ist zunächst unmöglich. Nicht weit vom Fundort entfernt wird der Pâtissier eines Feinschmeckerrestaurants, ein junger Algerier, vermisst. Der Fall scheint klar, denn auch das Motiv ist schnell gefunden: Rassismus. Tatverdächtig ist eine Clique Neonazis. Anna Floric, die Chefin des Restaurants, bekommt es mit der Angst zu tun. Viele ihrer Mitarbeiter stammen aus Nordafrika. Ihre größte Sorge jedoch gilt Lionel, ihrem zwölfjährigen Sohn. Als die Ermittlungen sich immer zäher gestalten, droht Kommissar Georg Angermüller seine Seelenruhe und die allseits bekannte Vorliebe für gutes Essen zu verlieren …

Wir machen's spannend

Ella Danz
Osterfeuer
978-3-89977-677-5

»Der erste Fall für Kommissar und Genießer Georg Angermüller.«

Die erfolgreiche Kochbuchautorin Trude Kampmann wollte das Osterwochenende mit ihren Freundinnen eigentlich nutzen, um ihnen die Schönheiten ihrer ostholsteinischen Wahlheimat zu zeigen und sie mit eigenen Kreationen aus der Landhausküche zu verwöhnen. Doch die Vorfreude wird getrübt, als auch Margot aus dem Auto steigt, von der sich Trude gewünscht hatte, sie nie wieder zu sehen. Als Margot zwei Tage später, am Morgen nach dem traditionellen Osterfeuerfest, tot im Mühlteich gefunden wird, sind Ruhe und Frieden auf dem malerischen Anwesen endgültig dahin …

Ein äußerst verzwickter Fall, der dem Lübecker Hauptkommissar Georg Angermüller gewaltig auf den Magen schlägt.

Wir machen's spannend

Ella Danza
Schatz, schmeckt's dir nicht
978-3-8392-1109-0

»Wer die ›Desperate Housewives‹ liebt, der wird auch Helene und ihren Clan mögen!«

Helene, Anfang 40, ist überaus zufrieden mit ihrem perfekt eingerichteten Leben im beschaulichen Berlin-Charlottenburg: Auch nach zwanzig Jahren führt sie eine glückliche Ehe mit Architekt Jan und frönt mit Hingabe ihrer großen Leidenschaft – dem Kochen. Ihre kulinarischen Kreationen sind berühmt und ihre Tischgesellschaften legendär.

Unliebsame Nebenbuhlerinnen hat sie in der Vergangenheit mit Kreativität und Fantasie aus dem Weg geräumt. Bis eine neue Kollegin in Jans Büro auftaucht: Diane Blume. Ökologisch engagiert, der Esoterik verschrieben, voll Energie und positiver Ausstrahlung. Und – was das Schlimmste ist – Vegetarierin! Helene ist entsetzt und holt zum Gegenschlag aus …

Wir machen's spannend

Sonja Ullrich
Trallafitti
978-3-8392-1325-4

»Ein neuer Fall für Esther Roloff – noch schräger, noch spannender als je zuvor!«

Privatermittlerin Esther Roloff ist zurück – und hat die Nase gestrichen voll. Sie schwört sich: Diesmal soll alles anders werden. Sprich: keine Leichen, keine Morde und erst recht keine Kripo. Doch kaum kehrt sie aus ihrem Urlaub nach Bochum zurück, stolpert sie auch schon über die erste Leiche, und zwar direkt vor ihrer Wohnungstür. Erste Diagnose: Herzinfarkt. Alles im Lot also. Doch dann bittet Hauptkommissar Ansmann sie in dem Fall um Hilfe.

Wir machen's spannend

Unsere Lesermagazine
2 x jährlich das Neueste aus der Gmeiner-Bibliothek

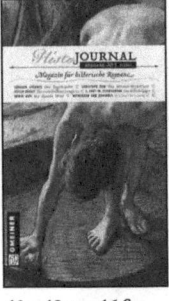

Alle Lesermagazine erhalten Sie in Ihrer Buchhandlung oder unter www.gmeiner-verlag.de.

24 x 35 cm, 32 S., farbig; inkl. Büchermagazin »nicht nur« für Frauen

10 x 18 cm, 16 S., farbig

GmeinerNewsletter
Neues aus der Welt der Gmeiner-Romane

Haben Sie schon unsere GmeinerNewsletter abonniert?

Monatlich erhalten Sie per E-Mail aktuelle Informationen aus der Welt der Krimis, der historischen Romane und der Frauenromane: Buchtipps, Berichte über Autoren und ihre Arbeit, Veranstaltungshinweise, neue Literaturseiten im Internet und interessante Neuigkeiten.

Die Anmeldung zu den GmeinerNewslettern ist ganz einfach. Direkt auf der Homepage des Gmeiner-Verlags (www.gmeiner-verlag.de) finden Sie das entsprechende Anmeldeformular.

Ihre Meinung ist gefragt!
Mitmachen und gewinnen

Wir möchten Ihnen mit unseren Romanen immer beste Unterhaltung bieten. Sie können uns dabei unterstützen, indem Sie uns Ihre Meinung zu den Gmeiner-Romanen sagen! Senden Sie eine E-Mail an gewinnspiel@gmeiner-verlag.de und teilen Sie uns mit, welches Buch Sie gelesen haben und wie es Ihnen gefallen hat. Alle Einsendungen nehmen automatisch am großen Jahresgewinnspiel mit attraktiven Buchpreisen teil.

Wir machen's spannend